虹の橋からきた犬

新堂冬樹

集英社文庫

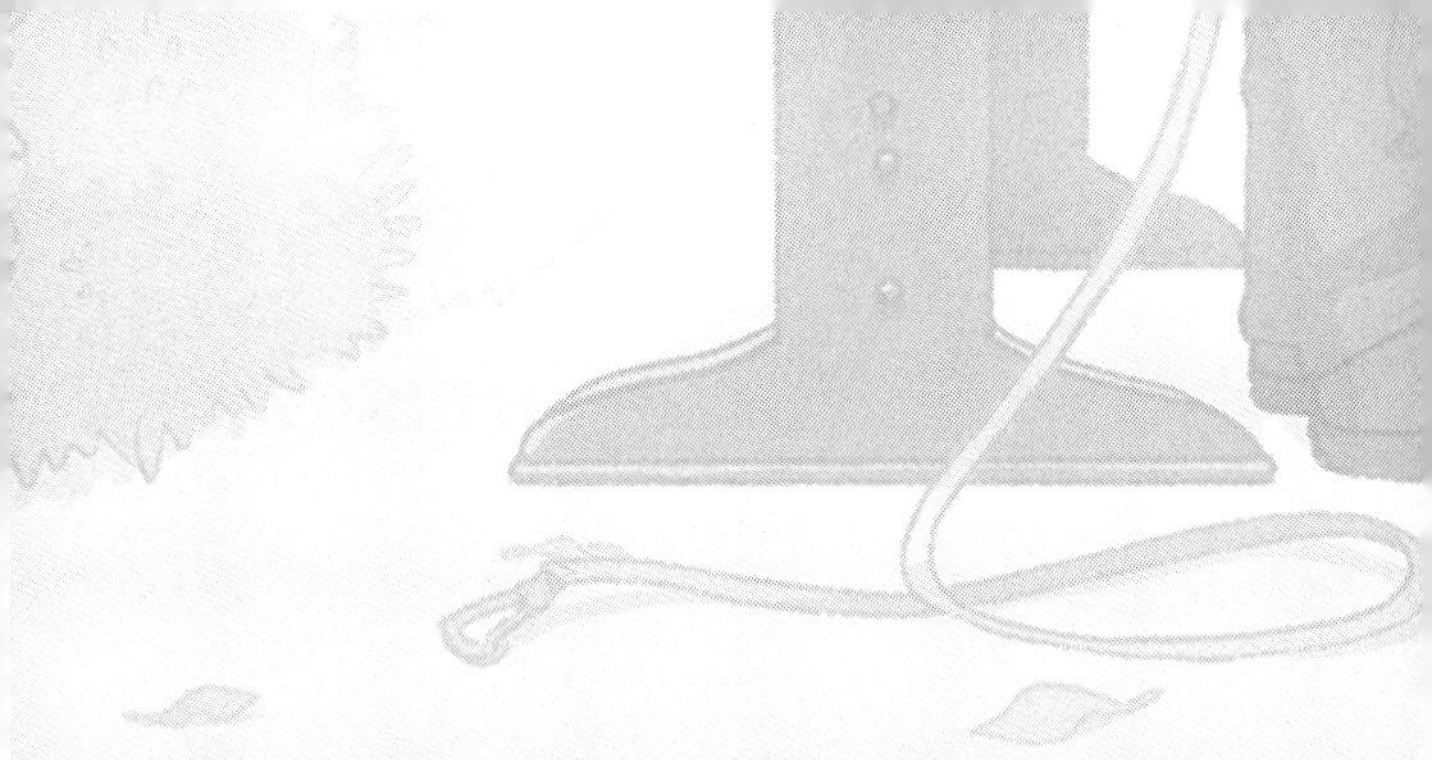

目次

虹の橋からきた犬

プロローグ

いつものように、木漏れ日が枝葉の隙間から優しく降り注ぐ。
いつものように、風に乗ったピアノの調べがどこからか流れてくる。
いつものように、雀《すずめ》達が地面を嘴《くちばし》でつつきながら先導してくれる。

いつもと同じ樹々《きぎ》の匂い、いつもと同じ足踏みするような時の流れ、いつもと同じ二人だけの無言の会話……。

午前中の日課……南野《みなみの》はスカイブルーのリードを左手に、パステルの大好きなパトロールコースの並木道を歩いた。あたりを注意深く見渡しながら悠然と歩くパステルの姿から、南野は散歩のことをパトロールと呼んでいた。
四年間……雨の日も、雪の日も、灼熱《しやくねつ》の日も、台風の日も、パトロールを休んだことはなかった。三十九度の高熱でも、頭が割れそうなひどい二日酔いでも、徹夜明けでも、足を挫《くじ》いても、パステルとともにパトロールに出かけた。

二人にとって朝夕のパトロールは、なににも代えがたい貴重なひとときだった。

犬の一日は、人間の一週間の速さで流れる。人間にはなにげない一日でも、犬には大好きな飼い主と触れ合う一日一日が大切な宝物なのだ。

パステルと出会うまでの南野は、犬を飼う人の気持ちがわからなかった。犬に費やす時間があるのなら、一つでも多くの作品を作りたかった。なにより、犬がいたら海外や地方にロケに行くときに誰かに預けなければならない。

決して犬嫌いではなかったが、消費する時間を考えるとすべて仕事に回したかった。

昔から不器用で、一つのことに集中するとほかが見えなくなる性格だった。

妻……聖《ひじり》も愛想を尽かして家を出た。

南野の頭にあったのは、会社をどうやって軌道に乗せるかということばかりだった。

聖の話をうわの空で聞き逃し、まともに相手をしてやれなかった。しかし、話を聞いて貰《もら》えないのが、聖が結婚生活を終わらせると決意した理由ではなかった。

聖は気づいたのだ。南野の心に、自らがいないことを……。

そんな家庭を顧みる余裕のなかった男に犬を飼う資格はない。犬に愛情と時間を注げる人間のまねはできないし、したくもない……。

だが、人生とは、わからないものだ。

子犬……パステルを、南野は飼うことになったのだから。

スポーツウェアに身を包んだ顔見知りの女性が、十数メートル先に現れた。顔見知りと言っても、毎朝、同じ時間にジョギングしている彼女と擦れ違いざまに挨拶を交わす程度だった。

女性が走りながら、会釈をしてきた。南野も作り笑いを返した。笑うことが、こんなに苦痛だと初めて知った。女性の視線が、南野の束ねたリードを握り締める左手に移るのと同時に微笑《ほほえ》みが消えた。

風に転がるペットボトルを、南野は虚《うつ》ろな瞳で追った。パステルがゴム毬《まり》のように跳ねながらペットボトルを追いかける姿が、胸の痛みとともに脳裏に蘇《よみがえ》った。

底なしの哀《かな》しみの波から逃れるように、南野は駆け出した。ＤＶＤの早送りのような景色の流れが、懐かしかった。パステルは、南野が全力疾走しても追いつけないほどに速かった。リードを手にパステルと五十メートルも走れば、肺が破れそうになった。南野を気遣い、パステルはスピードを加減してくれた。それでも、パステルについて行くのが精一杯だった。

そんなパステルも病魔に冒されてからは、南野と同じくらいの速度でしか走れなくなった。パステルとのパトロールの景色の流れが早送りからスローモーションになった。ジョギングしている人を何人も追い抜いていたパステルが、ゆっくり歩くことしかできなくなり、徒歩のサラリーマンに抜かれ、老人に抜かれ、幼子にも抜かれた。

だが、パステルは肉体を脱ぎ捨てる日の朝までパトロールを続けた。

南野は立ち止まり、膝に手を置き荒い息をついた。

過去と呼ぶには……この腕がパステルの温かさを覚えていた。

思い出と呼ぶには……この耳がパステルの息遣いを覚えていた。

「幽霊でもいいから、会いたいよ……」

スカイブルーのリードを握り締めた左手の甲に、涙が落ちてはじけた。

第一章

1

「チーフ、お久しぶりです。『港南《こうなん》制作』の南野です。早速ですが、工藤達樹《くどうたつき》君の夏のスケジュールはどうなってます？」

南野はスマートフォンを耳に当てながら、パソコンのディスプレイに表示された制作スケジュール表のキャストの欄をクリックした。

○「桜テレビ」十月クール　月曜九時枠

○タイトル「ラストオネエ」

○主役　服部太郎《はっとりたろう》役　夏川巧《なつかわたくみ》（ゼウスプロ）決定

○ヒロイン　草井麻央《くさいまお》役　森山果歩《もりやまかほ》（キウイスタイル）決定　備考：バーター

○準主役　服部次郎《じろう》役　工藤達樹（アクアエージェント）交渉中

○ゲイバー店長役　丸山秀志《まるやまひでゆき》（つくしプロ）決定　備考：バーター
○太郎の妻役　永迫《ながさこ》佳代《かよ》（つくしプロ）決定　備考：バーター

キャスト表の備考欄を、南野は苦々しい顔でみつめた。

「インは六月中旬あたりになると思います」

『六月中旬ですか……もう、四ヵ月しかありませんね。達樹に、「宝映《ほうえい》」の全国ロードショーのオファーがきていまして。まだ映画の出演を決めてはいませんが、前々から頂いていたお話なので……。桜《さくら》さんの十月クールみたいないいお話なら、もっと早くに声をかけて頂いていたら、二つ返事でOKしていました』

工藤達樹のチーフマネージャーを務める中島《なかじま》が、苦々しい声で言った。

「そうですよね。工藤君ほどの売れっ子なら、一年先までスケジュールは埋まっていますよね。それは重々わかっていますが大人の事情があり、どうしても番手は強いキャストで行かなければならなくて……こちらの都合で、本当にすみません」

南野は、十以上も年下の二十五歳の中島に平身低頭に徹した。

二十歳になったばかりの工藤達樹は、中性的なルックスとモデル並みのスタイルで同年代の男優の中では圧倒的な人気を誇っている。人気だけではなく、中島にスカウトされるまで小劇場の舞台で鍛えられていただけあり、演技のほうも折り紙付きだった。

『大人の事情ですか……まあ、だいたいの察しはつきますが』

中島が、奥歯に物が挟まったような言い回しで言葉を濁した。

「お恥ずかしい話です。『宝映』さんには申し訳ありませんが、チーフ、なんとかお願いできませんか？」

南野のデスクの前にきた黒岩《くろいわ》が、切迫した顔でスマートフォンを指差した。

黒岩は「港南制作」のチーフプロデューサーだ。面倒な相手からの電話だと、彼の様子を見てすぐにわかった。そうでなければ大事なオファーの電話をかけている南野に、わざわざジェスチャーで伝えたりはしない。

（誰だ？）

口の動きで訊《たず》ねた。
（ゼウス）
黒岩の口の動きを読んだ。

心で舌打ち……南野は眉間に縦皺《たてじわ》を刻み、頷《うなず》いて見せた。

黒岩がラグビーで鍛え上げた大きな身体《からだ》を小さく丸め、電話の主に必死に説明していた。

『わかりました。こちらとしましてもほかならぬ南野社長の頼みなので、前向きに検討してみます』

中島が、恩着せがましく言った。

「ありがとうございます！」

南野は、スマートフォンに大声を送り込んだ。

もったいぶってはいるが、中島が「宝映」の話を蹴り、南野のオファーを受けることはわかっていた。南野の事前調査によれば、工藤達樹にきている話は「宝映」の全国ロードショーのラブストーリーの二番手だった。

三百館を超える規模の映画の準主役は、新人の工藤達樹にとってはおいしい話だ。だが、主役の久保田賢《くぼたけん》は、工藤達樹以上に人気と実力を兼ね備えている七歳上のトップ男優だ。久保田賢のために作られた物語なのは明白であり、下手をすれば引き立て役にされてしまう可能性があった。

一方、「ラストオネエ」は、ノンケの兄弟がわけあってオネエのふりをしてゲイバーで働くというコメディタッチのドラマだ。

二番手というのは映画と同じだが、違いは主役の人気だ。

夏川巧は十年前に一世を風靡《ふうび》した俳優だが、続々と出てくる若手に押され、いまでは過去の人になりつつある。それでもプライムタイムの連ドラの主役を張れるのは、業界最大手の「ゼウスプロ」のごり押し物件だからだ。

「ゼウスプロ」には、現役で連ドラや映画の主役を張れる俳優が二十人以上所属している。必然的に、局のプロデューサーは「ゼウスプロ」の顔色を窺《うかが》い、視聴率の取れる俳優を使うために旬の過ぎた俳優をキャスティングせざるを得ないのだ。

「ラストオネエ」は企画的には面白いが、夏川巧が主役では数字が見込めない。故に、是が非でも飛ぶ鳥を落とす勢いの工藤達樹をキャスティングしなければならなかった。

　工藤サイドとしても、映画の主演の久保田賢と違って落ち目の夏川巧なら食うことができるという利点があり、二番手と言っても実質的には主役のようなものだ。

『まだ、お受けできるかどうかわかりませんが、結論が出ましたら連絡を入れます。明日には、お返事できるようにしますので』

「よろしくお願いします！」

　南野は、見えない相手に九十度頭を下げた。

「工藤達樹、ダメそうですか？」

　電話が終わるのを待ち構えていたように、黒岩が訊ねてきた。二十坪のフロアで作業していた五人のスタッフの視線が、南野に集まった。

「ラストオネエ」の成否は工藤達樹のキャスティングにかかっているといっても過言ではないので、スタッフも興味津々だった。

「『宝映』のオファーがどうのとかもったいをつけてはいるけど、間違いなく受けるさ」

　南野は、自信満々に言い切った。

「『宝映』って、久保田賢主演のラブストーリーですよね？」

「久保田賢が初めて挑む恋愛物ということで、制作発表の段階からマスコミの注目度大の作品ですよ。強敵じゃないですか？」

　黒岩の質問に続き、ディレクターの佐《さ》野《の》渉《わたる》が不安げに言った。佐野は三十歳と若いが、ベテラン俳優の演技に臆せず注文をつける度胸がある。度胸だけでなく、監督としてのセンスもあった。いまは「港南制作」の運営のためにドラマの演出も請け負っているが、本人的には映画志向の男だ。

　映画制作は当たれば大きいが、利益が出るまでに時間がかかるので資金的体力がなければ息切れしてしまう。その点、ドラマ制作の多くはテレビ局から制作費が出るので、会社の売り上げの目算が立つのだった。

　赤字になることはないが、視聴率至上主義なので数字が取れなければテレビ局は仕事を振ってくれなくなる。下請けの制作会社は、ほかにいくらでもあるのだ。

「桜テレビ」から請け負った前回の仕事は、およそ一年前……一月クールの火曜十時の枠だった。

　平均視聴率は十・二パーセントとまずまずの数字だったが、裏番組に強敵がいない枠であるのを考えると、せめて十二パーセント台に乗せなければ及第点とは言えない。

　逆に今回の十月クールの月曜九時の枠は高視聴率番組の多い激戦枠なので、厳しい戦いとなるのは必至だ。

　この一年、「桜テレビ」の月曜九時枠の連ドラは、四クールとも平均視聴率が一桁というジリ貧状態なので、「港南制作」にかかるプレッシャーは相当なものだ。

「制作発表の会場には、三百人を超えるマスコミが集まったって言いますからね」

　ADの三橋加奈《みつはしかな》が、佐野の不安を煽《あお》った。

「お前ら、ちっともわかっちゃいないな。そんな久保田劇場の映画に出たら、工藤達樹はいい前座だ。『アクア』は、必ずウチを選ぶ」

「なるほど！　そう言われれば、そうですね。さすが、社長の読みは凄《すご》いです！」

黒岩が、ハイテンションな声で言った。

「よかった〜。これで、今日は早めに帰れる！」

プロデューサーの吉永《よしなが》が、嬉々《きき》とした顔で言った。

「なにを言ってるんだ？　今日も定時だぞ」

南野は、にべもなく言った。

「港南制作」の定時とは、各々が終電に間に合うぎりぎりの時間……二十三時台のことだった。

ドラマの制作準備は、キャスティング、脚本家探し、スタジオの確保、ロケハン……やることは、山とある。二十三時に帰れるならまだましで、クランクインしたらテッペン超え……日付をまたぐ撮影が連日続く。

働き方改革だなんだと世間が騒ぐので、最近では、演者は午前零時前に撮影を終了するようにしていたが、スタッフはそれから撤収作業に入るのだ。

とくに、「港南制作」は社長の南野を含めても七人しかおらず、各々一人で何役もこなしていた。カメラマン、照明、音声、美術、ヘアメイク、スタイリストは、撮影のたびに外部から雇っていた。

大手の制作会社のように社員として抱えるのが理想ではあるが、「港南制作」にそれだけの体力はなかった。南野も、キャスティングからロケハン、人手が足りないときは仕出し弁当の手配までやっている。

「マジですか⁉　今日くらいは早く帰らないと……」

なにかを言いかけて、吉永が言葉を呑《の》み込んだ。

「なんだ？　今日は、なにかあるのか？」

南野は訊ねた。

「いや、やっぱりいいです」

吉永が諦めたように言った。

「そうか。ところで、『ゼウス』は誰からだ？」

南野は吉永の発言には興味を失ったとばかりに、黒岩に視線を移した。

「あ、そうそう、チーフマネージャーの仁科《にしな》さんからです」

黒岩が、思い出したように言った。

仁科の名を聞き、南野の胸内に暗雲が垂れ込めた。

南野は、仁科の番号を呼び出しタップした。コールは、一度目が鳴るか鳴らないかのうちに途切れた。

『お忙しいところ、すみませんね～』

受話口から、仁科の慇懃《いんぎん》な声が流れてきた。

南野は、仁科を苦手にしていた。

「すみません、バタバタしていてすぐに折り返すことができなくて。今日は、どういった御用件で？」

いやな予感に導かれるように、南野は訊ねた。

『私が南野社長にお電話を差し上げるのは、お願いがあるときだとご存じでしょう？』

虫唾《むしず》が走るような猫撫《ねこな》で声が、南野の危惧の念を膨らませた。

「お願いとは、なんでしょう？」

南野は、大体の見当はついていながら素知らぬふりをした。

『またまた～、南野社長も人が悪いですね～。お忙しいでしょうから、単刀直入にお願い事を申し上げます。「桜テレビ」の「ラストオネエ」に、ウチの富谷秀三《とみやしゅうぞう》という新進俳優を使って頂けませんでしょうか？　もちろん、贅沢《ぜいたく》は言いません。セリフのない端役でも構いませんから』

危惧は現実となった。低姿勢な物言いで畳みかけるようにバーターを強制するというのが、仁科の常套《じょうとう》手段だった。

「大変言いづらいんですが、主役の夏川巧さんを始め、ヒロインの草井麻央役に森山果歩さん、ゲイバー店長役に丸山秀志さん、服部太郎の妻役に永迫佳代さん……もう、四人もキャスティングしているのでこれ以上は……」

南野は、遠慮がちに拒絶の意を伝えた。

本当は、仁科を怒鳴りつけて電話を切ってやりたいところだった。そうしないのは、仁科が怖いからではない。怖いのは、仁科の背後で指示を出している社長の別所《べっしょ》の影響力だ。

どのテレビ局も、「ゼウスプロ」のタレント抜きではドラマが成り立たないので別所の顔色を窺っている。別所が各局のプロデューサー達に一声かければ、「港南制作」にドラマ制作を依頼する愚かなテレビ局は皆無となるだろう。

『いやだなぁ、社長。「ゼウスプロ」の所属でキャスティングをお願いしたのは、夏川巧だけですよ』

いけしゃあしゃあと、仁科が惚《とぼ》けて見せた。

「ヒロインの森山果歩さんが所属する『キウイスタイル』も、丸山秀志さんと永迫佳代さんが所属する『つくしプロ』も、『ゼウスプロ』の系列じゃないですか」

南野は、語調が強くならないように気をつけながら言った。

『もちろん、わかってます。でも、三人が「ゼウスプロ」の所属でないのは事実ですよ』

仁科が、人を食ったような言い方をした。

「仁科さん、四人が限界です。これ以上は、無理です」

南野は、意を決して断った。ただでさえ、落ち目の男優とインパクトの薄い女優を主人公とヒロインに押しつけられ頭を抱えているのだ。

『わかりました。では、私が直々に「桜テレビ」の栗山《くりやま》Ｐに頼むしかありませんね』

言葉こそ丁寧だが、仁科が遠回しに恫喝《どうかつ》してきた。

「ちょっと、待ってください！」

南野は、思わず大声を張り上げた。

『私もできることなら、直談判《じかだんぱん》などしたくはありません。そんなことしたら、南野社長のお立場が悪くなりますからね。ご存じの通り、ウチの別所にはどの局のＰも逆らえません。それなのに私がわざわざ南野社長に先に話を通す理由は、おわかりでしょう？』

相変わらず仁科は、慇懃な口調で恫喝を続けた。

悔しいが、なにからなにまで仁科の言う通りだった。仁科が「桜テレビ」に直接キャスティングの電話を入れたりしたら、大変なことになってしまう。

別所の逆鱗《げきりん》に触れれば、「ラストオネエ」から「港南制作」を外し、別の制作会社に乗り換えさせることも可能なのだ。

「……わかりました」

仁科は、苦渋の声を絞り出した。

『ありがとうございます。やっぱり、南野社長は話のわかる方ですね。別所にも、快く受けてくださいましたと報告を入れておきますから。あ、それから、セリフはなくても毎回出演しているだけで全然ＯＫですから』

別所の名前を出すことで恩を着せるのと同時に翻意しないように釘《くぎ》を刺し、富谷秀三を目立つ脇役にしろとさりげなく要求する仁科は、抜かりのない図々《ずうずう》しい男だ。

「あの、本当に、その富谷さんというタレントさんのキャスティングを最後と考えて大丈夫でしょうか？」

気を遣いつつ、南野は念を押した。

数字の見込めないタレントを四人もキャスティングしてやった自分が、さらに仁科のご機嫌を伺わなければならない現状に激しい憤りを覚えた。

今度の富谷という男優も、どうせ鳴かず飛ばずの役者に違いない。

『ご安心ください。私が、これまで南野社長を損させたことがありますか？　ということで、早速、富谷の宣材データを送りますね』

一方的に告げ、仁科が電話を切った。

「損をさせたことがありますかだと⁉　どの口が言ってるんだ！」

南野は電話を切るなり、吐き捨てた。

「もしかして……また、バーターですか？」

黒岩が、おずおずと訊ねてきた。

「ああ。まったく、どれだけ貧乏くじを引かせれば気が済むんだ！」

南野がデスクの脚を蹴りつけると、事務所内の空気が凍《い》てついた。

スタッフ達は、とばっちりを食わないように電話をかけたりパソコンのキーを叩《たた》いたり、各々の仕事に没頭し始めた。

「お！　なんだ、この重々しい空気は！」

茶化すように言いながら、藤城《ふじしろ》が入ってきた。

ショートワイルドツーブロックの髪に、鮮やかなスカイブルーのスキニーパンツスーツ。藤城の風貌は、制作会社の専務というよりも、アパレル関連で働いているような人物のファッションとヘアスタイルだった。

「専務、お疲れ様です！」

スタッフの顔に、安堵《あんど》の色が浮かんだ。

藤城は南野と同い年で、高校時代からの付き合いだ。学生時代から、人とは違うファッションを好む男だった。

「短気は損気ぃ〜。リラーックス、リラーックス」

藤城が南野の背後に回り、歌うように言いながら肩を揉《も》み始めた。

「いまは、ふざける気分じゃないんだ」

南野は、藤城の手を振り払いつつ言った。

「お〜怖っ。ずいぶん、ご機嫌斜めだな」

藤城が、大袈裟《おおげさ》に身震いして見せた。

昔から、藤城は南野とは対照的に陽気でお調子者だった。だが、彼の明るさにこれまで何度も救われてきた。仕事にストイックなあまりに、ときとしてスタッフを追い込み過ぎてしまう傾向のある南野には、クッション役の藤城の存在は助かっていた。

「『ゼウスプロ』から、また、捻《ね》じ込まれたのか？」

「今度は、この無名役者をレギュラー出演させろとさ」

南野は言いながら、パソコンメールの受信ボックスをクリックした。

「富谷秀三？　演歌歌手か？」

藤城が冗談っぽく言うと、スタッフから爆笑が起こった。

「茶化すな。これで、五人目だぞ」

南野が藤城を窘《たしな》めると、事務所内の空気がふたたび張り詰めた。

「救世主の工藤達樹はどうした？」

「いま、交渉中だ。映画のオファーと天秤《てんびん》にかけているが、多分、ウチにくるだろう。だが、万が一のことがあったら、『ラストオネエ』は苦しい戦いになる」

「おーおーおー。絵に描いたようなリバウンド現象だな」

藤城が素頓狂な声を上げた。

「ところで、お前のほうはどうだったんだ？」

南野は、藤城に訊ねた。

藤城は、「ラストオネエ」への出演を打診に篠原《しのはら》かんなの事務所に赴いていた。篠原かんなは「日本アカデミー賞」で新人俳優賞にノミネートされた、いま最も勢いのある新進女優だ。

「ゼウスプロ」にゴリ押しされたヒロインでは数字が見込めないために、南野が藤城に篠原かんなの出演交渉をするよう指示していたのだ。

主役の夏川巧を工藤達樹に、ヒロインの森山果歩を篠原かんなにカバーさせるというのが、考えに考えた末の苦肉の策だった。

「それが、『太陽《たいよう》テレビ』の十月クールからもオファーが届いているらしくてさ」

藤城が、能天気な口調で言った。

「曜日と時間は？」

「金曜二十三時三十分の枠だって」

「なんだ。ナイトドラマか」

南野は、プライムタイムでないことに安堵した。

「と、安心するのはまだ早いぞ〜。篠原かんなにオファーが届いている役は、なんと主役なんだよ」

「それがどうした？　たかだか深夜ドラマだろ？　視聴率三、四パーセントのドラマの主役より、月九のほうが遥《はる》かに名を売れるってもんだ」

「天下の月九も、四、五番手のキャスティングじゃ勝負にならないよ。あっちは、腐っても主役だ」

藤城が、肩を竦《すく》めた。

「それで、おとなしく引き下がってきたのか？」

南野は、厳しい口調で訊ねた。

「仕方ないだろう。主役のオファーを蹴って脇役を受けてくれと言えとでも？　もちろん、タダじゃ転ばないさ。来年の四月クールはまだ空いていたから、キープしてきたよ。俺って、使える男だろう？」

藤城が、茶目っ気たっぷりに片目を瞑《つむ》ってみせた。

「なにが使える男だ。今回の『ラストオネエ』を成功させないと、次のクールを振って貰える保証なんてないんだぞ？　どうして、もっと食い下がらなかった？　準ヒロインの役でもちらつかせれば、考え直したかもしれないだろう？」

南野は、藤城に詰め寄った。

「え⁉　準ヒロインにキャスティングできるのか⁉」

藤城の瞳が輝いた。

「わからない……っていうか、現実的には難しいだろう。だが、とりあえず餌で釣る必要がある」

「餌で釣るってな……準ヒロインのポストを用意できなきゃ、『港南制作』の信用はガタ落ちだぞ？」

「そんなこと、言われなくてもわかってるさ。ハッタリでもなんでも、まずは篠原かんなの事務所の心を動かすことが先決だ。番手については、あとから考えるしかない」

南野は、悪びれたふうもなく言った。生き馬の眼《め》を抜く芸能界で、馬鹿正直に立ち回っても得することはない。

「やっぱりな。だと思って、お前に相談しないであっさり引いてきたんだ。そんな空手形を摑《つか》ませたら、視聴率云々《うんぬん》の前に業界に悪評が広まって総すかんを食らうぞ」

　藤城が、ため息交じりに言った。

「甘く見るな。何年、僕と仕事をしている？　新参者の『港南制作』が大手テレビ局のプライムタイムのドラマ枠を請け負えるようになったのは、僕の手腕があるからこそだろう。篠原かんなの件だって、きっちり帳尻を合わせるから心配しないでもう一度アタックしてこいよ」

　ハッタリではなく、自信があった。

　藤城に言ったように、十年足らずで「港南制作」が大きな仕事をいくつも取れるようになったのは、南野の決断力と行動力の賜物《たまもの》だ。

「アタックしたけりゃ、自分で行けよ。俺は、そんな詐欺師紛《まが》いのやり口で仕事を取るのはごめんだ」

「呆《あき》れた奴《やつ》だな。いまどき、そんな青臭いこと中学生でも言わないぞ？　仕方ない。今夜、担当チーフをラウンジ漬けにするよ。吉永、『W』の個室を十時に予約しておいてくれ。お前も含めて三人な」

「W」はここぞという仕事を取りたいときに、利用している西麻布《にしあざぶ》のラウンジだ。

　キャバクラよりも遥かにリーズナブルで、しかもキャストがアナウンサーやモデルの卵など粒揃《つぶぞろ》いだった。

篠原かんなの所属事務所のチーフマネージャーは大の酒好き女好きで、以前も「W」で容姿端麗なキャストでハーレム状態にし、高級なワインを浴びるように飲ませ、看板俳優の松山徹《まつやまとおる》のキャスティングを確約させたことがあった。

キャバクラより費用を抑えられるといっても十五万は軽く超えてしまうが、数字を持っている旬のタレントを買う購入代金と考えれば安いものだ。

「あれ？　吉永、お前、今夜は早く帰らなきゃならないんだろう？」

藤城が、吉永に視線を移した。

「あ、いえ……もう大丈夫です」

吉永が、言葉を濁した。

「大丈夫って、マリちゃんの具合悪いんじゃないのか？」

「僕が駄目だって言ったのさ。なんだ、お前、娘いたんだっけ？　っていうか、その前に、結婚してないだろう？　あ……もしかして、彼女の具合が悪いのか？」

南野は、矢継ぎ早に質問を重ねた。

「いや……あの……」

「マリちゃんっていうのは、トイプードルのことです。マリちゃん、昨日からなにも食べないらしくて、それで、吉永さんは夜までやってる動物病院に連れて行こうとしていたんです」

言い淀《よど》む吉永に代わって、ＡＤの橋本《はしもと》そらが説明した。

「トイプードル!?　なんだ、犬か？　たまたま食欲がないときくらい、人間にだってあるだろう？」

南野は、呆れた口調で言った。

「でも、いつもは朝になったら散歩をせがんで起こしにくるのに、今朝はぐったりと寝たままだったんです。いままでそんなことなかったので、もしかして重大な病気だったらと心配になりまして……」

吉永が、不安げな顔を南野に向けた。

「お前だって、朝、起きたくないことあるだろう？　犬が朝起こしにこなくてご飯を一、二回食べないくらいで、キャスティングもろもろ大事なときに、プロデューサーのお前が仕事を放り出して早く帰宅するのか？　犬コロと仕事のどっちが大事なんだ？　そんなもの、放っておけばすぐに元気になるって」

「マリちゃんにもしものことがあったら、どうするんですか？」

そらが、非難めいた口調で訊ねてきた。

「どうするとかの問題じゃなくて、少し元気がないくらいで仕事を切り上げて動物病院に連れて行くなんて、大袈裟だと言ってるだけだ。運が悪くて万が一のときは、仕方ないだろう。この世界、僕らの飯の種の俳優達は、親の死に目に会えない覚悟で撮影に臨んでるんだぞ？　物語を作る側の人間が、犬コロの死に目に会えないくらい……」

「南野、いくらなんでも言い過ぎだぞ。吉永に謝れ」

藤城が遮り、苦言を呈してきた。

「僕は当然の心構えを言ったまでだ。だいたい、お前は専務のくせに甘過ぎるんだよ。だから、この大事な時期に犬がどうのこうのだから早く帰りたいなんてふざけたことを言い出すんだ」

「わかった。俺がベトナムのコーヒー並みに大甘だったよ。今度から気をつけるから、今日は吉永を帰してやってくれないか？」

こんなときにも、場の空気を悪くしないように藤城は気を遣ってくれている。だが、ときとして、彼のその配慮と優しさが、孫を甘やかす祖父母のようにスタッフの教育にとって徒《あだ》になることがある。

「お前も聞いていただろう？　今夜は、篠原かんなを獲得するためにチーフマネージャーを接待しなければならない。社長の僕とプロデューサーの吉永がいなければ、説得力に欠けるだろう？」

「そしたら、専務の俺が……」

「お前はだめだ。もとはと言えば、お前が簡単に撤退してくるからこういうことになったんだぞ？　僕だって、本当はラウンジで酒なんか飲みたくないさ。脚本のチェックやら押しつけられたバータータレントの配役とか、やることが腐るほどある。吉永、そういうことだから、早く『W』に予約の電話を入れてくれ」

藤城を遮り、南野は一方的に告げると吉永に命じた。

吉永が、渋々とスマートフォンを手に取った。

「ちょっと、いいか？」

藤城が、南野をフロアに隣接する応接室に促した。

「なんだ？　フロアじゃ話せないことか？」

応接室に入るなり、南野は不機嫌な顔を藤城に向けた。

「俺はいいけど、お前のためだ。なあ、こんなやり方だと、誰もついてこなくなるぞ？　お前にとっては犬コロでも、吉永には大事な家族なんだよ」

藤城が、諭して聞かせるように言った。

「お前は、僕の話を取り違えてるぞ。犬だけじゃなく、家族でも同じだ。仕事を優先できないスタッフは必要ない」

南野は、冷え冷えとした瞳で藤城を見据えた。

「みんな、十分に仕事を優先しているじゃないか。吉永だって、なにも四時、五時に早退するというんじゃなくて、七時とかの話だろ？　そもそも、終電に間に合う時間が定時なんて発想が、いまの時代に逆行してるんだよ」

「藤城。お前は僕の親友だ」

「なんだよ。改まって」

「だが、同時に部下だ」

「そんなこと、言われなくてもわかってるさ」

藤城が、欧米人のように両手を広げた。

「だったら、忘れるな。『港南制作』のルールは僕が作ることを。従わない部下の首は躊躇《ためら》わず切ることを。そして、僕が親友より仕事を優先する男だということを」

南野は一片の情も感じさせない声音で忠告した。

藤城が、強張《こわば》った顔で絶句した。いつも朗らかで冗談の絶えない男が、初めて見せる顔だった。

2

☆シーン1　服部兄弟の部屋
服部太郎「今日から俺はオネエになる！」
※女装した太郎が部屋に現れる。
服部次郎「ええっ、オネエ!?　兄貴っ、そういう趣味があったのかよ!?」
※次郎、裏返った声で驚き訊ねる。
太郎「趣味じゃなく、仕事だ」
次郎「仕事!?　どういう意味だよ!?」
太郎「依頼人の夫が新宿二丁目のゲイバーに通い詰めてるらしい。依頼人は夫が店のオネエと浮気しているんじゃないかと疑っている。だから、俺らが潜入するのさ」
次郎「俺らって……まさか……」
太郎「そうだ！　今日からお前もオネエだ！」
※太郎、次郎を人差し指で差すキメポーズ。

「港南制作」の会議スペース——円卓のデスクチェアに背を預け、プリントアウトされた「ラストオネエ」の脚本原稿の束に目を通していた南野は、右足で小刻みに貧乏揺すりのリズムを取っていた。

演出の佐野、プロデューサーの吉永、ADのそらと加奈が、緊張した面持ちで南野の様子を窺っていた。

南野の正面に立つチーフプロデューサーの黒岩は、判決を言い渡される被告人のような硬い表情をしていた。円卓から離れたパイプ椅子《いす》に座っている藤城だけが、鼻唄交じりに脚本原稿を読んでいた。

彼が場の空気を和らげようとしているのはわかっていた。だが、緊張の糸を切らせないために、敢《あ》えて張り詰めた空気にしなければならない場面も必要だ。

それがまさに、脚本会議のいまだ。

ドラマを成功させるには、キャスティング、予算、脚本という三つの要素が必要だ。

中でも、一番重要なのが脚本だ。脚本がよければ、少々キャスティングが弱くても予算が少なくても面白いドラマを作ることは可能だが、ダメな脚本ではトップスターを揃えても莫大《ばくだい》な予算を投じても駄作しか作れない。

脚本会議は、制作会社にとって大袈裟ではなく存亡をかけた戦いだ。

「お前、これを読んだのか？」

脚本原稿に視線を向けたまま、南野は黒岩に訊ねた。

「もちろんです」

南野が脚本原稿を円卓に叩きつける音が、フロアに響き渡った。

「読んでいながら、よく脚本家にダメ出しもしないで僕のとこに持ってこられたな」

「……ダメでしたか？」

黒岩が、恐る恐る確認してきた。

「あたりまえだろ！　こんな昭和のコントみたいなセリフを、夏川巧や工藤達樹に言わせるつもりか⁉　お前、コメディタッチとコントを一緒くたにしてないか？　『ゼウスプロ』からのクレームは目に見えているし、苦労してキャスティングした工藤達樹の事務所が、やっぱり『宝映』の映画に出るって言い出したらどうするんだっ」

南野の叱責に、黒岩の顔が強張った。

黒岩だけでなく、佐野、吉永、そら、加奈も表情を凍てつかせた。

相変わらず、藤城は鼻唄を歌っていた。

「はい、僕も最初はそう思い脚本家に提言しました。だけど、一話の中盤あたりからシリアスな展開になるから、バランスとしてはちょうどいい感じになるという説明を聞いて、とりあえず様子を見ようかと……」

「なにを悠長なことを言ってるんだ！　ドラマは一話の冒頭の十分間で視聴者の心を摑まなきゃ、チャンネルを替えられるんだよ！」

南野の怒声が、黒岩を遮った。

「すみませんでした……」

黒岩が、掠《かす》れた声で詫《わ》びた。

「お前がそんな素人《しろうと》みたいなことをやってて、視聴率が取れるドラマ作りができると思っているのか⁉」

うなだれる黒岩に、南野は追い討ちをかけた。

チーフプロデューサーに雷を落とすことで、現場の空気を引き締めるのが目的だった。

「あ～あ、怒られちゃったね～、黒岩ちゃん」

椅子から腰を上げた藤城が黒岩の背後に歩み寄り、肩を揉みながら茶化してきた。

「悪いけど、茶々を入れないでくれ。いま、大事な会議をしているところだから」

南野は、藤城に素っ気なく言った。

「大事な会議だから、茶々を入れるのさ」

陽気に言いながら、藤城が円卓に座った。

「からかってるのか？」

南野は、藤城に厳しい視線を向けた。

「おいおい、ここは総合格闘技のリングか？　そんなに睨《にら》まないでくれよ」

藤城が、おどけたように言うと肩を竦めた。

「真面目《まじめ》に会議に参加する気がないなら、外してくれ」

南野は、藤城からドアに視線を移した。

「お前の目的は、いい脚本を作ることだろう？」

「あたりまえのことを……」

「こんなピリピリした空気の中じゃ、いいアイディアも生まれないさ」

藤城が、南野の言葉を遮った。

「脚本をいいものにしたいなら、みなが伸び伸びと発言できる空気にしたほうがいい。鬼の形相でダメ出しばかりしていたら、萎縮してなにも言えなくなるもんだ」

「こんな出来の悪い脚本をそのまま僕に見せるようなチーフプロデューサーは、叱られて当然だろう？　いつも言ってるが、お前が甘やかすから、こんなにだらけた仕事ぶりになるんだ」

南野は、抑揚のない口調で言った。早く、この不毛な会話を終わらせ脚本の手直し作業に入りたかった。

「俺も『港南制作』の役員だ。彼らは、俺の大切な部下でもある。南野、お前の所有物じゃないんだよ。もっと、気遣ってやれよ。それでなくても、連日、朝から深夜まで働いて心身ともに疲れ果てているんだからさ」

藤城が、訴えかけるように言った。

「制作会社で九時、五時なんてところはない。とくにこれから、月九の連ドラのクランクインに入るっていうときに、そんなのあたりまえだろう？」

南野は、正面から藤城の意見を突っ撥《ぱ》ねた。

自分のことを考えて進言してくれている……わかってはいたが、少しでも藤城の意見を取り入れて箍《たが》を緩めると、スタッフの緊張感の糸が切れ歯止めが利かなくなることを南野は知っていた。

人間は、楽なほう楽なほうへと流される生き物だ。みなに嫌われることで数字の取れるクオリティの高いドラマが作れるのなら、人望などどうでもよかった。

「だからといって、八時、二十三時って勤務時間はやり過ぎだろう？　なあ、南野。察してやってくれ。みんな、お前を恐れて口にしないけど、ギリギリのところでやってるんだよ」

藤城が、スタッフの顔を見渡しながら訴えかけるように言った。

込み上げる怒り――正論を振り翳《かざ》す藤城にたいして、素直に受け入れることのできない自分にたいして。

「お前、何年、この業界にいるんだ。撮影に入れば、二十五時撤収二十八時集合っていうのもザラだろう？」

極論でも詭弁《きべん》でもなく、ドラマや映画の撮影では深夜一時に終わり、現場で仮眠を取って明け方の四時に撮影準備に入るローテーションは珍しくなかった。

「頼むよ。俺の言いたいこと、本当はわかってるんだろう？　お前があとから後悔しないように俺は……」

「お前の進言に耳を傾けるよ」

南野は、藤城を遮り言った。

「ありがとう、南野。わかってくれたのか？」

藤城の顔が、ふっと柔和になった。

「ああ、わかったよ。だから、これからみんなの声に耳を傾けるさ。ということで、これから多数決を取る。僕のやり方に反対の者は、遠慮なく挙手してくれ。絶対に責めたり叱ったりしないことを約束する。その代わり、会議から外れてくれ」

南野は、スタッフの顔を見渡しつつ淡々とした口調で言った。

「南野、話が違うだろっ」

藤城が血相を変え、声を荒らげた。温厚な男にしては、珍しかった。それだけ、友のことを心配してくれている証《あかし》だった。

しかし、よき友の助言が仕事上において金言になるとはかぎらない。

「なにも違わない。僕はお前らの声に耳を傾けるとは言ったが、やりかたを変えるとは言ってない」

「お前、どうしてそこまで頑《かたく》なになる必要があるんだ？　みんなの前で、ダメ出しみたいなことを言ったのは悪いと思ってる。でも……」

「専務。最初で最後に一度だけ言う。僕は頑なになっているわけでも、意地を張っているわけでもない。『ラストオネエ』を視聴率が取れるドラマにするためには、このやりかたが最善だとわかっているだけだ。お前と違って、仕事と私情を一緒くたにしてないからな。さあ、続けるぞ。僕のやりかたに賛同できない者は挙手してくれ」

南野は、もう話は終わったとばかりに藤城からスタッフに視線を移して促した。

突然、そらが席を立った。

「立てとは言ってない。まあ、いいか。つまり君は、僕のやりかたについてこられないと言うんだな？」

「社長は、私達に白か黒か二つの選択肢しか与えてくれないんですか？　迷いがあったり、聞いてほしいことがあったり、悩んだりしちゃいけないんですか？」

そらが、黒目がちな瞳に涙を溜《た》めて訴えた。

「僕は君の親でも恋人でもない。仕事に、そういった類の話は必要ないと思っている。仕事に関係のある話なら、いくらでも聞くよ」

南野は、淡々とした口調で言った。

「じゃあ、言います！　吉永さんのマリちゃんが……」

「橋本君、いいから」

吉永が、そらを遮った。

「いえ、言わせてください！　マリちゃんが、夜中に緊急入院したのを知らないですよね？」

そらが、吉永の制止を振り切り訊ねてきた。

「マリ……ああ、吉永が飼ってる犬か？」

「はい。腸炎だったそうです。前にマリちゃんの食欲がないので病院に連れて行きたいから、少し早めに帰らせてほしいって吉永さんが言ってたのを覚えてますか？」

そらが、非難の響きを帯びた口調で質問を重ねた。

「ああ、覚えてるよ」

南野は即答した。一ヵ月ほど前に、「ラストオネエ」の二番手の役を工藤達樹にオファーした日だからよく覚えていた。

「社長は、食欲がないくらいたいしたことないって、吉永さんを帰してあげなかったんです。しかも、西麻布のラウンジで夜中まで接待に付き合わせましたよね？」

「ああ、そうだったな」

新進女優の篠原かんなをキャスティングするために、所属事務所のチーフマネージャーを接待漬けにしたのだ。

あの夜はラウンジを梯子《はしご》し、解散したときは午前二時を回っていた。会計も二十万ほどかかったが、そのおかげで篠原かんなを準ヒロインにキャスティングできたのを考えれば安い出費だ。

「そうだったな……って、それだけですか？　その後も動物病院が開いている時間に帰れる日がなかったから、マリちゃんの症状は悪化したんですよ⁉　幸い命に別状はありませんでしたが、一ヵ月前に病院に行けていたら、入院するような状態にはなっていなかったはずですっ」

「君はなにか思い違いをしてないか？　吉永の犬が入院しているのはかわいそうだと思うが、それを仕事のせいにするのは違うだろう？　たとえば君がインフルエンザで倒れたとして、それを仕事のせいにするのか？　君の部屋の観葉植物が枯れたとして、それも仕事のせいか？　正直、百パーセント無関係かと言えばそうじゃないかもしれない。だが、君達の生活の基盤になっている大事な仕事で、帰りが遅くなっているという事実を忘れてはならない」

南野は言いながら、掌《てのひら》を上下に動かしそらに座るように命じた。

そらに、座る気配はなかった。

吉永にも促され、そらが渋々と着席した。

「橋本君」

「今回のケースで言えば、『ゼウスプロ』の数字が取れないゴリ押し物件が主役とヒロインを務めるというピンチの中、数字を持っている工藤達樹と篠原かんなをそれぞれ準主役と準ヒロインにキャスティングできるかどうかが、『ラストオネエ』が成功するかコケるかの分かれ目だった。もし、二人をキャスティングできずにクランクインを迎えるとなると、視聴率が一桁台になるのは火を見るよりも明らかだ。そうなったら、『桜テレビ』は今後ウチに制作を委託しなくなるだろう。テレビ業界は、他局のドラマの視聴率に注目している。高視聴率の作品からはエキスを盗もうと、低視聴率の作品は反面教師にしようってな。当然、どっちの作品の場合でもキー局のプロデューサーは真っ先に制作会社をチェックする。スポンサーの顔色を窺うテレビ局の連中は、大コケしたドラマの制作会社を敬遠するようになる。『桜テレビ』の月九という注目枠は、数字を取れば飛躍的に制作依頼数が増えるチャンスになり、数字が取れなければ最悪、会社の存続が危ぶまれるピンチを招く。『港南制作』が潰れて給料が入らなくなったらどうするんだ？　飼い犬の具合が悪くなっても、病院で診て貰うこともできないんだぞ？　それだけじゃない。自分の大事な人達が病に倒れても……」

南野は言葉を切り、みなの顔を見渡した。

瞳にはスタッフの顔が映っていたが、脳裏には年月を重ねても色褪《いろあ》せない記憶の一コマが蘇っていた。

安普請のアパート。六畳の和室。布団《ふとん》に横たわる母の蒼白《そうはく》な寝顔。傍らで寝転がり競馬新聞を睨む父。ときおり、苦しそうに咳《せ》き込む母。競馬の予想に没頭する父。咳が止まらない母。缶ビールを呷《あお》り、投票カードに印をつける父。

アルバイトから帰宅した南野の視界には、いつもの光景が広がっていた。小学校を卒業した頃までは、南野家の光景はまったく違うものだった。

都内に三店舗の寿司屋《すしや》を経営していた父、白金《しろかね》のマイホーム、自宅でピアノ教室を開いていた母、人情家で陽気な父、華やかで心優しい母。

幸福を絵に描いたような南野家の日常に光が射《さ》さなくなったのは、人情家で世話好きな父の性格が原因だった。

父は、一番弟子《でし》であり本店を任せていた店長の連帯保証人になり、六千万以上の借金を被《かぶ》った。住宅ローンを組むのに連帯保証人になってほしいとの申し出を、微塵《みじん》の躊躇いもなく引き受けた。連帯保証人になるだけならまだしも、契約事に疎く人を疑うことを知らない父は借用書を確かめずに署名捺印《なついん》したのだ。

借用書の債権者は銀行ではなく、富士信用組合という紛らわしい社名の街金融だった。しかも、月に一割という高利貸しだ。

店長が借りたのは三千万だったが、半年後に四千八百万、一年後には六千六百万になり、店と自宅を担保に押さえられていたので、最終的には都内三店舗の寿司店と白金のマイホームのすべてを奪われてしまった。

借金はなくなったが、手元に数十万しか残らなかった父は、母と息子を連れて白金の邸宅とは比べようもない安アパートへ引っ越すことを余儀なくされた。

その一件から父は、人が変わったように酒とギャンブル漬けの自堕落な日々を送るようになった。

働く意欲を失い、家と場外馬券場を往復する生活の父に代わって、母はパートを掛け持ちし、昼夜を問わずに働いた。

母が稼ぐ金を、父は酒とギャンブルに注《つ》ぎ込んだ。

そんな生活が一年以上続いたある日、母は病で倒れた。母が患ったのは心臓弁膜症だった。無理がたたって病状はかなり進行した状態で、手術をしなければ命の保証はできないと宣告された。

父にそんな金はなく、酒とギャンブルで現実逃避し、母は自宅療養という名の放置状態だった。

南野は母に手術を受けさせるために高校を中退し、解体業とカラオケボックスのアルバイトを掛け持ちした。そんな息子をよそに、父は相変わらず酒とギャンブルに溺れ続けた。


——お前、バイト代出たんだろ？　悪いけどよ、一万貸してくれねえか？

ある日の夜、バイトを終えて帰宅した南野を待ち構えていたように父が金の無心をしてきた。

——父さんに貸すために、バイトをしてるんじゃない。

——そう固いこと言うなって。明日よ、タダ貰いの鉄板レースがあるんだ。倍にして返してやるからよ。

——ふざけんな！　僕は、母さんの手術代を稼ぐために働いてるんだっ。父さんも、ギャンブルばかりしてないで母さんのために働けよ！

——お前、誰に口をきいてんだ！　これまで父ちゃんが稼いできたおかげで、お前も母ちゃんもいい思いできたんじゃねえかっ。たかが一万くらい貸してくれたって、バチは当たらねえだろ！　さっさと寄越《よこ》せ！

父が南野の腕を摑み、上着のポケットから財布を奪おうとしてきた。

——具合の悪い母さんの前で、暴れるなよ！

南野は身体を捻《ひね》り、父の腕を振り払った。

その反動で、南野はバランスを崩し母の布団の横に尻餅をついた。

——母さん。びっくりさせてごめん。

南野の呼びかけに応えず、母は眼を閉じていた。

——どうした？　母さん……。

南野は、母の身体を揺さぶった。

——母さん？　……母さん？　……母さん⁉

名前を呼びながら何度身体を揺さぶっても、母はピクリとも動かなかった。とてつもなく不吉な予感に導かれるように、南野は母の左胸に耳を当てた。どれだけ耳を澄ませても、母の心音は聞こえてこなかった。

母は夫にも息子にも気づかれぬまま、ひっそりと死んでいた。

手術を受けることができれば、こんなに早く旅立ちはしなかっただろう。

妻が死んだことにも気づかずに、息子にギャンブルの金を無心する父を憎んだ。母が死んだことにも気づかずに、父と揉める自分を憎んだ。だが、母を殺したのは父でも自分でもない……貧乏が、母を殺した。

「もういい。いまは、大事なクランクインを控えてるんだ。こんなくだらないことを言い争っている暇はない。仕事の話に戻るぞ」

南野は、暗鬱な記憶の扉を閉めると一方的に話を終わらせた。

「吉永さんが残業続きで、マリちゃんの病気が悪化して入院したっていうのが、くだらないことなんですか⁉　一歩間違えば、死んでいたかもしれないんですよ⁉」

そらが、血相を変えて食ってかかってきた。

「まだ、その話か？　いい加減にしてくれないか。社が一丸となってドラマを成功させなきゃいけないっていうときに、犬が入院したとかなんとか、くだらない話だろう？」

南野の言葉に、そらの眼にみるみる涙が滲《にじ》んだ。

言い過ぎているのかもしれない。だが、テレビ局や番組制作会社にはプライベートの犠牲はつきものだ。一人の例外を受け入れてしまえば、自分も、となるのが人間の性《さが》だ。

「……わかりました。会社のために身を粉にしてきた社員に情をかけてくれない社長のもとで、働くことはできません。今日かぎりで、辞めさせて頂きます」

そらが震える声で言うと、席を立った。

「橋本君っ、なにを言ってるんだ！　僕のことで君が辞めるなんて……」

「放っておけ。辞めたい者は、辞めさせればいい」

南野は、そらを引き止めようとする吉永を遮った。

「社長、橋本君は貴重な戦力です。僕のことで、彼女がいなくなるのは納得できません！」

吉永が、珍しく強い口調で訴えた。

「この大事なときに、プライベートなことを部下にペラペラ喋《しゃべ》るお前にも責任はある。プロデューサーという自分の立場をわかっているのか？　もっと、自覚を持たなきゃだめじゃないか」

南野は、吉永の訴えを一蹴した上にダメを出した。

「橋本君が辞めるのは、僕のせいだと言うんですか？」

「吉永さん、違いますっ。私は、社長のやりかたについていけないから辞めるんです！」

そらが、話に割って入ってきた。

「おいおい、お前ら、もうそのへんにしておけ」

それまで静観していた藤城が、そらと吉永を窘めた。

「でも、社長は私達のことを……」

「疲れているのは、南野も同じだよ。イライラして、つい、言い過ぎてしまったりすることはお前達にもあるだろう？　悪く受け取らないで、わかってやってほしい」

なおも反論しようとするそらに、藤城が諭すように言い聞かせた。

「疲れているからでも言い過ぎたわけでもない。僕が二人に言ったのは本音だ」

南野は、藤城の助け舟を拒絶した。自分が悪く思われないように庇《かば》ってくれているのはわかるが、それはそらと吉永のためにならない。

「南野。ろくに風呂に入る間もなく働きづめの部下に、もっと労《いたわ》りの言葉をかけてやってくれ。お前の気持ちもわかるが、こんな感じではみんなついてこないぞ」

藤城が、想《おも》いを込めた瞳で訴えかけてきた。

「当たり前のことを注意されてやる気がなくなるような弱い人間は、足手纏《あしでまと》いになるだけだ。みんな、いいか。改めて、言っておく。今回のドラマを成功させなければ、『港南制作』の未来はない。即ち、みんなの給料も払えなくなる。僕の役目は君達の生活を守ることで、人気取りをすることじゃない。僕は自分のやりかたに自信を持っているし、いまのスタイルを変えるつもりはない。ついてこられない者は、いますぐ出て行ってくれ」

南野は、眉一つ動かさずに淡々と言うとみなの顔を見渡した。

「辞表は……後日持ってきます」

そらが言い残し、フロアをあとにした。

続いて、吉永が席を立った。

「おい、吉永、待て」

「すみません」

引き止めようとする藤城に頭を下げ、吉永はそらのあとを追うように退室した。

「南野っ、これでいいのか？」

「お前らはどうする？　二人に続きたいなら、遠慮しないでいいんだぞ？」

藤城の呼びかけに答えず、南野はチーフプロデューサーの黒岩、ディレクターの佐野、ＡＤの三橋加奈を順番に見渡した。

「今日は、僕も帰ります。いったん頭を冷やして、よく考えてみます」

佐野が席を立ち南野に頭を下げ、ドアに向かった。

「私も……すみません」

加奈が、逃げるように小走りにフロアを出た。

「社長……このままで、いいんですか？　これじゃあ、『ラストオネエ』がクランクインできませんよ？　メインキャストのスケジュールは変えられませんし、撮影がずれたりしたら、各所にたいして損害賠償金が発生してしまいます」

恐る恐る、黒岩が進言した。

「引き止めてきます」

「余計なことをするな」

立ち上がりかけた黒岩を、南野は制した。

「でも……」

「そんなことして連れ戻しても、増長するだけだ。やる気のない者は、放っておけ」

「プライムタイムのドラマの撮影が飛んだとなれば、各事務所やテレビ局への違約金や損害賠償金で、数億はくだらない額を支払わなければならなくなるんですよ⁉　お願いしますっ。連れ戻させてください！」

黒岩が、懸命に食い下がった。

「金のことは、僕が考えることだ。お前は、『タッチダウン』の島原《しまばら》社長に連絡して、代わりのスタッフを当たってくれ」

南野は、黒岩に命じると脚本に赤鉛筆を入れ始めた。冒頭から、大幅にセリフを変えなければならない。

「タッチダウン」は、「港南制作」と友好関係にある同業者だ。たまに、人手がたりないときなどスタッフの貸し借りをしている間柄だった。

「ちょっと、電話してくる」

藤城が言い残し、フロアを出た。

「代わりのスタッフを当たるって、どういう意味ですか？」

黒岩が、怪訝《けげん》な顔で訊ねてきた。

「プロデューサーはお前が兼ねるとして、ディレクターとADを二、三人穴埋めしないとな」

「社長、それ、本気で言ってるんですか!?　いままでみたいに、照明や音声スタッフを二、三日借りるのとは訳が違うんですよ!?　よその会社の寄せ集めスタッフで、三ヵ月の連ドラを乗り切れるわけないじゃないですか！」

黒岩が、血相を変えて抗議した。

「仕方ないだろう？　四人も抜けてしまったんだから」

南野は涼しい顔で言いながら、脚本原稿に赤鉛筆を入れ続けた。平静を装っているが、内心は動揺していた。黒岩の言う通り、即席のチームで連ドラの長丁場を戦うことに不安がないと言えば嘘《うそ》になる……いいや、不安のほうが大きい。

だが、頭を下げて四人を連れ戻しても箍が外れた彼らは言うことを聞かないだろう。そんな統制の取れないチームよりは、外部からヘルプを雇ったほうがましだ。

「だから、吉永達を呼び戻せばいいじゃないですか！　いつもチーム一丸と言っているのに、こんなの矛盾してますよ！」

黒岩が、涙目で訴えた。

「勘違いするな。お前に意見を聞いてるんじゃなくて、命じてるんだ」

南野は赤鉛筆を持つ手を止めずに、抑揚のない口調で言った。

「僕は、社長という人がわからなくなりました」

「わからなくてもいいから、早く『タッチダウン』に電話……」

「南野」

ドアが開き、藤城が厳しい顔で歩み寄ってきた。

「お前も、スタッフ探しを手伝ってやってくれ」

「その必要はない」

言いながら、藤城がスマートフォンを差し出してきた。

「なんだ？　僕は急いで脚本の手直しをしなければならない。『タッチダウン』には、お前が連絡してくれ」

「そうじゃない。お前に電話だ」

相変わらず、藤城の表情は硬いままだった。

「誰から？」

「出ればわかるさ」

「まったく、この忙しいときに……」

南野は渋々、受け取ったスマートフォンを耳に当てた。

「お電話代わりました」

『お忙しいところすみません。「桜テレビ」の山神《やまがみ》です』

電話の主がわかった瞬間、南野の背筋に緊張が走った。山神は「桜テレビ」の制作部部長であり、「ラストオネエ」のチーフプロデューサーを兼ねていた。

「お世話になっております！　今日は、どうされましたか？」

訊ねながら、南野は妙な胸騒ぎに襲われた。自分に用があるならば、藤城に電話はしないはずだ。考えられるのは、藤城から山神に連絡を取ったということだ。

『藤城専務から聞きました。ほとんどのスタッフが以前から南野社長の経営方針に異を唱えていて、今、職場放棄したそうですね』

「あぁ……いや、大丈夫です。ドラマ制作には、支障は来しませんので」

『よその制作会社から、スタッフを借りようとしているとも聞きました』

南野は、藤城を睨みつけた。

「部長、なにか誤解されてます。ちょっとした意見の食い違いで、大勢に影響はありませんからご安心ください」

『単刀直入に言います。今回の制作から南野社長には外れて貰い、藤城専務に舵取《かじと》りをして頂きます』

「えっ……ちょっと、待ってください！　私が外れてしまえば、『ラストオネエ』の制作は不可能ですっ。藤城がなにを言ったか知りませんが……」

『私は、「港南制作」のスタッフの腕を評価して制作を依頼したのです。クランクイン間近に慌てて雇った寄せ集めのスタッフに、大事なドラマを任せるわけにはいきません。本来なら別の制作会社に鞍替《くらが》えするところですが、藤城専務ならスタッフも戻ってくるという話なので、引き続き御社に制作を委託することにします。一歩間違えば訴訟問題に発展したかもしれない危機を、藤城専務に救われたのです。彼には、感謝すべきだと思いますよ』

山神の一言一言が、砕け散ったガラス片のように南野の胸に突き刺さった。

「たしかに、スタッフの何人かは職場放棄して帰ってしまいました。ですが、それは一時的なものです。これから私が彼らを呼び戻しますから！　お願いしますっ。今日一日だけ猶予をください！」

南野は、なりふり構わず懇願した。

『藤城専務からは、南野社長の指揮下ではスタッフは戻ってこないだろうと聞いてます。どうしても私の条件を呑めないというのなら、「ラストオネエ」は別の制作会社に依頼します。「港南制作」さんには、然《しか》るべき損害賠償金を請求することになります。藤城専務に任せるか、損害賠償金を支払うか、明日の午前中までに正式な返事をください。では、これで』

一方的に告げると、山神が電話を切った。

「お前、僕を裏切ったのか⁉」

南野は立ち上がり、藤城の胸倉を摑んだ。

「殴りたければ、気の済むまで殴れ。だが、そのあとはおとなしく退《ひ》いてくれ。つらいが、これがお前を救う唯一の方法だ」

藤城が、眼を閉じ歯を食い縛った。

「ふざけるな！」

南野は振り上げた拳を、宙で止めた。

「顔も見たくない。出て行け」

南野は藤城に背を向け、窓際に立った。

「『ラストオネエ』を、素晴らしいドラマに仕上げることを約束する。クランクアップしたら、また、お前が『港南制作』の船長だ。少なくとも、俺はそう願っている。だが、スタッフがついてくるかどうかは、お前次第だ。三ヵ月、いい休暇だと思って自分をみつめ直してくれ。じゃあ、今日はこれで」

藤城と黒岩が出て行く気配を背中に感じながら、南野は窓の外に視線をやった。陽光に照らされているはずの街並みが、南野の瞳にはモノクロに映った。

3

オフホワイトの調度品で揃えられたリビングのソファで、南野はコーヒーを流し込んだ。朝、サイフォンで淹《い》れたコーヒーを自宅で飲むのはいつ以来だろうか？　ここ数年は、コンビニやコーヒーショップのコーヒーをテイクアウトしたものでサンドイッチを一緒に流し込みながら、事務所でメールチェックをするというのがルーティンだった。くだらないゴシップ、くだらないコメンテーター、くだらない正論……南野は、リモコンを放り投げスマートフォンを手にすると、ネットニュースの芸能欄をタップした。

人気急上昇俳優、工藤達樹がオネエに？
新ドラ『ラストオネエ』クランクイン、工藤達樹が語るオネエ論
注目は、工藤達樹の女装姿とオネエ言葉

十作を超える新クールの連ドラの中で、ほとんどのサイトが「ラストオネエ」を取り

上げ、工藤達樹のキャスティングについて報じていた。残酷なほどに、主役の夏川巧の存在は無視されている。

南野の目論見《もくろみ》通りだった。苦労して工藤達樹をキャスティングして正解だった。

「ゼウスプロ」のゴリ押し物件の夏川巧だけでクランクインしたらと思うと、ぞっとした。しかし、すぐに、虚《むな》しさと怒りが込み上げてきた。

――「ラストオネエ」を、素晴らしいドラマに仕上げることを約束する。クランクアップしたら、また、お前が「港南制作」の船長だ。

脳裏に蘇る昨晩の藤城の声に、いつも以上にコーヒーを苦く感じた。

南野はソファの背凭《せもた》れに身を預け眼を閉じると、大きく息を吐いた。たしかに、スタッフにたいして厳しく当たり過ぎたのは認める。しかし、感情に流されて叱ったことは一度もない。すべては、「港南制作」の飛躍のため……ひいては、社員の生活を守るためだった。自分の判断が間違っていなかったのは、「ラストオネエ」と工藤達樹の話題が芸能ニュースを独占していることが証明している。

インターホンのベルが鳴った。

藤城か？

南野は立ち上がりモニターカメラを見た。予想に反して、モニターに映っていたのは隣家の老人……斎藤《さいとう》だった。

斎藤は去年妻に先立たれてからは一人暮らしをしていた。犬を飼っていたが、出産のときに感染症にかかって死んだと落ち込んでいたのを覚えている。

南野は玄関に向かいドアを開けた。

「おはようございます。どうなさいましたか？」

南野の視線は、斎藤の顔から腕に抱かれているクリーム色の子犬に向けられた。

「ちょいと体調を崩してしまってね。年も年じゃから念のために病院に行こうと思ってな。それで、急で申し訳ないんだが、この子を夕方まで預かってほしいんじゃよ」

斎藤が子犬を南野の前に差し出しながら咳き込んだ。

「えっ、その子犬を僕が預かるんですか⁉」

突然の申し出に、南野は困惑した。

「本当に申し訳ないが、頼めるのはあんたしかいなくてな」

斎藤が頭を下げた。

「そんなことやめてください。顔をあげてください」

「じゃあ、頼まれてくれるのか？」

顔をあげた老人が咳き込みながら訊ねた。

「今日の夕方までですよね？」

南野は渋々と確認した。本当は子犬を預かる気分ではなかったが、苦しげに咳をする斎藤を見ていると断りきれなかった。

「六時までには大丈夫じゃ」

「じゃあ、六時までなら」

「ありがとう。予約の時間があるので早速じゃが……」

斎藤が子犬を南野の胸に押しつけた。

南野は怖々と子犬を受け取った。

「この子は、パステルという名じゃ。前に飼っておった母犬が産んだ子犬が三匹おってな。親戚が引き取ってくれたんだが、ばあさんを失って一人になったわしを心配してパステルを戻してきたんじゃ」

子犬……パステルは円《つぶ》らな瞳で南野をみつめた。

曇り一つない瞳……無条件に人を信じるような瞳。急に胸が苦しくなり、南野はパステルから視線を逸《そ》らした。

「餌はあげてあるから、水だけ頼む。本当に助かった。ありが……」

斎藤が激しく咳き込んだ。

「早く病院に行ったほうがいいですよ。夕方までに必ず迎えにきてください。では、失礼します」

老人の体調を気遣い、南野は早口で告げるとドアを閉めた。

南野はパステルを廊下に下ろした。

「おじいちゃんが戻ってくるまでの辛抱だ」

南野はパステルに言いながら、足早にリビングに戻った。

小走りに、パステルがついてきた。南野がソファに座ると、パステルが後ろ足で立ちテーブルに前足をかけた。

南野が飲んでいたコーヒーカップを、ペロペロと舐《な》め始めた。

「こら、なにをやってるんだ。やめなさい」

慌てて南野は、コーヒーカップを遠ざけた。

パステルがコーヒーカップを追いかけ、ソファによじ登ろうとした。

「なんだ、どうした？　もしかして、喉が渇いてるのか？」

南野はソファから腰を上げ、キッチンに向かった。ゴム毬のように弾みながら、パステルがあとをついてきた。

「いちいち、ついてこなくていいんだって」

南野はため息を吐《つ》き、キッチンシンクの戸棚からシチュー皿を取り出し水を入れると床に置いた。パステルは、物凄い勢いで水を飲み始めた。

「もっとゆっくり飲まないと、気管支に入るぞ」

呆れたように言いつつ、南野はダイニングキッチンの椅子に座った。この小さな身体のどこに入るんだろうというほどに、パステルは大量に水を飲み続けた。

ようやく満足したのか、口の周りをびしょ濡《ぬ》れにしたパステルが匂いを嗅ぎつつダイニングキッチンをちょこちょこと歩き始めた。

「こら、勝手にいろんなところに行くな」

南野が抱き上げようとすると、パステルが椅子やテーブルの下を潜《くぐ》りながら、すばしっこく逃げ回った。

南野が立ち止まると、パステルも立ち止まり早くおいでとばかりに、そこにあったスリッパをくわえたまま振り返る。

パステルがテーブルの下に潜り込み、頭ごとスリッパを激しく左右に振った。

南野は四つん這《ば》いになり、パステルの隙を窺った。

不意にパステルがスリッパを床に置き、南野をみつめた。

南野は慰められているような気分に襲われた。

「おいおい、なんでそんな眼で見るんだよ。会社から追い出された僕に同情してるのか？」

パステルに言った端から、南野は自嘲した。

馬鹿な話だ。犬が人間を慰めるはずがないし、その前に状況を察することなど不可能だ。なにより、自分は慰められるようなことはしていない。

「哀しそうな顔するな。悪いけど、お前と遊んでる暇はないいんだ」

南野はスリッパを手に取り立ち上がるとリビングに戻った。

ぴったりとあとについてきたパステルが、ソファに腰を下ろす南野の足元にお座りして見上げた。相変わらず、哀しそうな瞳をしていた。

「しようがないな。ちょっとだけだぞ」

南野は、スリッパをパステルの前に置いた。

パステルは、南野を見上げたままだった。

「ほら」

今度は、拾ったスリッパを遠くに投げた。

パステルは銅像のように身じろぎひとつせず、南野をみつめていた。

「なんだよ？　スリッパはあっちだ。遊びたいんだろう？　って……言っても、わかるわけないか」

まただ。

胸の奥を鷲摑《わしづか》みにされているような息苦しさ……。南野はソファに横になり、眼を閉じた。昨日から、いろいろなことがありすぎて疲れているのだろう。隣家の老人が迎えにくるまで、ひと眠りしよう。


しばらくすると、脇腹に温かみを感じた。

眼を開けた。

パステルがソファによじ登り、南野の脇の下に顔を埋《うず》め、寄り添うように寝ていた。

「お前は寂しがり屋だな」

南野はパステルに回そうとした右腕を思い直し、宙で止めた。変に懐かれても困ると思ったのだ。南野自身も、子犬の相手をしている余裕はない。

「おじいちゃんが戻ってきたら、たっぷり相手して貰え」

南野は上体を起こし、パステルを床に下ろすとふたたび仰向《あおむ》けになった。

視線を感じた。フローリングにお座りしたパステルが、じっと南野をみつめていた。

すべてを見通したような汚れなき瞳……慈しみに満ちた瞳を見ていると、心が乱された。

「そんな眼で見るなっ、あっちに行け！」

開きそうになる心の扉を強引に閉めるように、怒声が口を衝《つ》いて出た。身体をビクンとさせながらも、パステルは南野から瞳を逸らさなかった。

「勝手にしろ」

南野は寝返りを打ち、パステルに背を向けた。胸の奥の疼《うず》きから逃げるように……。

4

息苦しさに、南野は眼を開けた。

見慣れたリビングルーム……いつの間にか、再び眠っていたようだ。南野は、巡らせていた視線を止めた。

南野の胸の上で身体を丸めて眠る子犬……一瞬、なぜ子犬が部屋にいるのかわからなかったが、すぐに思い出した。

「おい……苦しいから下りてくれ」

南野は言いながら、パステルの両脇の下に手を差し入れ上体を起こした。

遊んで貰っていると勘違いしたのか、パステルが宙で尻尾をピコピコ振りながら南野の口を舐めた。

「うわっ……おちんちんを舐めていた口で……」

南野はパステルを床に下ろし、洗面所に行くと口を漱《すす》いだ。ブラシスタンドに立つピンクの歯ブラシから眼を逸らし、南野はダイニングキッチンに移動した。

南野のあとを、親ガモに続く子ガモのようにパステルがついて回った。冷蔵庫からミネラルウォーターのペットボトルを取り出し喉を鳴らして飲む南野を、パステルが見上げていた。

「お前も飲むか？」

南野は、午前中あげたシチュー皿に入れた水をシンクに捨てて、新しい水を注ぐと床に置いた。

ジャブジャブと音を立て、パステルが淡いピンクの舌で水を掬《すく》った。

「それにしても、うまそうに飲むよな。犬が水を飲むシーンのオーディションがあったら、一発で合格だぞ」

軽口を叩いたことを、南野はすぐに後悔した。

「ラストオネエ」から外されたことを思い出し、嫌な気分が蘇ったのだ。

南野は、スマートフォンのデジタル時計に眼をやった。

「えっ、嘘だろ……」

思わず、大声を出した。その声に反応したパステルがハイテンションになり、髭《ひげ》についた水を飛ばしつつフローリングに四肢を滑らせながら駆け回った。

「もう、七時じゃないか……もしかして……」

迎えにきた老人に気づかなかったのか……。

「さあ、急ぐぞ」

南野は慌ててパステルを抱き上げ、キーケースを手に玄関に向かった。

外に出ると、ムッとする湿気が纏わりついてきた。薄暗くなった空には、黒い雨雲が垂れ込めていた。一雨きそうな雰囲気だった。

斎藤家の表札の出た建物には、明かりがついていなかった。南野は玄関の前に立ち、インターホンを押した。

「留守なのか……」

南野は呟《つぶや》いた。二度、三度とインターホンを押したが、やはり反応はなかった。

「参ったな。お前の飼い主は、どこに行ったんだよ」

パステルに語りかけながら、南野は玄関から離れて通りに首《こうべ》を巡らせた。肉眼で見える範囲に、老人らしき人影は見当たらなかった。

通りの向こう側からバンが現れ、ゆっくりと速度を落とした。斎藤家の四、五メートル手前……南野家の前でバンは止まった。

老人が知り合いの車に乗って帰ってきたのかもしれない。だとすれば、パステルを迎えに行ってから自宅に戻るつもりなのだろう。

南野は安堵し、バンから老人が降りてくるのを待った。フロントウインドウ越し——運転席に座る男性はまだ若かった。後部座席は光の加減で見えなかった。

ほどなくしてスライドドアが開き降りてきたのは、南野とそう年の変わらないスーツ姿の男性だった。

落胆しかけた南野は、男性から逸らしかけた視線を戻した。男性は、南野家のドアの前に立ちインターホンを押していた。

「あの、ウチにご用ですか？」

南野は声をかけた。

「南野さんでしょうか？」

男性が訊ね返した。

「そうですが、どちら様ですか？」

「私、斎藤清次郎《せいじろう》の甥《おい》の横田《よこた》です」

折り目正しく横田が頭を下げた。

「あ、斎藤さんの代わりに子犬を迎えにきたんですね」

「いえ、実はそのことでお伝えすることがあります。伯父が検査の結果肺炎と診断されまして、即入院になりました」

「そうですか。それであなたが子犬を……」

「いえ、私は伯父とそこまでの付き合いはありませんし、父に言われて伝言にきただけです。それに、私も両親も犬アレルギーなんですよ」

南野を遮り、甥が言った。

「つまり、どういうことでしょう？」

南野は訝《いぶか》しげな顔で訊ねた。

「伯父から、南野さんに退院するまで子犬を預かって貰えるようにお願いしますとの伝言です」

「ちょっと待ってください！　斎藤さんの入院はお気の毒ですが、隣家というだけで僕が子犬を預かるのはおかしいでしょう⁉」

南野は声高に抗議した。

「そう言われましても、私は伯父の伝言を伝えているだけですから」

甥が事務的な口調で言った。

「そんな他人事《ひとごと》みたいに……あなたは斎藤さんの親戚でしょう⁉　斎藤さんは他人に頼む前に、あなたに頼むのが筋じゃないんですか？」

「伯父は私と家族が犬アレルギーなことを知ってますし、ほかに頼めそうな親族もいないので南野さんに預かって貰おうと思ったのでしょう」

「勝手なことばかり言わないでください！　僕にもいろいろ事情があって、子犬を預かる余裕なんてないですよ！　なにより、私が子犬を預かる理由はなに一つありませんから！」

「お気持ちをお察しします。私も南野さんも伯父の子犬を預かる理由はありません。でも、私より理由があるとすれば南野さんが伯父から子犬を預かってしまったということですね。伯父の退院まで子犬を預かれないなら別の預かり手を探すのは南野さんの役目です」

「なっ……」

　南野は絶句した。

　甥の言動に怒りを覚えたが、たしかに正論ではあった。斎藤の甥というだけで、犬アレルギーの彼が子犬を引き取る義務はない。

「わかりました。じゃあ、斎藤さんを心配して子犬をあげたという親戚の方の連絡先を教えてください」

　なぜ、早く思いつかなかったのだろう。

　パステルを斎藤に戻した親族に返すのが一番確実だ。

「ああ、姪《めい》のことですね。姪が伯父を心配していたのは事実ですが、外交官の旦那さんの仕事の都合で先週、カナダのバンクーバーに移住しました」

甥が涼しい顔で言った。

「そんな……とにかく、僕は斎藤さんとは赤の他人なのであなたが引き取ってください！」

南野はパステルを甥に差し出した。

「無理です」

甥がきっぱりと断った。

「僕だって無理ですよ！」

視線を感じた。

パステルが、円らな瞳で南野をみつめていた。気のせいか、不安そうな顔をしているように見えた。

「そんな目で見るなよ」

南野は、パステルに語りかけた。子犬の気持ちを心配して話しかけている自分が滑稽だった。

「それにしても、不思議です」

南野に抱かれるパステルをしげしげとみつめ、甥が言った。

「なにがです？」

「伯父からは、なかなかほかの人に懐かない子犬だと聞いていましたので。ずっと前から、南野さんに飼われているような信頼した目をしていますね。伯父も退院するまで時間がかかりそうだし、退院してからも犬の世話ができるかどうかわかりませんから、いっそのこと、南野さんが飼われたらどうですか？」

本気とも冗談ともつかぬ口調で甥が言った。

「いやいや、勘弁してください。犬を飼う余裕なんてありませんから」

「保護犬施設に預けて里親を募ればどうですか？　ネットで検索すればいろいろでてきますよ」

不意に甥が言った。

「里親が見つからなかったら、子犬はどうなるんですか？」

質問してすぐに、南野は自らに呆れた。

パステルがどうなるかを心配している場合ではなく、引き取り手を探すのが先決だ。

「さあ、その施設がお役所に引き渡したりすれば殺処分とかになるかもしれませんね」

「殺処分⁉」

南野の大声に、腕の中でパステルがビクッとした。

「そんな他人……」

他人事、と言いかけた言葉を南野は呑み込んだ。

南野にとってもパステルの行く末がどうなろうと他人事なのだ。

「では、たしかに伯父の伝言を伝えましたよ。私は仕事があるのでこれで失礼します」

一方的に言い残し、甥が踵《きびす》を返しバンに乗り込んだ。

「ちょっと！」

南野はパステルを抱いたまま呆然《ぼうぜん》と立ち尽くし、遠ざかるテイルランプを見送った。

5

日曜日の昼下がり――中目黒《なかめぐろ》のイタリアンレストランのオープンテラスで、南野は行き交うカップルや子供連れの家族を、虚ろな視線で追っていた。

テーブルには、ビールが半分ほど入ったピルスナーグラスが置かれていた。店に入って三十分ほどで、既に七杯目だった。店員達も、正午を過ぎたばかりの時間帯に食事を頼まずにひたすらビールだけを飲む南野を好奇の目で見ていた。

トイプードル、チワワ、見たこともないような毛むくじゃらの大きな犬……場所柄、犬を散歩させている人が多かった。

斎藤はきっと、すぐに退院できるに違いない。

「犬のことより、自分の心配しろって……」

南野は自嘲気味に呟き、グラスの底でテーブルを叩いた。すっかり、酔っぱらいの店員の呼びかただ。軽く叩いたつもりが力を入れ過ぎ、響き渡る大きな音に周囲の客が驚いた顔を向けた。南野は苦笑いを浮かべ、その場を取り繕った。

「すみませーん！」

注文を取りにこないので、南野は空のグラスを宙に掲げ店員を呼んだ。

「同じのをちょうだい」

慌てて駆け寄ってきた女性店員に、南野は告げた。

「大変申し訳ございませんが、ほかのお客様のご迷惑になりますので大きな声は……」

「あんたが呼んでもこないからだろ！　人のせいにするのか！　僕が悪いっていうのかよ⁉」

南野は、女性店員を遮り大声で詰め寄った。

「私は、呼ばれてすぐにきました！」

女性店員が、顔を朱に染めて反論してきた。

「呼んだだろ！　こうやって！」

南野は、グラスの底をテーブルに何度も叩きつけた。

「お客様、やめてください。ほかのお客様にご迷惑……」

「だったら、自分の非を認めて先に謝れ！」

南野は、グラスの底でテーブルを叩き続けた。

「私、店長の並木《なみき》と申します。お客様、いかがなさいました⁉」

ツーブロックのヘアスタイルの黒いスーツを着た男性……店長が、血相を変えて飛んできた。

「この女が一度でこないから大声で呼んだら、ほかの客に迷惑だからとかなんとか人のせいにしたんだよ！」

「わかりました。とりあえず、こちらでお話の続きを聞かせてください」

店長が、南野の腕を取り椅子から立ち上がらせようとした。

「離せ！」

南野は店長の腕を振り払い、自ら立ち上がった。

「気分の悪い店だ！」

南野は捨て台詞《ぜりふ》とともに一万円札をテーブルに叩きつけ、オープンテラスをあとにした。

「お客様、いま、お釣りをお持ちします」

追い縋《すが》る店長の声を振り切るように、南野は駆け出した。景色が歪《ゆが》み、激しい眩暈《めまい》がした。急に走り出したせいでアルコールが回り、胃が不快感に襲われた。

膝に両手をつく南野の背中は、大きく波打っていた。代官山《だいかんやま》の路上を、吐瀉物《としゃぶつ》が汚した。

「うわっ、マジか……」

「汚なっ」

「昼間から嫌ね」

「だめよっ、こっちにきなさい」

「見て見て！　あのおっさん」

方々から、嫌悪と嘲りの声が聞こえてきた。その場から逃げるように、南野は歩き出した。ドラマや映画に出てくる酔っぱらいのように、ジグザグにしか進めなかった。絵に描いたような酔っぱらいぶりに、笑いが込み上げた。

通り過ぎる人々が南野を避けた。

無理もない。いまの自分は、どこから見ても変質者だ。

「蔦屋《つたや》書店」の前の路肩に、人だかりができていた。

「ねえねえ、目が合っちゃった！　かっこいい！」

「嘘⁉　いいな！　私のほうも見てくれないかな」

目の前で、十代と思《おぼ》しき二人の少女が声を弾ませ興奮していた。

「まもなく本番に入りますので、申し訳ありませんがお静かにお願いしまーす！」

女性の声が聞こえた。

ドラマか映画の撮影とわかった途端に、胃がキリキリと痛み始めた。三十人は超えていそうなギャラリーの数からして、人気の俳優が撮影しているに違いない。

南野は不快感から逃れるように、通りを渡ろうとした。

「そんな格好《かっこう》して、よく恥ずかしくないいな」

「兄ちゃんの格好が、そんなに恥ずかしいのか？」

聞き覚えのある声と聞き覚えのあるセリフに、南野は足を止めた。

「恥ずかしいに決まってるだろ！　女装して外を歩いて、よく平気だな？」

「仕事だからな。慣れてしまったよ。次郎。どうだ？　偏見を持たずに、お前もオネエになって潜入してみないか？」

南野は弾《はじ》かれたように振り返り、人だかりを掻《か》き分け前進した。

「ちょっと、なにするのよ⁉」

「おじさん、割り込まないでよ！」

「カットカットー！　そらちゃん、なにやってるんだ⁉　声が入っちゃっただろ⁉」

「すみません！　本番中なのでお静かに……」

スタッフカードを首から下げた女性……ＡＤの橋本そらが、人だかりの最前列に到達した南野を認め驚愕《きょうがく》に顔を凍てつかせた。

追い出された会社の社長が目の前に現れたのだから、彼女が驚くのも当然だ。しかも、酒で顔が赤らみ、頬には無精髭が散らばっている。

「そらちゃん、なにやってるの⁉」

監督を務める佐野の焦《じ》れた声が聞こえた。

「久しぶり」

南野は微笑んだつもりだが、引きつり笑いになっていた。

「お、お久しぶりです」

明らかに、そらは動揺していた。

「吉永、お前、行ってこい」

佐野に命じられたプロデューサーの吉永が、駆け寄ってきた。

「そらちゃん、どうした……」

そらから南野に視線を移した吉永が絶句した。

「藤城はいるか？」

縺《もつ》れ気味の呂律《ろれつ》で、南野は訊ねた。

「あ……いえ、せ、専務はここには、いらっしゃいません」

しどろもどろになって、吉永が答えた。

「じゃあ、どこにいるんだ？」

「さあ、僕には……」

「もういい！」

南野は吉永を押し退《の》け、ふらつく足取りで佐野のもとに向かった。

撮影が中断し待機していた工藤達樹と夏川巧が、びっくりした顔を南野に向けた。

「工藤君、初めまして！　夏川君、久しぶり！」

南野は大きく手を振りながら、二人のほうに足を向けた。

夏川とは過去に現場で何度か顔を合わせていたが、工藤とは仕事をしたことがなかった。

「あ……南野社長、お久しぶりです」

夏川が、無理やり作った笑顔で挨拶した。

恐らく夏川は、南野が会社を追われたことは知らない。だが、明らかにいつもと様子の違う南野に異変を感じているはずだ。

「工藤君は、初めてだったね。君のことをキャスティングしたのは、この僕だからね！」

南野は大声で言いながら、右手で胸を叩いた。

「初めまして。このたびは、素敵な現場をありがとうございます」

困惑しながらも工藤は、礼の言葉を述べて頭を下げた。

「いやいや、礼を言うのはこっちだよ！　君がいなきゃ、視聴率がどうなるかドキドキもんだったからね！」

南野は大声で笑い、工藤の肩を平手で何度も叩いた。

「お世話になっています。『アクアエージェント』で工藤の現場マネージャーを担当している石黒《いしぐろ》と申します」

「初めまして、私は『ゼウスプロ』の千田《せんだ》です。この度は、ウチの夏川を主役に抜擢《ばってき》してくださりありがとうございます。代表の別所も、南野社長によろしくお伝えくださいと申していました」

不穏な空気を察したのか、主役と準主役の男性マネージャーが申し合わせたように駆け寄ってきた。

「またまた～、そうやって別所社長の名前をさりげなく出して、僕を恫喝する気なんだろう？」

南野は、今度は初対面の千田の肩を平手でバシバシと叩いた。

「恫喝なんて、とんでもない！　『港南制作』さんにはいつもウチのタレントをたくさんキャスティングして頂き、社長も感謝しております」

千田が、慌てて否定した。

「そりゃそうだろう。新作のドラマの制作が決まるたびにおたくのボスから電話が入って、所属タレントをゴリ押しされるんだから。今回だって、ご覧のとおり主役に夏川君を押しつけられちゃってさ。慌てて二番手を数字の取れる役者にしたってわけだよ」

南野の言葉に、瞬時にその場の空気が凍てついた。

千田に恨み言を言いたいわけでも、夏川に嫌味を言いたいわけでもなかった。だが、鬱積したストレスに酔いが拍車をかけ、普段の南野なら絶対に口にしないような暴言が止まらなかった。

「南野社長、冗談きついですよ～。夏川のガラスのハートが傷つくじゃないですか～」

片側の頬の筋肉を小刻みに痙攣《けいれん》させつつ、千田が冗談交じりに場を和ませようとした。

当の夏川は顔面蒼白になりながらも、必死に愛想笑いを浮かべていた。

「傷ついているのは、僕のハートだよ。いつもいつもいつもいつも別所さんから恫喝されて、もう、ボロボロだ～って。工藤君！　君がオファーを受けてくれて、本当に助かったよ！　改めて、ありがとう！　ありがとう！　ありがとう！」

南野は工藤の右手を両手で握り、大声で礼を連発した。巻き込まれた格好の工藤の顔には、戸惑いの色が増していた。

「ちょっと、社長、なにをやってるんですか⁉」

事の成り行きを見守っていた監督の佐野が、血相を変えて飛んできた。

「なにって、自分の会社が制作を請け負ったドラマの現場に顔を出したらだめなのか？」

南野は、佐野に向き直りそれまでと一変した剣呑《けんのん》な顔つきで見据えた。

「そんなこと、言ってないじゃないですか！　お酒を飲んでいるんですか⁉」

佐野の咎《とが》めるような口調が癪《しゃく》に障った。

「だったら、なんだ？　今日は日曜日だ。酒くらい飲んでる奴はいくらでもいるだろう？　それとも、会社を追い出された僕は酒を飲む権利もないのか？」

南野は、ネチネチと佐野に屁理屈《へりくつ》をこねた。

酔っていても、これ以上管《くだ》を巻くべきではないということは頭ではわかっていた。自分が、とんでもない失態を演じているということも。わかっていても、やめられないのが悪酔いの弊害だ。

「社長、とにかくこっちで話しま……」

「藤城はどこだ⁉」

南野は佐野の腕を振り払い、大声で訊ねた。

「専務は、ここにはいませんよ。社長、お願いしますから騒ぎを起こさないでください。事務所関係者や演者も見ているんですよ」

半べそ顔の佐野が、南野の耳もとで懇願した。

「僕はぜーんぜん困らないから、みんなに見て貰おうじゃないか。みなさーん、よく聞いてくださいい！　『港南制作』の藤城専務は社員を焚《た》きつけてクーデターを起こし……」

「吉永っ、早く手を貸せ！」

佐野が南野を羽交い絞めにし、物凄い力で野次馬の人垣に引《ひ》き摺《ず》り込んだ。

「なにをするんだ！　僕は社長だぞ！」

南野は足をバタつかせ、大声で喚《わめ》き散らした。

「社長なら、撮影妨害なんてやめてくださいよ！」

佐野が泣きそうな声で言った。

駆けつけた吉永が南野の両足を持ち、佐野と二人で担架を運ぶときのように持ち上げた。

「離さないと、お前らクビだぞ！」

撮影現場から二十メートルほど離れたコインパーキングの地面に、南野は下ろされた。

「お前らっ、どういうつもりだ⁉　撮影を妨害するもなにも、もともと俺の会社の作品だろうが⁉」

南野は立ち上がり、佐野の胸倉を摑み詰め寄った。

暴れて大声を出すほどにアルコールが体内を駆け巡り、悪酔いが急速に進んだ。

「だったら、こんな醜態を『ゼウスプロ』や『アクアエージェント』のマネージャーに見せないでくださいよ！　しかも、役者のいる前で……。いま頃もう、電話でそれぞれの社長に報告しているはずですから『港南制作』の面目丸潰れですよ！　局に伝わって、制作のオファーがこなくなったらどうするんですか！」

佐野が、眼に涙を浮かべつつ南野に抗議した。

「お前に、そんなこと言われる筋合いはないっ。『港南制作』は、僕が作った僕の会社だ！　面目が潰れようがオファーがこなくなろうが、それは僕の問題だ！」

二十メートルほど離れているとはいえ、南野と佐野の口論は撮影現場にまで筒抜けだった。

「社員はどうなるんですか⁉　『港南制作』は社長の会社であっても、悪評が広まって仕事がなくなれば、僕ら社員だって困るんですよ⁉」

「心配するな。退職金はちゃんと払ってやるから」

「退職金……どういう意味ですか？」

佐野が、怪訝な顔で南野に訊ねた。

「『ラストオネエ』がオールアップしたら、社員を全員入れ替えるつもりだ。つまり、いまいる社員はすべて自主退職して貰う。もちろん、お前もだ！」

南野は佐野を指差し、高笑いした。

「社員を全員自主退職って……それ、冗談ですよね？」

佐野の顔から、みるみる血の気が引いた。

「真面目も真面目、大真面目だ！　解雇でないだけありがたいと思え」

ふたたび南野は高笑いしながら、ふらつく足取りで撮影現場に向かった。

「どこに行くんですか⁉」

「久しぶりに、演出ってもんをお前に教えてやる」

「な、なにを言ってるんですか⁉　ちょっと、待ってくださいよ！」

佐野が血相を変えて、南野の前に立ちはだかった。

「お前はラッキーな奴だ！　社長直々に役者の転がしかたを教えて貰える機会なんて、滅多にないことだぞ！」

「そんなこと、できるわけないでしょう！　昼間から酔っぱらうのは勝手ですが、悪ふざけが過ぎますよ！」

「いいから、お前は黙って僕の演出を見てればいいんだよ！　どけ！」

南野は佐野を押し退け、足を踏み出した。

「待ってください！　現場を潰す気ですか！」

背後から、佐野が南野の右の手首を摑んだ。

「誰が誰に指図してるんだ！　離せ！」

南野は佐野の手を振り払い、ダッシュした。

足が滑り、景色が流れた。

「あっ……社長！」

視界に空が広がり、やがて闇に包まれた。

☆

「大丈夫か？」

聞き覚えのある声――黒目を横に動かした。心配そうな顔をした藤城が、椅子に座っていた。

「貴様……」

上体を起こそうとする南野を、藤城が押さえつけた。

「安静にしてろ」

南野は擡《もた》げた首を左右に巡らせた。五坪ほどの狭い空間には、南野が横になっているベッド以外に、医薬品がおさめられたスチールキャビネットや医療器具が載ったステンレスワゴンがあった。

「病院か？」

「ああ、処置室だ。ＣＴスキャンの結果、幸い脳に損傷はなかったそうだ」

「そんな検査までしたのか……」

南野は呟いた。

病院に運び込まれたことも検査を受けたことも、なにも覚えていなかった。

「泥酔して『ラストオネエ』の撮影現場で大騒ぎしたこと、覚えてないのか？　俺はその場にいなかったが、佐野からの報告では、夏川巧の前で『ゼウスプロ』のマネージャーに、視聴率の取れない俳優をゴリ押しされて困っているとか、俺が演出をつけるとか喚いて暴れたそうじゃないか？　挙句の果てに、足を滑らせて頭を打ったそうだ」

藤城が咎めた。

「嘘だろ……」

南野は、二の句が継げなかった。

「病院のベッドで寝ている自分の姿を見たら、嘘じゃないってわかるだろう？　まったく、なんてことをしてくれたんだ。撮影は再開したが、話が『ゼウスプロ』の別所社長に伝わって激怒しているらしい。お前のスマホにも、鬼のように着信が入っているはずだ。お前は重体で動けないとかなんとか言って、とりあえず俺が詫びに行ってくるから」

藤城が、ため息交じりに言った。

「昼間から酒に溺れて、撮影現場で役者に絡んで、部下の仕事を妨害し……お前、いったい、なにをやってるんだよ？」

ふたたび、藤城がため息を吐いた。

「もう、帰ってくれ」

南野は寝返りを打ち、藤城に背を向けた。

「言いたいことは山ほどあるが、いまはやめておくよ。具合がよくなったら、帰ってもいいそうだ」

藤城が言いながら、丸椅子から腰を上げた。

「別所社長には絶対安静とでも言っておくから、電話があっても出ないでくれ。俺がなんとかおさめてくる。今回のことで迷惑をかけたと少しでも思うなら、おとなしくしていてくれよ」

三度目のため息を残し藤城が処置室をあとにするのを見届けた南野は、顔を歪めつつ上体を起こした。

電話が鳴った。

ディスプレイには知らない携帯番号が表示されていた。

「南野ですが」

『昨日、伯父の件でお伺いした者です』

「ああ、甥っ子さんですね？　どうして私の番号を？」

『なにかあったときのために伯父から聞いていましたので』

「そうですか。斎藤さんは退院できましたか？」

外にいるだろう病院関係者に聞こえないように、南野は潜めた声で訊ねた。

『伯父は、先ほど亡くなりました』

「えっ……」

南野は絶句した。

『そういう事情で、伯父は子犬を迎えに行けません』

「ちょっと待ってください！　そういう事情って言われても困ります。斎藤さんがお亡くなりになられたことにはお悔やみ申し上げますが、僕に子犬を育てろというのですか？」

『育てるか誰かにあげるか都に引き渡すかは南野さんの自由です。私は伯父が亡くなったことをお伝えするために電話しただけです』

「そんな勝手なことを言われても……」

『では、失礼します』

甥が一方的に言い残し電話を切った。

「もしもし⁉　もしもし⁉　くそっ！　なんで親戚でもなんでもない僕が……」

怒声の続きを南野は呑み込んだ。

斎藤が亡くなり引き取ってくれる親族もいないとわかった以上、恨みつらみを言っている場合ではない。一刻も早くパステルの引き取り手を探さなければならない。南野には子犬を引き取ってくれる当てはないので、里親施設に預けるしかない。

以前にテレビで特集をやっていたが、いまは保護犬施設も一杯で簡単に預けることはできないので、空きがない場合は都の施設に連れて行くことになるだろう。最悪、殺処分になるかもしれない。

お前が引き取りさえすれば、憐《あわ》れな子犬は死なずに済む。

自責の声が、南野を苛《さいな》んだ。

仕方がないだろう。会社のことで、それどころではない。なにより、こんな自暴自棄になった男に引き取られてもパステルは幸せになれない。

自責の声に、反論した。

それでも、殺処分になるよりは遥かにましだ。

また、自責の声がした。

「じゃあ、僕にどうしろと言うんだ！」

不意に南野は大声を張り上げた。

そう、南野がどこまで堕《お》ちようとも、なにも変わらずに世の中は動き続けるのだ。パステルにはかわいそうだが、もともとは南野とは無関係の犬だ。たまたま預かった子犬の飼い主が亡くなり、育てる者がいなくなっただけの話だ。

南野は自分に言い聞かせた。

掌の中でスマートフォンが震えた。

ディスプレイに表示される別所の名前。

――別所社長には絶対安静とでも言っておくから、電話があっても出ないでくれ。俺がなんとかおさめてくる。今回のことで迷惑をかけたと少しでも思うなら、おとなしくしていてくれよ。

藤城の声が、脳裏に蘇った。電話を無視するつもりだったが、気が変わった。

南野は通話ボタンをタップし、スマートフォンを耳に当てた。

『おい、てめえ、ウチのタレントに公衆の面前で恥をかかせるとはどういうつもりだ？』

いきなり、ドスを利かせた低い声が受話口から南野の鼓膜に流れ込んできた。

「酔っぱらった無礼な態度は謝ります。でも、言ったことは事実です」

南野は、芸能界のドンと畏怖される別所に、これまでなら口が裂けても言えなかった真実を告げた。

『事実だと!?　そりゃあ、どういう意味だ！』

「港南制作」を大きくしようとしているときの南野なら怯《ひる》むところだが、もうその必要はない。

「わからないんですか？　夏川巧じゃ数字を取れないってことですよ。業界にたいしての影響力の強さに物を言わせて、これまでどれだけの数のお荷物物件を押しつけてきたと思っているんですか？　無名の新人や峠を越したロートルを押しつけられた我々制作会社の苦労がわかりますか？」

南野は、挑発的な口調で屈辱的な言葉を別所に浴びせた。

『てめえ、誰が誰に向かって物を言ってるんだ⁉　詫びるなら、いまのうちだぞ？　夏川への暴言は許せねえが、頭を打った後遺症ってことでいまの言葉は忘れてやる。詫びなきゃどうなるか、お前が一番わかっているはずだ』

別所が、婉曲《えんきょく》な言い回しで恫喝してきた。

「詫びないと言ったら、どうします？」

『ちっぽけな制作会社を潰すくらい、俺の影響力を以《も》ってすればわけはない』

いままでなら、震え上がり即座に詫びを入れたことだろう。その前に、そもそも虎の尾を故意に踏むような愚かな真似《まね》はしない。

「そんな脅しは、僕には通用しませんよ。やれるものなら、お好きにどうぞ」

南野は、鼻で笑った――虎の尾を踏み続けた。

『俺にたいしての不遜な態度は、てめえの親友の藤城にも被害が及ぶとわかってのことか？』

別所が、押し殺した声で最終通告をした。

「何度も言わせるな。好きにしろ」

南野はタメ口で吐き捨て、通話ボタンをタップした。別所の名前が表示されるディスプレイから、視線を窓に映る己の顔に移した。

芸能界及びテレビ局に絶大な影響力を持つ男を利用して親友を会社ごと潰す冷徹な人間が、子犬の命を見捨てるくらい不思議ではない。窓に映る男が、南野を底なしの暗い瞳でみつめていた。

6

グレイのカーペットが敷き詰められた十坪ほどの空間……会議室の長テーブルのデスクチェアに南野は座っていた。昨日の怪我《けが》で、頭部に巻いていた包帯は外してきた。これから大変な頼み事をする相手に、ネガティヴな印象は与えたくなかった。

テーブルの上には、缶コーヒーやミネラルウォーターのペットボトルが二本ずつ置いてあった。まさか、ふたたび自分が「日東《にっとう》テレビ」を訪れる日がくるとは思わなかった。

「港南制作」が制作するドラマの九十パーセント以上は「桜テレビ」からの委託だった。ライバル局である「日東テレビ」と、社長である南野が距離を置くのは当然の流れだった。

だが、事情が変わった。

「港南制作」を捨てて新しい制作会社を立ち上げる肚《はら》を決めた南野にとって、「桜テレビ」に義理立てする理由はない。良心の呵責《かしやく》はない。藤城と手を組み先に南野を裏切ったのは、「桜テレビ」の部長のほうだ。南野が罪の意識を感じる必要など、どこにもない。自分を裏切った者達を、漏れなく後悔させてやるつもりだった。

南野の右足が、貧乏揺すりのリズムを取った。会議室に通されて、既に三十分が過ぎていた。深呼吸を繰り返し、いら立ちを静めた。

「日東テレビ」との取り引きを成立させられるか否かに、これからの南野の人生がかかっていた。是が非でも「日東テレビ」との委託契約を成立させ、新会社を盤石なものにしなくてはならない。

藤城や「桜テレビ」を見返すばかりが理由ではない。

「ゼウスプロ」の別所を敵に回した以上、業界でやってゆくには突出した力を持たなければ潰されてしまう。

出る杭《くい》も、突き抜ければ打たれることもない。潔くエンターテインメント業界から身を引かないのであれば、中途半端に関わるのは命取りになる。

戦うと決めたからには、別所も迂闊《うかつ》には手を出せないほどの大物になるしかない。

ノックの音に続き、勢いよくドアが開いた。弾かれたように、南野は立ち上がった。

タブレットを片手に、こんがりと陽灼《ひや》けした顔にノーフレームの眼鏡をかけた小柄な男性……編成部長の篠宮《しのみや》が慌ただしい足取りで入ってきた。

新しいドラマの企画を通すか否かの決定権を持つのは、テレビ局によって違うがドラマ部か編成部だ。「日東テレビ」は、編成部が決定権を持っていた。

数年前の篠宮は、ゆるくパーマをかけたロングヘアだったが、いまは短髪をシルバーグレイに染めていた。昔から業界気触《かぶ》れしたような印象は、相変わらずだった。

「南野ちゃん、久しぶり～。待たせて悪かったね。バタバタしちゃっててさ。さあ、座って座って」

入ってくるなり篠宮は、足取り同様に慌ただしい口調で言いながらデスクチェアに腰を下ろすと南野に着席を促した。

「お久しぶりです。お忙しいところ、急に時間を作って頂き申し訳ありません」

南野は頭を下げ、突然のアポイントを詫びた。

篠宮とは、「港南制作」を創設当時、「桜テレビ」と蜜月関係になる以前に一度仕事をしていた。その頃「日東テレビ」のプロデューサーだった篠宮に深夜の単発ドラマを委託されたのだった。プライムタイムの連ドラとは比べようもない安い制作費だが、船出したばかりの制作会社にはありがたい仕事だった。

「それにしても、数年ぶりだよね？　深夜ドラマのあとは、『桜テレビ』さんとべったりで疎遠になっちゃったからさ～」

篠宮が皮肉たっぷりに言った。

「本当に、申し訳ありませんでした。海のものとも山のものともつかない新参者にドラマをくださった篠宮プロデュ……いや、篠宮部長に不義理をしてしまいまして……」

ふたたび、南野は頭を下げた。

「おいおい、冗談だよ、冗談。とりあえず、座って。ちょうどいま、新クールのドラマの編成会議が続いていてさ、合間を抜け出してきたからあまり時間が取れないんだよ。早速だけど、用件は？」

篠宮の口もとは笑っていたが、眼鏡の奥の瞳は笑っていなかった。

「不義理をしておきながら申し上げづらいんですが……もう一度、ウチの会社にドラマを作らせて頂けませんか？」

南野は、意を決して本題を切り出した。

「ドラマを作らせて貰えないかって……『港南制作』は『桜テレビ』さんとずぶずぶじゃないか？」

篠宮が、怪訝な表情で疑問を口にした。

「私は『港南制作』を捨て、新会社を設立します」

「え？　南野ちゃん、それ、本気で言ってる？」

「はい。話せば長くなるのですが、いろいろとありまして」

南野は、曖昧に言葉を濁した。

「『港南制作』は、なくなるのかい？」

「いいえ、藤城以下社員が継続していくでしょう」

「藤城ちゃんはたしか、専務じゃなかったっけ？　南野ちゃんと学生時代からの親友だとか言ってたよね？　なんかあったの？」

篠宮が、好奇の宿る瞳で南野をみつめた。

「簡単に言えば、クーデターです。見事に、飼い犬に手を咬《か》まれました」

南野は、自嘲的に言った。

「藤城ちゃんが？　何度かしか会ったことないけれど、そんな男には見えなかったけどなぁ」

「それは、私のほうが驚いています。長年、同志だと思っていた男ですからね」

皮肉でも嫌味でもなく、本音だった。

「それで、新会社設立ってわけかぁ。相変わらず、南野ちゃんは猪突猛進《ちょとつもうしん》だねぇ。思い出すよ。『港南制作』を立ち上げて間もない頃、居留守を使う僕をストーカーみたいにつけ回して、挙句の果て、どこで捕まえた？　子供を遊ばせていた公園だよ」

篠宮が肩を竦めた。

「その節は、本当に……」

「いやいやいや、謝らせるために思い出話をしたわけじゃないから。南野ちゃんの熱意に根負けして、実績のない出来立てほやほやの制作会社に深夜ドラマの案件を振ったってわけさ。僕の判断は間違っていなかった。二十四時台のドラマで視聴率四・七パーセントの数字は出色だった。南野ちゃんのおかげで、局内での僕の評価も上がった。でも、それは君も同じだ。他局の数字を隈《くま》なくチェックし、低視聴率の制作会社と高視聴率の制作会社を把握する。目的はヘッドハンティングだよ。どこの局も、シンデレラボーイを手のうちに収めたいものさ。評判を聞きつけた民放三局が、南野ちゃんに接触してきた。その中で最も好条件を出してきたのが、『桜テレビ』さんだった」

「すみません……」

南野は頭を下げた。

篠宮の言う通りだった。昼夜曜日問わずに「日東テレビ」のヒットメーカーのプロデューサーを追い回し、情熱と根性だけでチャンスを摑んだ。

もちろん、チャンスを与えてくれた篠宮は足を向けて寝られない恩人だ。だが、目の前にぶら下げられた豪華な餌の誘惑に抗《あらが》うことができず、南野は恩人に後足で砂をかけるようにライバル局と手を組んだ。

「そりゃあ、仕方ないよ～。プライムタイムの連ドラと深夜枠の単発ドラマじゃ、たとえるならフェラーリと軽自動車、六本木のタワマンと高円寺の安アパート、年俸数億円のプロスポーツ選手と時給八百円のフリーター……それくらいの開きがあるよねぇ」

篠宮が、嫌味のオンパレードを南野に浴びせた。

「そんなふうには、思っていません。でも、そう思われるようなことをしたのは事実です」

南野は、殊勝な顔つきで言った。

「だめだめ。もう君には、騙《だま》されないよ。当時の不義理を本当に申し訳ないと思っているなら、数年ぶりに現れて新会社を作るから仕事を下さいなんて、図々しいことを頼めやしないって」

篠宮が、顔前で手を振りながら言った。

「私も、篠宮部長にアポを取るべきかどうか悩みました。あまりにも、虫がよ過ぎるんじゃないかって」

「でも、君はしゃあしゃあとアポを取ってきた。どうして？」

篠宮が、軽い口調とは裏腹に鋭い眼つきで南野を見据えた。

「正直に言います。一つは、『桜テレビ』をバックにつけている『港南制作』を倒すには、『日東テレビ』さんをバックにつけるしかない。もう一つは、藤城を潰すという目的を果たすと同時に篠宮部長への不義理を帳消しにできる。最後の一つは、『ゼウスプロ』の別所社長に忖度《そんたく》していない民放は『日東テレビ』さんしかない……この三つが、私が悩んだ末に篠宮部長に会おうと決めた理由です」

すべて、本音だった。自分が篠宮にやったことを考えると、駆け引き抜きに玉砕覚悟で正面からぶつかるのが最善策と考えたのだ。

「南野ちゃんって男は、腹が立つほど正直だねぇ。まあ、綺麗《きれい》ごとを言わずに実を取りに行く君のことを評価しているからこそ、今日も会ったんだけどね。だけど、『港南制作』を立ち上げたときとは違って、今度はそう簡単には行かないよ。君の悪評はいろいろと僕の耳にも入ってきているからね。あの頃より、敵も増えた。その中には、業界のドンと畏怖されている『ゼウスプロ』の別所社長も含まれている。五枚のうち四枚もジョーカーを持っているようなリスクだらけの相手と、ババ抜きをしようという物好きはいないだろう？」

篠宮が、ふたたび肩を竦めた。

「でも、篠宮部長は私に会ってくれました。それは、リスクだらけの相手であっても、条件次第ではババ抜きをしてやってもいいと思ってくれているからじゃないですか？」

南野は、篠宮の瞳を直視した。

数秒の沈黙後、篠宮が高笑いした。

「君は、麻薬のような男だよ。リスクがあるとわかっていても、一度嵌《はま》ったらふたたび手を出したくなる。厄介だねぇ〜」

飄々《ひょうひょう》とした口調で言いながら、篠宮が加糖の缶コーヒーを手に取りプルタブを引いた。

「手を出して頂けますか？」

南野は踏み込んだ。

「リスクだらけでも、危険を顧みずに手を出したくなるような魅力的な実がなっているならね」

篠宮が即答し、缶コーヒーを呷った。

「私に任せて頂ければ、来年四月クールの月曜九時の連ドラの平均視聴率、二十五パーセント超えをお約束します」

南野は断言した。

勝負時に、微塵の迷いも不安も見せてはならない。不安な顔をしているパイロットが操縦する飛行機には、誰しも乗りたくないものだ。

「月曜九時枠だって⁉」

缶コーヒーを傾ける手を止め、篠宮が素頓狂な声を上げた。

「ええ、まだ、四月クールは半年以上先ですから空いていますよね？」

「たとえ空いていたとしても、月九がウチの局にとって特別な枠だということを知っているだろう？」

篠宮が、呆れたように言った。

「前年度の四クールの中で最低の平均視聴率が七月クールの十七・二パーセントで、最高の平均視聴率は一月クールの二十三・五パーセント。民放四局の中でも『日東テレビ』さんの月曜九時枠は文字通りのゴールデンタイムです。しかし、それは『桜テレビ』も同じです。前年度の月曜九時の視聴率争いは二勝二敗に終わり、今年度の一月と四月クールは一勝一敗で、現在放映中の七月クールは一進一退の攻防です。十月クールは手前味噌《てまえみそ》ながら人気絶頂の工藤達樹と篠原かんなのキャスティングを成功させた『ラストオネエ』で決まりでしょう。つまり、今年度はよくて引き分けで負け越し濃厚なムードです。看板枠の月九での敗北はスポンサーにたいしての印象にも影響します。最悪の事態を想定すると、来年度の月九視聴率戦争には、是が非でも勝てるラインナップを揃える必要があります」

南野は、畳みかけるように持論を語った。

「なにからなにまで南野ちゃんの言う通りだけど、問題は、万が一君に来年四月クールの月九を任せたとして、平均視聴率二十五パーセント超えの連ドラを制作できるという保証がないことさ。いくら僕が冒険好きな山師でも、さすがに局の看板枠を根拠のない自信を信用して任せるわけにはいかないよ」

篠宮が、みたび肩を竦めた。

「根拠はあります」

すかさず、南野は言い切った。

「ほう、どんな根拠だい？」

篠宮が長テーブルに身を乗り出した。

「『刑事一直線』を月九に復活させます」

「なっ……なんだって⁉　『刑事一直線』を月九に復活させるだと⁉」

篠宮の驚愕の声が、会議室に響き渡った。

「八年前、平均視聴率三十・一パーセント、最終回は四十五・八パーセントの驚異的な数字を叩き出したモンスタードラマが復活すれば、『桜テレビ』がどんな隠し玉をぶつけてきても相手になりません」

「そんなことは知っているさ！　当時、僕がアシスタントプロデューサーを務めていたドラマだからねっ。南野ちゃん、僕をからかっているのかい⁉　それだけの数字を残しながら、どうして続編が八年経《た》っても実現しないかを知らないわけじゃないだろう⁉」

「主役の近江明人《おうみあきひと》が、ドラマの堂山正義《どうやままさよし》のイメージがつくのを嫌って続編への出演を拒否しているんですよね？」

「わかっているなら、どうしてそんな不可能なことを言うんだ⁉　君のおふざけに付き合っている暇は……」

「ふざけてはいません。詳細は言えませんが、五分五分の可能性で近江明人さんを説得できる自信があります」

南野は落ち着いた口調で言いながら、篠宮の瞳を見据えた。

「南野ちゃん、こんな悪質なホラを吹かれたら、いくら温厚な僕でも怒るよ」

篠宮が、怒りに震える声音を絞り出した。

「いま、ここで私がどれだけ信じてくださいと言ったところで無意味なのはわかっているので、期限を切ります。九月中に近江明人を口説き落とせなかったら、今日のお願い事はすべて忘れてください。その代わり、九月中にホラを吹いていないと証明できたら、四月クールの月九の枠を任せて頂けますか？」

「そりゃあ、万が一……いや、億が一、近江明人さんが『刑事一直線』の続編を承諾してくれたなら、任せるに決まっているじゃないか。南野ちゃん、もしかして近江明人さんと知り合いなの？」

篠宮が、探るような眼を向けてきた。

「それは、いまは言えません。でも、いい報告ができそうな気はしています」

南野は思わせぶりに言った。

「わかった。『刑事一直線』の続編の制作を近江明人が受けてくれるかもしれないなら、一ヵ月くらい騙されてみてもいいよ」

「ありがとうございます！　本当に、感謝しています！」

南野は立ち上がり、深々と頭を下げた。

「おっと、礼を言うのはまだ早い。僕の目の前に近江明人さんが現れたときは逆に、君のことを三顧の礼で迎えるよ。ただし、単なるホラで終わったら、生涯、二度と僕の前に顔を出さないでくれ」

篠宮も立ち上がり、それまでとは一転した厳しい眼つきで南野を見据えながら言い残すと会議室をあとにした。

7

ダイニングキッチンのシンクの前に立った南野は、湯を沸かすためにガスコンロに火をつけた。足元では、パステルがお座りをして構ってほしそうに南野を見上げていた。

「ええっと……子犬の場合は体重の四パーセントが目安か。パステルは十一キロだから、四百四十グラムが一日のドッグフードの給与量ってわけか。それを四回にわけると百十グラムずつ……」

南野は独り言を呟きながら、タッパーをクッキングスケールに載せた。まだ、犬用のステンレス製の容器がないのでタッパーを代用していた。

「タッパーが五十グラムだから……」

南野はドッグフードの袋を手に取り、ドライフードをタッパーに移した。

それまでおとなしくしていたパステルが餌の気配を察し、南野の足を前足で引っ掻きながら吠《ほ》えた。

「お湯がかかると危ないから……」

南野はパステルを抱え、シンクから離れた位置に運んだ。

シンクに戻る南野のあとに、すぐにパステルがついてきた。

「だから、だめだって」

南野は、パステルをクレートに入れた。

閉じ込められた腹癒《はらい》せなのか、パステルは火がついたように吠え出した。

「お前の餌を作ってるんじゃないか」

ヤカンのお湯をドライフードに注ぎつつ、南野はうんざりした口調で言った。

「七分から十分、軽く指で摘《つ》まんで潰れるくらいになるまでふやかす……か」

南野はスマートフォンの、「初めて子犬を迎え入れる方へ」のサイトに載っている文章を読みながら呟いた。

犬を飼うのは初めてなので、調べなければならないことが山積していた。

子犬の餌の回数は三、四回にわけるのが好ましい、トイレで失敗したときに叱っても無駄なので黙って素早く掃除する、要求吠えに応えると癖になるので徹底的に無視するか別の部屋に移動する、甘噛《あまが》みされているときに甲高い声を出したら遊んで貰っていると勘違いするので、無言で手を引くか低く大きな声を短く発する。

説明のほんの一部でも、目から鱗《うろこ》が落ちるような情報ばかりだった。

ほかにも、尻尾を振っているのは喜んでいるばかりが理由ではなく感情が昂《たかぶ》っているシグナル、あくびをするのは眠いばかりが理由ではなく緊張を和らげるという意味、顔を舐めるのは親愛の表現ばかりが理由ではなく塩分を摂取するという意味……犬がこれほど、奥の深い生き物だとは思わなかった。

相変わらずパステルは、クレートの中で吠え続けていた。

「うるっさいな……我慢……無視だ」

ここで根負けしてクレートから出してしまったら、吠え続ければ言うことを聞いてくれると学習させてしまうのだ。

子犬特有の脳天から突き抜けるような声が、南野の神経を逆撫でした。

「もうすぐだから……」

待っててくれ……言葉の続きを、南野は慌てて呑み込んだ。

これは飼い主がよくやりがちな失敗例で、要求に応えなくても声をかけてしまうというものだ。話しかけられた子犬は相手をして貰えると学習するので、要求吠えがエスカレートするというわけだ。

吠え疲れたのか、パステルがおとなしくなった。

ドッグフードは湯を吸って、白っぽくふやけていた。南野は一粒口に入れ、すぐにシンクに吐き出した。

「ほら、召し上がれ」

南野がクレートの扉を開けタッパーを床に置いた瞬間、飛び出してきたパステルがマズルを突っ込み物凄い勢いでドッグフードを食べ始めた。

「こんなまずいもの……よく食えるな」

南野は、呆れたように呟いた。

パステルが大きく口を開けて噎《む》せた。

「ゆっくり食べないと喉に詰まるぞ」

ふたたびパステルが猛然と食べ始め、一分もかからないうちに完食した。食べ足りないのか、空になった容器を舐めていた。

「無視か？」

苦笑いしながら、南野はタッパーを取り上げた。

タッパーは洗う必要がないほどに、パステルの舌でピカピカになっていた。

洗剤を取ろうとしたときに、シンクの縁に載せていたドッグフードの袋に肘が当たった。床に落ちたドッグフードの袋を素早くくわえたパステルがダッシュした。

「あ、だめだぞ……」

追いかけて袋を取り上げようとした南野の手を躱《かわ》し、パステルがテーブルの下に潜り込んだ。

「こら、返せっ。もう、たっぷり食べただろ」

南野が膝をつくのと入れ代わりに、パステルが後ろ足を滑らせながらダイニングキッチンを駆け出しリビングへと逃げ込んだ。

「待てって！」

南野は四つん這いでテーブルを潜り抜け、パステルを追った。

パステルは遊んで貰っていると勘違いし、耳を後ろに倒し嬉々としてリビング中を逃げ回った。ソファに飛び乗り、飛び下り、南野に向かって突進してきた。

「そうだそうだ、こっちにおいで！」

南野は中腰になり、両手を広げた。抱きとめようとした瞬間……パステルが南野の股の下を潜り抜けてリビングを飛び出した。

「おいおい、もう、勘弁してくれ……」

南野は、スピードスケートのように廊下で四肢を滑らせて逃げるパステルを追った。

ドッグフードの袋の口が開き、ドライフードが廊下に撒《ま》き散らされた。廊下の突き当たり——半開きになっている寝室のドアを見て、南野は舌打ちした。

「寝室はだめだ！」

南野の命令も虚しく、パステルは呆気《あっけ》なく寝室に突入した。

ドッグフードの袋を離したパステルはベッドに飛び乗り、枕を噛むと激しく頭を左右に振った。

「それはやめてくれっ」

南野が叫ぶのと同時に、宙に羽毛が舞った。

「ああっ……その枕は高いんだぞ！」

パステルが宙に漂う羽毛を噛もうと、二度、三度とジャンプした。

「もう、やめろって……」

ようやく願いが通じたのか、パステルが動きを止めた。

「よかった……おいっ、なにをやっているんだ!?」

パステルが腰を屈《かが》め、放尿を始めた。

「おいおいおい！」

南野は血相を変えてベッドに飛び乗った。

羽毛だらけの掛布団に、大きなシミが広がっていた。鼻孔の粘膜を刺激するアンモニア臭に、心が折れそうになった。

「パステル！」

南野が叫ぶのを合図にしたように、パステルがベッドから飛び下り寝室を出た。

「もう、十分だろ！」

南野はパステルのあとを追った。

パステルは廊下に散らばったドッグフードを蹴散らしつつ、すばしっこい動きで逃走を続けた。完全にヒートアップしたパステルがリビングに入ったら、さらに被害は広がってしまう。

「そこまでだ！」

南野は勢いをつけて、野球のヘッドスライディングの要領で頭から廊下に突っ込んだ。滑りつつ、南野はパステルの胴体を捕まえた。

「観念しろ！」

南野は立ち上がると、ダイニングキッチンに移動しクレートにパステルを入れた。すぐに、パステルが前足でクレートの扉を引っ掻きつつ激しく吠え始めた。

「部屋をめちゃめちゃにした罰だ。しばらくおとなしくしていろ」

南野は低い声で言い残し、寝室に戻った。

パステルの声量が増したが、無視した。

尿に塗《まみ》れた掛布団とそこここに散らばる羽毛に、南野はため息を吐いた。

まるで、台風が通り過ぎたような有様だ。惨劇が明日も繰り返されると思っただけで、ぞっとした。

新しい引き取り手が現れるまでの辛抱だと、甘く考え過ぎていた。一、二週間あれば、なんとかなるだろうと高を括《くく》っていた。

この調子では、一、二週間どころか二、三日も耐えられないだろう。

いまもパステルは、狂ったように吠え続けている。クレートから出せば吠えやむのはわかっていたが、さっきみたいに部屋中を荒らされてしまう。

パステルに掻き回されているうちに南野は、信じられないことに藤城への復讐心《ふくしゅうしん》をすっかり忘れていた。

8

赤、青、黒、白、黄、緑、金、紫、ピンク……色とりどりの首輪が、フックにかけられていた。革、合成皮革、布と材質も様々だった。

「凄いな。最近は、こんなにたくさんの種類があるんだな」

南野は、床に置いたクレートの中のパステルに話しかけた。

昨日、二度目のワクチン接種を済ませたのでパステルは散歩ができるようになっていた。

南野は、自宅から車で十分ほどのペットショップにきていた。

ペットショップは有名チェーン店で、店舗面積も広く品揃えも豊富だった。

パステルはクレートの扉から鼻を出し恨めしそうにしていたが、クレートに慣れるように躾《しつけ》をしたので騒ぐことはなくなった。

クレートに入れるたびにあんなに吠えられたら、里親希望者が連れて帰ろうとしたときに心変わりしてしまう恐れがある。

SNSでパステルの里親募集をしたら、人気犬種のゴールデンレトリーバーの三ヵ月の子犬なので、昨日までに三十件を超える問い合わせがあった。

現時点でパステルとの面会希望者は十五人いたが、南野のほうで一人暮らしと六十歳以上はリストから外していた。

自宅兼職場の自営業者は例外だが、通常の一人暮らしは勤務している間、子犬は留守番することになる。

子犬の育て方についていろいろとSNSで調べたところ、留守番に何時間という決まりはないが、できるならば五時間を超えないほうがいいと書いてあった。

自宅で仕事をしていても六十歳以上の里親希望者をNGとしたのは、病や体力の衰えで満足に犬の世話ができなくなる可能性があるからだ。

誰かに譲り渡すにしても、パステルには幸せな犬生を送ってほしかった。きちんとした里親をみつけてあげるのが最低限の使命だと南野は自らに言い聞かせていた。

そう思うようになったのは、それだけ情が移ったという証だ。だからといって、パステルを飼う気持ちにはなれなかった。

一年前の南野なら、パステルを飼うという選択をしたかもしれない。世話をする妻もいたし、「港南制作」の経営も順調だった。

だが、いまは状況が違う。

新しい制作会社を立ち上げ、軌道に乗せなければならない。自分を裏切った藤城や「港南制作」のスタッフに目に物を見せてやるためには、「日東テレビ」とドラマ制作の委託契約を結ぶことが必須だった。

——「刑事一直線」の続編の制作を近江明人が受けてくれるかもしれないなら、一ヵ月くらい騙されてみてもいいよ。

篠宮の言葉が、脳裏に蘇った。

九月中に、是が非でも近江明人を口説き落とす必要があった。

いまの南野に、やんちゃ盛りの子犬の世話にかかりきりになっている時間はないのだ。

「首輪をお探しですか？」

二十代前半と思しき女性スタッフが、声をかけてきた。

黒目がちな瞳と白い肌が印象的な、人のよさそうな女性だった。

「はい。子犬を本格的に飼うのは初めてなので、どれを選んでいいのかわからなくて」

「ゴールデンレトリーバーちゃんですね？　こんにちは。お名前はなんて言うのかな？」

女性スタッフが屈み、クレートの扉越しにパステルに語りかけた。

「パステルと言います」

南野は言った。

「首のサイズを測りたいので、外に出してもいいですか？」

伺いを立てる女性スタッフに、南野は頷いた。

「パステルちゃん、素敵な名前ね。お外に出ましょうね」

女性スタッフは、扉を開けるとパステルを抱き上げた。

すかさずパステルが、彼女の顔をペロペロと舐めた。

「パステルちゃん、何ヵ月ですか？」

エプロンのポケットから取り出したメジャーでパステルの首回りを測りながら、女性スタッフが訊ねてきた。

「三ヵ月です」

「おとなしく測らせてくれて、いい子だったね〜。パステルちゃんは、Sで大丈夫です。子犬は成長が早いので、一ヵ月くらい経てばサイズを上げなければなりませんけどね。パステルちゃんってお名前から、こういう明るい感じのものはどうですか？」

女性スタッフが、スカイブルーの首輪を手に取って掲げた。

「いいですね。それにします」

美しく爽やかな色合いの首輪を、南野は一目で気に入った。

「お客様、パピーの頃のお散歩はハーネスをお勧めします」

「ハーネス？」

聞きなれない言葉を、南野は繰り返した。

「はい、こちらです。前足を通して胸部を包むようになっているので、身体に負担がかかりません。首輪だと、リードを引いたときに首の筋や気管支を痛める場合があります。ドッグトレーナーさんの中には、首輪のほうがリードから伝わる刺激が強いので躾をしやすいという意見の方もいますが、私はハーネスでも問題ないと思います」

「わかりました。首輪はいらないのですね？」

「いいえ。ハーネスはお散歩のときだけですが、首輪は日常につけるものですから」

「じゃあ、首輪と同じような色をお願いします。それから、紐《ひも》もお願いします」

「かしこまりました。リードですね？　材質は首輪と同じ革にしますか？」

「お願いします。ほかに、餌や水の器はどこにありますか？」

南野は訊ねた。

里親に譲渡するにしても、備えは必要だ。

「いま、ご案内します。パステルちゃんをお返ししますね」

女性スタッフからパステルを受け取った南野は、クレートに戻した。

扉を閉めようとしたそのとき、パステルが体当りするように飛び出した。

「あっ……」

南野の脇を擦り抜けたパステルが、通路をダッシュした。

カーペットが敷き詰めてあるので四肢が滑らずに、パステルはいつも以上に速かった。

「待てっ、パステル！」

南野はパステルのあとを追った。

パステルが右の陳列棚にぶつかり、ドライシャンプーと消臭スプレーのボトルが通路にバラ撒かれた。

「おいおい！」

今度は左の陳列棚にぶつかり、崩れ落ちたペーストフードの缶詰が通路を埋め尽くした。

「すみません、あとで片づけます！」

南野は接客をしていた男性スタッフに擦れ違いざまに謝り、パステルを追った。

パステルはジャンプし、吊《つ》るされているカエルのぬいぐるみを強奪した。

「こらっ、売り物を取っちゃだめだ！」

ぬいぐるみをくわえたまま、パステルが通路を左に曲がった。広大な店舗を、パステルはドッグランのように楽しげに駆け回った。

正面に、柴犬《しばいぬ》の成犬を連れた女性が犬の洋服を選んでいた。パステルを認めた柴犬が、激しく吠え立てた。お構いなしにパステルは、尻尾を振りながら柴犬に突進した。柴犬の吠え声がヒートアップした。

「柴田《しばた》ちゃん、だめよ！」

飼い主に一喝された柴犬が、ピタリと吠えやんだ。

パステルはカエルをくわえたまま後ろ足で立ち、柴犬の顔に肉球パンチを浴びせた。

南野の頭から血の気が引いた。

パステルはじゃれているつもりでも、柴犬に通じずに咬みつかれたら大変なことになる。南野は速力を上げた。パステルまで、十メートルを切った。

「やめるんだ、パステル！」

南野が危惧した通り、柴犬がパステルに牙を剝《む》いた。

「柴田ちゃん！　何度言ったらわかるの！」

飼い主が叱責しても、柴犬は鼻梁《びりよう》に皺を刻み唸《うな》り続けていた。

相変わらず能天気なパステルは、遊んで貰っていると勘違いして柴犬にじゃれついていた。

「だめだって、言っているだろ！　すみません、ウチの子が悪いんです」

南野は、後ろ足立ちでカンガルーのように跳ねながら柴犬に肉球パンチを放つパステルを背後から抱き上げ、飼い主の女性に詫びた。

「いいんですよ。パピーの頃は、このくらいやんちゃなほうがかわいらしくて健全です」

南野より十歳くらい上と思しき飼い主が、パステルの頭を撫でつつ口元を綻ばせた。

「本当に、すみませんでした」

「ゴールデンレトリーバーですよね？　お名前はなんですか？」

「はい。パステルと言います」

「パステルちゃん。よかったわね〜、優しいパパで」

女性のなにげない言葉が、南野の胸に刺さった。

「いつまでも元気で長生きして、パパのそばにいてあげてね。あなたになにかあったら、パパが寂しくなっちゃうからね」

女性が、パステルの頭を撫でながら言った。彼女の言葉達は鋭い鉤爪《かぎづめ》のように、南野の心を抉《えぐ》った。

柴犬が女性を見上げ、甘えた声で吠えた。

「嫌ね〜、柴田ちゃん、ヤキモチを妬《や》いているの？　あなたが一番に決まっているでしょう？」

女性が屈み、柴犬の顔をもみくちゃにした。

「あの、柴田ちゃんというのはお名前ですか？」

南野は、気になっていたことを口にした。

「そうです。かわいいでしょ？」

女性がふくよかな丸顔を綻ばせた。

「大丈夫ですか？」

さっきの女性スタッフが、クレートを手に駆け寄ってきた。

「すみません、いろいろとご迷惑をかけてしまって。落とした商品は弁償しますから」

南野はクレートにパステルを戻し、財布を取り出した。

「あ、弁償なんてとんでもありません。床に落ちただけで、傷ついていませんから」

女性が笑顔で言った。

「じゃあ、涎《よだれ》でべとべとなので、せめてこれだけでも買います」

南野は、カエルのぬいぐるみを掲げた。

「本当に、気になさらないでください。こういうことは、日常茶飯事ですし」

「でも、買わせてください。パステルも気に入ったようですから」

「そういうことでしたら。では、レジでお預かりしていますので、お会計のときにスタッフにその旨お伝えください」

女性スタッフが微笑みを残し、踵を返した。

南野はため息を吐き、スマートフォンのデジタル時計を見た。午前十一時半を回っていた。

「お前のせいで、時間を喰《く》ってしまったじゃないか」

クレートの扉越しにパステルが、尻尾を振りながら大きく舌を出して南野をみつめた。その顔は、笑っているようだった。

「まったくわかってないな。お前、こんなんじゃ貰い手がみつからないぞ」

南野はふたたびため息を吐き、クレートを手にした。

十三時から、一組目の里親希望者がやってくる。今日は、パステルとの面会希望者の予約が二組入っていた。

「とりあえず、必要最低限の物だけ買って帰ろう」

南野は、足早にサークルとケージの売り場に向かった。

☆

南野の自宅のリビング――サークルの前に屈んだ中山和樹《なかやまかずき》と真理《まり》夫婦が、パステルを見て甲高い声を上げた。

「マジにかわいいな！」

「かわいい！」

一組目の里親希望者は、二十七歳の夫と二十四歳の妻だった。

「名前は、なんて言うんですか？」

サークル越しにパステルを抱き上げた真理が、南野を振り返り訊ねてきた。

「パステルです」

「パステルちゃん、いいお名前ね～」

真理が言いながら、パステルに語りかけた。

人懐っこいはずのパステルの尻尾が、ピクリともしないのが気になった。

パステルは真理に抱かれながら、南野のほうばかり見ていた。

いまは緊張しているのだろう。

中山家に引き取られて環境に慣れれば、パステルも新しい飼い主に懐くに違いない。

南野は、自らに言い聞かせた。

「この子犬が、本当に三万円でいいんですか？」

和樹が陽に灼けた顔で振り返り、声を弾ませ訊ねてきた。

「はい、それ以上は頂きません」

南野は言った。

六種ワクチンや狂犬病の予防接種やトリミング代など、もろもろの実費を計算すると三万円を超えていたが端数は切り捨てていた。

「ラッキー！　おい、真理。このワンコ、三万円だって！」

和樹が、真理が抱くパステルを指差して言った。

「ゴールデンレトリーバーなのに、そんなに安いの⁉」

「だから、言っただろ？　これがペットショップだったら、二十万とか三十万とかするんだからさ」

和樹が、得意げに言った。

「信じられない！　すみません。パステルちゃんは、血統書付きですか？　雑種だから安いとかじゃないですよね？」

真理が南野に訊ねてきた。

「ええ。血統証明書もありますし、純粋なゴールデンレトリーバーです」

南野は、不快感を顔に出さないように笑顔で答えた。

妻は専業主婦で、年も若く、住宅環境はペット可能なマンション……中山夫妻は、十分に里親としての資格を満たしていた。

言動が不愉快でも、目を瞑るべきだ。引き取ってくれるだけでもありがたい話だ。

「じゃあ、どうしてこんなに安く譲ってくれるんですか？」

真理が質問を重ねた。

「もともとは、お隣に住んでいた方がこの子の飼い主だったのですが亡くなられて……それで、貰い手が見つかるまで一時的に預かることにしたんです。利益目的でやっているわけではないので、実費しか頂いていません」

「なるほど。そういう理由だったんだ。利益目的でないのなら、もう少しディスカウントできませんか？」

真理が、こすっからい顔つきで言った。

「すみません。ボランティアではないので」

穏やかな口調で、南野は断った。

相変わらず、パステルの黒く円らな瞳が南野をみつめていた。

不意に、胸のあたりに疼痛《とうつう》が走った――南野は、込み上げる罪悪感を打ち消した。

「そこをなんとか、二、三千円でもいいので……」

「おいおい、真理、欲をかくなよ。三万円だって、市場価格の十分の一くらいだぞ？ 車で言えば、パステルは型落ちの中古車じゃなくて新車だからな」

和樹が真理を窘めた。

南野は、胸奥で蠢《うごめ》く不快感から意識を逸らした。ここで余計な口出しをして、中山夫妻の機嫌を損ねたくなかった。

「わかった。我慢するわ。来週の旅行のために、少しでも節約しようと思ったのに」

真理が、唇を尖《とが》らせた。

「どちらかに行かれるんですか？」

南野は訊ねた。

「一週間くらい、ハワイへ。ハワイは私達の新婚旅行の思い出の地なんです。ね？」

真理が、笑顔を和樹に向けた。

「うん。毎年、結婚記念日にハワイに行くんですよ」

和樹が、真理に頷きながら南野に言った。

「海外には、よく行かれるんですか？」

南野の胸に、微《かす》かに危惧の念が広がった。

「年に二、三回はします。じつは僕、サーファーなんですよ。ハワイ以外にも、プーケット、カリフォルニア、ゴールドコースト……波があるなら、どこへでも」

和樹が、無邪気に顔を綻ばせた。

「和樹が波に乗っている姿を見ると、惚《ほ》れ直しちゃいます」

真理が、うっとりした表情で和樹をみつめた。

「お伺いしたいことがありますので、こちらへどうぞ」

南野はパステルを受け取りサークルに戻すと、二人を三人掛けのソファに促した。

「お話の続きですが、お二人が来週からハワイに行かれている一週間は、パステルはどうなさるおつもりですか？」

南野はテーブルを挟んだ一人掛けのソファに腰を下ろすなり、二人に質問した。

「友達のところにでも預けますよ」

和樹があっけらかんとした口調で即答した。

「子犬が新しい環境に馴染《なじ》むのには最低、一週間はかかります。ようやく、慣れ始めた頃に別のところに預けるというのはお勧めできません」

南野が口にしたのは、子犬の飼育サイトで得た知識だった。

いくつかのサイトの記述を読んだが、一週間というのはあくまで目安であり、子犬の性格によって環境に慣れるまでに一ヵ月近くかかる場合もあるという。ストレスで下痢や食欲不振になることも珍しくないらしい。

「じゃあ、ペットショップにします。犬猫を扱うプロだから安心ですよね？」

「そういう問題じゃありませんよ。パステルにとっては、中山さん達以外は知らないところですから。どうでしょう？　今年の旅行は、パステルがもう少し大きくなるまで延ばすことはできませんか？」

南野は、微かな希望を胸に訊ねた。

「えー、それは無理です。だって、延ばしたら結婚記念日じゃなくなっちゃいますから」

真理が、横から口を挟んだ。

「たしかに、それは言えるな。南野さん、旅行の延期はそういうわけで申し訳ないのですが……」

「申し訳ありませんが、今回の譲渡のお話はなかったことにさせてください」

和樹を遮り、南野は言った。

「え！　なぜですか⁉」

驚きの顔で、和樹が訊ねた。

「どうして、だめなんですか⁉　理由を説明してください！」

真理も、血相を変えて問い詰めてきた。

「子犬より自分達の予定を優先させる方に、パステルはお譲りできません」

南野は、きっぱりと言った。

「結婚記念日だから仕方が……」

「お引き取りください」

南野は立ち上がり、事務的な口調で和樹の言葉を遮った。

「なによ、勝手な人ね！　こんな人のところの犬なんて貰わないわ！　行こう！」

真理が南野に怒声を浴びせ、和樹の手を引き立ち上がらせると玄関に向かった。

南野はソファに座ったまま、眼を閉じた。


パステルの里親希望者を、どうして断った？


自問する声に、答えることができなかった。

一週間前の南野なら、喜んでパステルを引き渡したことだろう。

本当は、理由がわかっていた。

南野は眼を開け、首を巡らせた。

サークルの縁に前足をかけて後ろ足で立つパステルが、勢いよく尻尾を振りながら南野をみつめていた。

「ごめんな。僕には、やらなければならないことがあるんだ」

南野は、パステルに語りかけた。

いい人を、みつけてやるからな。

南野は、思いを込めてパステルをみつめた。

☆

「過去に、二頭のゴールデンレトリーバーを飼っていました。二頭とも老衰でしたが、腕の中で逝かせてあげたことがせめてもの救いです」

一時間前まで中山夫妻が座っていたソファで、三村《みむら》が柔和に眼を細めた。

七三分けにしたロマンスグレイ、ネイビーブルーの長袖ポロシャツ、グレイのデニム……物腰も出《い》で立《た》ちも、三村からは品の良さが窺えた。

「ワンちゃんが亡くなったのは、五年前なんですね」

南野は、備考欄に視線を落としつつ言った。

里親希望者には、氏名、年齢、住所、家族構成、職種、住居形態、犬を飼った経験の有無を記入する申込書を書いて貰っていた。

三村健司《けんじ》、五十五歳、東京都中野区、妻と長女と三人暮らし、歯科医、一軒家所有……プロフィールに偽りがなければ、三村は里親の資格を十分に満たしていた。

「二年の間に二頭を立て続けに亡くしたので、もう二度と犬は飼わないと決めていました。でも、この子達の純粋さと無償の愛を一度知ったら忘れられないんですよね」

三村が目尻に深い皺を刻み、パステルに視線を移した。

南野は、ふたたび申込書に視線を落とした。

犬を飼う経験、愛情、飼育環境、収入面……すべてにおいて、問題はなさそうだった。

無意識に、アラを探している自分がいた。

なにをやっている？　パステルにとっても、三村は理想的な里親だ。彼のような好条件の揃った里親希望者は、このあと現れないかもしれない。

「因《ちな》みに三村さんは、いつからパステルを受け入れることができますか？」

気が変わらないうちに、南野は話を進めた。

「私で、大丈夫ですか？」

三村が質問を返した。

里親希望者はまだ十三組残っていたが、申込書を見るかぎり三村が最も条件を満たしていた。条件面だけで人間性に問題があるならば話は別だが、目の前にした三村は好印象だった。

「申込書に記入されたことと相違がなければという条件付きですが、現時点では問題ありません」

「ありがたいですね。私のほうは、明日でも大丈夫です。ケージもトイレトレーも、先代達の使っていたものがすべて残っていますから。パステルちゃんに、挨拶してもいいですか？」

「もちろん、どうぞ」

南野は腰を上げ、三村をサークルに促した。

「パステル、はじめまして」

三村が腰を屈め、サークル越しにパステルに語りかけた。

パステルは午前中にペットショップで購入したゴムボーンを夢中になって齧《かじ》っていた。

「ほら、パステル。おじさんがご挨拶しているよ」

南野が声をかけるとパステルが跳ね起き、ゴムボーンをくわえたまま駆け寄ってきた。

南野はパステルを抱き上げ、三村に渡した。

「ごめんね。歯磨きをしているときに。しばらく、おじちゃんの相手をしてね」

三村は優しくパステルに語りかけながら右手を脇の下に回し込み、掌で肩と胸を包み、左手を腹部に差し入れお尻を支えるように抱いた。

パステルに負担のかからない抱きかた一つを見ても、三村が子犬の扱いに慣れているのがわかった。

「いい子にご飯を食べて、運動もしっかりしているみたいだね。偉いね〜、パステルは」

南野と話すときよりも高い声で、三村がパステルを褒めた。

二頭のゴールデンレトリーバーを終身飼育しただけのことはあり、パステルにたいしての接しかたは南野より遥かに手慣れていた。

しかし、パステルは尻尾を振ることもなく、ぬいぐるみのように動かなかった。

ペットショップで、店員やほかの犬の飼い主に駆け寄りちぎれんばかりに尻尾を振っていた犬とは別犬のような素っ気なさだった。

三村と相性が悪いのだろうか？

南野は心のどこかで、それを望んでいる自分に気づき慌てて打ち消した。

三村がパステルのお尻を支えている左手から、液体が滴り落ちた。鼻孔を刺激するアンモニア臭……嫌な予感がした。

「あらあら、ちっこしたのかな？」

三村は慌てたふうもなく、のんびりした口調でパステルに話しかけた。

「すみません、こらっ、だめだろ！」

南野は三村の腕からパステルを受け取り、瞳を見据え叱りつけた。

「あ、怒らないであげてください。私なら大丈夫ですから」

言葉通り、三村は気を悪くした様子もなく穏やかな表情で言った。

「いや、でも、おしっこで洋服が……」

「本当に、大丈夫です。こういうのには慣れていますから。それに、犬はなぜ怒られているのかわからないものですよ。それどころか、怒られているとさえ思っていない場合もあります。ほら」

三村が微笑みながら、左右に激しく動くパステルの尻尾を指差した。

「お前は、少しは反省しなさい。着替えを用意しますから、服を脱いでいて貰えますか？」

南野はパステルをサークルに戻し、三村に言った。

ポロシャツの左袖が、ぐっしょりと濡れていた。

「お気遣いなく。すぐに乾きますから」

「いいえ、そういうわけにはいきません。申し訳ないのですが、今日は私の服を着てお帰りください。クリーニングに出して、後日、お持ちします」

「そうですか。でも、本当にいいんですか？」

三村が訊ねてきた。

「はい、パステルが粗相をした……」

「いいえ、そのことではなく、パステルちゃんを手放すことです」

三村が、南野を遮り言った。

「え……ああ、もちろんです。三村さんは犬への愛情も深いですし、飼育経験も豊富です。パステルにとって、文句のつけようのない里親さんです」

お世辞ではなく、本音だった。

「たしかに私は大の犬好きですし、犬にたいしての知識も人並み以上にあります。ですが、肝心のパステルちゃんを愛情深く育てることもお約束します。パステルちゃんはどうでしょう?」

「それは、どういう意味ですか?」

南野は訝しげに訊ね返した。

三村が、無言でパステルのほうを向いた。

南野は、三村の視線を追った。

お座りをしたパステルが、ぶんぶんと尻尾を振りながらサークル越しに南野をみつめていた。

「感じませんか? パステルちゃんの愛を。私のときとは違って、全力で大好きを表現しています」

「いえいえ、餌を上げている人になら誰でも懐きますよ。私は、パステルのためにたいしたことはなにもしていませんから」

謙遜ではなかった。

「もし本当にそう思っているなら、あなたは犬のこと……いいや、パステルちゃんのことをなにもわかっていない」

「え?」

「彼の中ではもう、決まっているんです。あなたが、永遠のパートナーだと」

三村が、温かな笑みを湛《たた》えて言った。

「犬と人間の絆《きずな》の歴史は、遡ることおよそ一万五千年前の一頭の好奇心旺盛なオオカミが野宿する人間の集落に近づき、残飯を食べることから始まったという説があります。残飯を食べることで狩りをする必要がないと学習したオオカミは、そのまま人間の集落に住み着いたそうです。人間からしてもオオカミの優れた嗅覚と聴覚はほかの野生動物の襲来を一早く察知し報《しら》せてくれ、また、捕食動物の本能を発揮して人間の狩猟に協力してくれました。こうして始まった人間とオオカミの共存共栄が、いまの人間と犬の絆に繋《つな》がっているんです」

「感動的なお話ですね。でも、そのお話とパステルが私のことを永遠のパートナーだと思っているということが、なにか関係あるのですか？」

南野は率直な疑問を口にした。

「古来続く人間と犬の絆の深さを説明したかったんですよ。犬が人間を愛するのに、特別な理由はありません。一度でも愛を注いでくれた相手なら、聖者でも犯罪者でも同じように愛します。南野さんは、パステルちゃんのためにたいしたことはしていないと言いましたが、本当にそうでしょうか？」

三村が、微笑みを湛えたまま訊ねてきた。

「パステルを引き取ってから一週間ちょっとで、散歩もまだです。世話といっても、餌をやったりトイレシートの交換くらいしかしていません」

南野は記憶を辿《たど》りながら言った。

「南野さんは、パステルちゃんをかわいいと思った瞬間はありませんか？」

不意に、三村が訊ねてきた。

「それは、ありますけど……」

南野は、戸惑いつつも本心を口にした。

「その瞬間に注がれた眼差《まなざ》し……パステルちゃんが南野さんを永遠のパートナーと思うに十分な理由ですよ」

「そんな単純なものですかね？」

「ええ、呆れるほどに単純です。単純だからこそ、純粋に人間を信じ、愛せるのだと思います。人間みたいに複雑じゃないぶん、裏切ったりしませんしね」

三村の言葉が、胸に刺さった。

脳裏に過《よぎ》る藤城の顔を、南野は慌てて打ち消した。

「まあ、どちらにしても私には犬を飼う余裕がないので、パステルのパートナーは三村さんにお任せします」

「後悔しませんか？」

三村の顔から、それまで湛えられていた微笑みが消えた。

「三村さんみたいな犬好きで理解のある方が育ててくれるのに、後悔なんてしませんよ」

南野は入れ替わるように、満面に笑みを湛えた。

「わかりました。喜んで、パステルちゃんのパートナーになりますよ。でも、明日までにもし気が変わったなら遠慮なしに言ってくださいね」

「いえ、その可能性はありませんので……」

「私にはパステルちゃん以外にもパートナー候補はいますけど、パステルちゃんには南野さんしかいませんから」

南野を遮り、三村が言った。

「たとえそうだとしても、私が飼うことはないのでパステルをよろしくお願いします」

南野は、脳内で囁《ささや》く声を打ち消すように三村に頭を下げた。

「パステル、じゃあ、おじさんの家にくるかい？」

三村が語りかけると、パステルが腰を丸め排便を始めた。くるくる回りながら、そこここに糞《ふん》を落とした。排便が終わるとパステルはサークル内を猛然と駆け出し、狙ったように糞を踏みつけた。

「パステル、おとなしくしなさいっ」

南野の声に、パステルが足を止めた。

「待ってろよ。いま、足を拭いて……あ、パステル！」

パステルが踏み潰した糞の上に仰向けになり、左右に転がり背中を擦りつけていた。

「ちょ……やめなさい！　なにをやってるんだ！」

南野がサークルを跨《また》ぐと、パステルは待ってましたとばかりに跳ね起き、耳を後ろに倒して逃げ回り始めた。

三村に嫌われてしまうから、いい子にしてくれ……。

心でパステルに念を送りながら、南野はパステルのあとを追った。

里親希望者にたいしての見栄えのために、サークルを広くしたことを後悔した。

パステルは南野が足を止めると立ち止まり、近づくと駆け出すことを繰り返した。

「いい加減に……」

南野の視界が流れた。

潰れた糞に足を滑らせ、南野は尻餅をついた。咄嗟《とっさ》についた両手に、生温い感触が広がった。

駆け寄ってきたパステルが、南野の顔を舐めた。鼻孔の粘膜を、異臭が刺激した。

パステルのクリーム色の被毛は、自らの便で茶褐色の斑《まだら》になっていた。

「うっ、臭っ……」

南野は、顔を背けた。

三村が大笑いする声が聞こえた。

「ああ……これは失礼しました。パステルちゃんと南野さんのやり取りがあまりにもユニークでつい……」

「いえ、こちらこそ、お見苦しいところをお見せしてしまい申し訳ありません。いつもは、こんなことをする子ではないんですが……本当に、すみません」

南野は立ち上がり、三村に詫びた。

足元でお座りしたパステルが、笑顔で南野を見上げていた。

三村の腕で排尿し、糞に塗れて暴れ回る――三村が心変わりするには、十分過ぎる失態を見せてしまった。

「いやいや、お気になさらずに。アピールですよ」

三村が、にこやかな表情で言った。

「アピールですか？」

南野は三村の言葉を鸚鵡返《おうむがえ》しにした。

「わかりませんか？　僕を飼ったら大変なことになるぞ。部屋がめちゃくちゃになるぞ。だから、僕を飼うのはやめたほうがいいぞ。パステルちゃんは、必死にそう訴えているんです。健気《けなげ》じゃないですか」

「健気なんて、とんでもない。あの……もう、パステルの里親の話は無理ですよね？」

南野は、恐る恐る訊ねた。

「とんでもない。パステルちゃんの忠誠心を目の当たりにして、惚れ直しました。ですが、その忠誠心は南野さんに向いています。今夜、改めてよく考えてみてください。それで心変わりしなければ、明日、お迎えに上がりますので。では、失礼します」

三村が頭を下げ、背を向けた。

「あ、お洋服を……」

「大丈夫です。それより清掃のほうを優先してください」

南野を遮った三村が、笑いながら言った。

「すみません。明日までにはパステルをきれいにしておきますから」

南野は三村の背中が見えなくなると、鬼ごっこが再開しないうちに素早く屈みパステルを捕まえた。

「わかってくれ。できるならそうしてやりたいけど、お前を飼う時間の余裕はないんだよ」

南野はパステルの両脇を抱え向き合うと、諭すように言い聞かせた。

パステルの黒く円らな瞳が、南野をみつめた。

南野は、視線を逸らした。

「三村さんは、いい人だ。僕なんかといるより、きっとお前を幸せにしてくれるよ」

南野は、顔を背けたまま言った——歯を食い縛り、胸を刺す鋭い痛みに抗った。

9

カエルのぬいぐるみが、右に飛んだ。

すかさずパステルが追いかけ、転がったカエルのぬいぐるみをくわえると激しく頭を左右に振り、今度は左に投げた。

素早く追いかけ、カエルのぬいぐるみをくわえて右に放り投げるパステル。

リビングのソファに座る南野に見せつけるように、パステルは同じ遊びを十分以上続けている。

南野はテーブルの上のスマートフォンのディスプレイに視線を落とした。

AM9：45
あと十五分もすれば、三村がパステルを迎えにくる。

胸が疼いた。

南野は、パステルから眼を逸らしコーヒーの入ったマグカップを傾けた。

パステルを引き取りおよそ一週間で、すっかりパステルに情が移ってしまっていた。

いまのタイミングで、三村のような飼育経験の豊富な里親候補が現れてくれたのが救いだ。パステルと過ごす月日を重ねるほどに、別れがつらくなる。いまなら、パステルがいなくなった心の空白は時が埋めてくれるだろう。

足もとにカエルのぬいぐるみが落ちた。

パステルが前足を踏ん張り尻を高く上げる伸びの姿勢で、大きく舌を出して南野を見ていた。

南野を遊びに誘っているのだ。

「悪いけど、疲れているんだ。お前の尻拭いに、昨日は遅くまで大変だったんだからな」

三村の前で嫌味のように暴れ回ったパステルは、糞便を撒き散らし、自らも糞塗れになった。

パステルを洗い、糞便を掃除し、部屋中にこびりついた臭いを消すのに明け方までかかってしまった。

尤《もっと》も、パステルの相手をしないのは疲れているのが理由ではなかった。

パステルとの思い出を、増やしたくはなかった。思い出が増えるほどに、別れがつらくなる。

痺《しび》れを切らしたパステルが、カエルのぬいぐるみをくわえて南野を見上げた。

「いつまでそうやっていても無駄だぞ。もうすぐ、お前の新しい飼い主さんが迎えにくるから、おとなしく待って……」

パステルが頭を振り、カエルのぬいぐるみが南野の顔面に向かって飛んできた。

「熱っ……」

カエルのぬいぐるみを避《よ》けようとした南野の太腿《ふともも》に、マグカップから零《こぼ》れたコーヒーがかかった。

「おいっ、大丈夫か⁉」

南野はマグカップをテーブルに置き、パステルの両前足の付け根を持って抱き上げた。

パステルの全身を隈なくチェックしたが、コーヒーはかかっていなかった。

「よかった……。やけどするところだったぞ！」
南野はパステルを抱き締めた。鼓動が、早鐘を打っていた。
パステルが尻尾をピコピコ振りながら、南野の唇や鼻を舐めた。

犬を一匹くらい飼っても……。

不意に頭に過りかけた声を、南野は打ち消した。
自分には、失ったものを取り戻さなければならない使命がある。

パステルがいたら、できないことではないだろう？

また、声がした。

藤城への復讐はどうする？　新しい制作会社を立ち上げたら、別所も黙ってはいないだろう。犬など飼っている余裕はない。
ふたたび、南野は声を打ち消した。
ならば、いっそのこと「港南制作」も藤城への復讐も忘れてしまえば……。

インターホンのチャイムが、南野の内なる声を遮った。南野はパステルを床に下ろし、モニターに歩み寄った。ディスプレイには三村が映っていた。

南野は玄関に向かった。

いまになって、コーヒーのかかった太腿がヒリヒリと痛み始めた。

いつもはつき纏うパステルが、珍しくあとをついてこなかった。

「どうも、お待ちしていました」

ドアを開けると同時に、南野は無理やり作った笑顔で三村を出迎えた。

「おはようございます。いきなりですが、南野さん。パステルちゃんを手放して、後悔しませんか？　いまなら、まだ間に合いますよ」

三村が、挨拶もそこそこに南野に念を押してきた。

「はい。後悔はありません。いま、パステルを連れてきますから」

南野は内なる声から逃げるように、リビングへと引き返した。

パステルは、部屋の隅でお座りをしていた。

「さあ、行くぞ」

南野はパステルに歩み寄りながら声をかけた。

一メートルを切ったときに、パステルがダッシュし南野の脇を擦り抜けようとした。

動きを読んでいた南野は、サイドステップを踏み腰を落とすとホームスチールを阻止するキャッチャーのようにパステルを止めた。

「そうは行かないぞ。僕にも学習能力があってね」

南野はパステルに言いながら腰を上げ、クレートに入れた。

パステルは甲高い声で吠えながら、物凄い勢いで扉を前足で引っ掻いた。

南野はドッグフード、リード、ハーネスなどを入れた紙袋とクレートを左右の手に持ち、玄関に戻った。

「お待たせしました」

クレートの中で、ずっとパステルは吠え続けていた。

「今日も元気だね～」

三村が腰を屈め、扉越しにパステルに語りかけた。

パステルはさらに激しく吠え、クレートの中で暴れた。

パステルが喜んでそうしているのではないことは、声色と表情でわかった。

「お車ですか？」

南野は、柔和な顔でパステルをみつめる三村に訊ねた。

「ええ」

「では、車まで運びますよ」

南野は言いながらサンダルを履き、玄関を出た。

訴えかけるように吠え続ける、パステルの声を耳にするのがつらかったのだ。

「あ、私が持ちますよ」

慌てて、三村が追いかけてきた。

「大丈夫です。これが、最後ですから」

南野は、己に言い聞かせた。

「あの車です」

南野を追い抜いた三村が、五、六メートル離れた路肩に停車するエルグランドを指差した。

「こちらにお願いします」

三村がバックドアを開きながら言った。

ラゲッジスペースにはサークルが設置され、排泄《はいせつ》してもいいようにトイレシートが敷き詰められていた。

南野は、ラゲッジスペースにクレートを置いた。

「さあ、喉が渇いただろう」

車内に乗り込んだ三村がサークルに入りステンレスのボウルを置くと、クレートの扉を開けた。

飛び出してきたパステルが、水には目もくれずに南野のほうに駆け寄ってくると後ろ足で立ちピョンピョンと跳ねた。

「こっちはいいから、水を飲みな」

南野は、平静を装いステンレスのボウルを指差した。

パステルは黒く円らな瞳で南野をみつめ、飛び跳ね続けていた。

「本当に、パステルちゃんは南野さんが好きなのですね」

三村が、パステルの背中をみつめつつしみじみと言った。

「すみません」

「謝ることではありませんよ。あなたと違い、パステルちゃんは素直なだけです」

冗談とも本気ともつかない口調で、三村が言った。

「え？」

「しつこいようですけど、このままパステルちゃんと別れてもいいのですか？」

三村が、パステルから南野に視線を移した。

「僕の答えは同じです。それより、なにかありましたらいつでもご連絡ください。では、失礼します」

南野は頭を下げ、パステルの瞳から逃げるようにバックドアを閉めた。

「ありがとうございました。落ち着いたら、ご連絡します」

ドライバーズシートの窓から顔を出した三村が、笑顔で言い残し車を発進させた。

バックウインドウ越し――サークルに前足を乗せたパステルが、南野をみつめて吠えていた。

踏み出しかけた足……思い止《とど》まった。

五メートル、十メートル……パステルの甲高い吠え声が、次第に小さくなってゆく。

十五メートル、二十メートル……遠ざかるパステルが、懸命にジャンプしているのがわかった。

心臓が引きちぎられてしまいそうだった。

熱を持つ涙腺……心が震えた。涙で霞《かす》む視界から、パステルが消えた。

かつて味わったことのない喪失感に、南野の頭は真っ白に染まった。

奥歯をきつく嚙み締め、空を仰いだ。こめかみから耳に、熱い滴が伝った。


自宅に戻った南野は、リビングのソファに崩れ落ちるように座った。

さっきまでパステルが遊んでいたカエルのぬいぐるみに、南野は虚ろな瞳を向けた。

南野は、傷だらけのソファの四脚に視線を移した。乳歯がむず痒《がゆ》かったのか触れる物すべてを齧っていたパステルの置き土産《みやげ》だ。

パステルと過ごしたのは僅か一週間前後なのに、何年も飼っていたような錯覚に襲われた。

実際に、何年も飼っていたのちに別れたらどんな気分に……。

思考を止めた。

どれだけくよくよしても、パステルは戻ってこない。なにより、三村に何度も確認されたのにパステルを手放すと決めたのは自分自身なのだ。

南野は両手で頰を叩き、喝を入れると立ち上がった。

――九月中に近江明人を口説き落とせなかったら、今日のお願い事はすべて忘れてください。その代わり、九月中にホラを吹いていないと証明できたら、四月クールの月九の枠を任せて頂けますか?

――そりゃあ、万が一……いや、億が一、近江明人さんが「刑事一直線」の続編を承諾してくれたなら、任せるに決まっているじゃないか。南野ちゃん、もしかして近江明人さんと知り合いなの?

南野が立ち上げる新会社が「港南制作」に張り合えるかどうかは、近江明人を説得できるかどうかにかかっている。

南野を裏切った藤城に思い知らせるためには、是が非でも「日東テレビ」の月九の枠を勝ち取らなければならない。

いつまでも、くよくよしている暇はない。

南野はもう一度頬を叩き、シャワールームに足を向けた。

☆

代官山のカフェで近江明人の攻略法を考えていた南野はディスプレイに表示される名

前を見て、スマートフォンに手を伸ばしていた。

『南野さん、大変です』

受話口から、三村の逼迫《ひっぱく》した声が流れてきた。

「どうかなさいましたか？」

嫌な予感に導かれるように、南野は訊ねた。

『パステルは、南野さんのお宅に戻っていませんか⁉』

「僕の家に？　どういうことですか？」

頭の中で嫌な予感が、罰ゲームで使われる特大の風船のように急速に膨らんだ。

『南野さんと別れて数百メートルほど走ったあたりで、コンビニに寄ろうと車を停《と》めたんです。そ、それで……ドアを開けたときにパステルが……パステルがサークルを飛び越え脱走してしまったんです』

三村は、激しく動揺していた。

「どうしてもっと早く連絡をくれなかったんですか⁉」

『すみません……。私もパニックになって探し回っていたので、連絡が遅くなりました』

三村は消えゆく声で言った。動揺しているのは、南野も同じだった。

喉が干上がり、スマートフォンを持つ手が小刻みに震える。

「今どのあたりですか⁉」

『神泉《しんせん》の交差点を初台《はつだい》方面に渡ったコンビニの前です』

「大通り沿いじゃないですか！」

　思わず、南野は大声を出していた。

『すみません、私の不注意で……』

　消え入る声で、三村が詫びた。

「いまは、パステルを探し出すのが最優先です。手分けして探しましょう。見つかったら連絡をください」

　南野は電話を切り、空車の赤ランプを探した。救いは、仕事をしていたカフェから家までワンメーターの距離ということだ。

　運よくすぐにタクシーが拾えた。南野は運転手に自宅の住所を告げた。

「車を出してくださいっ。だいたいの場所はわかりますよね？」

　不慣れな手つきでナビに住所を入力していた運転手を、南野は急《せ》かした。

　慌てて、運転手が発車させた。パステルが脱走したという場所は、車の往来が激しい旧山手《やまて》通りと玉川《たまがわ》通りの交差点だ。神泉の交差点から南野家まで大人の足なら数分もあれば到着するが、生後三ヵ月の子犬には厳しい道程だ。しかもパステルはまだ散歩デビューをしておらず、足が竦んでまともに歩けないはずだ。

　親切な人が保護してくれていればいいが、もし車に……。

　脳裏を過る最悪のシナリオが、南野の焦燥感を煽った。

頼む……頼むから……。

南野は、パステルの無事を心で祈った。十数メートル先に、南野家が見えてきた。

「このへんで停めてください。お釣りはいいですから」

南野はトレイに千円札を置き、後部座席を飛び出した。

家の前に立ち、首を巡らせた。パステルの姿は見当たらない。小走りしながら、家の周囲を探した。パステルの姿は見当たらない。

南野は、神泉の交差点に向かった。もし、パステルが南野のもとに戻ってこようとしているなら途中で出会っても不思議ではない。

以前、テレビで犬の帰巣本能をテーマにしていた番組を観《み》たことがある。一九二三年、インディアナ州のウォルコットで運転中に飼い主の車から飛び出した、生後六ヵ月のボビーという名のシェルティーの話だった。

驚くべきことにボビーは四千八百キロの距離を、川を泳ぎ、山を越え、約六ヵ月かけて飼い主が経営するレストランに辿り着いたという。

もちろん、すべての犬に帰巣本能があるわけではなく、ボビーの例は奇跡と言ってもいいだろう。なにより、パステルはまだ社会化期……外界からの刺激を受けて犬が社会に適応するための大切な時期を経験していない。だが、数百メートルの距離なら三ヵ月の子犬でも……。

路地、車の下、自動販売機の陰、雑居ビルのエントランス、植え込み……南野は、微かな希望を胸にパステルを探した。

不安で、胸が押し潰されそうだった。

南野は立ち止まり、空を仰いだ。

神様、お願いします。パステルを無事に戻してください。
藁《わら》にも縋る思い——南野は、信じてもいない神に祈った。

空が夕闇に包まれ始めた。

三村の車からパステルが脱走したと連絡が入ってから、二時間以上が経っていた。

自宅周辺を探し尽くした南野は、渋谷《しぶや》駅のほうまで足を延ばしていた。何度か三村とは連絡を取り合ったが、彼もパステルを発見できていなかった。

十五分ほど前に管轄の東京都動物愛護相談センターを調べて電話をかけたが、ゴールデンレトリーバーの子犬は保護されていなかった。

駅のほうは車の数も多く、撥ねられていないかが心配だった。南野は通りにパステルの姿がないかを確認しながら走った。

心配なのは、車だけではない。人通りも多いので、連れ去りも心配だった。

「すみません、これくらいの子犬を見ませんでしたか？　ゴールデンレトリーバーという犬種のクリーム色の毛をした犬です」

南野は若いカップルに声をかけ、身振り手振りでパステルの大きさを説明した。

「いいえ。お前、見た？」

「さっき、プードルは見たけど」

「ありがとうございます。すみません……」

南野は礼を言い、別の通行人に声をかけた。答えはカップルと同じだった。

南野は行き交う人々に立て続けに声をかけたが、パステルを見かけた者はいなかった。

やはり、駅のほうにはきていないのか？

神泉町の交差点に引き返そうとしたとき、掌の中のスマートフォンが震えた。ディスプレイに表示された名前を見て、南野は弾かれたように耳に当てた。

「もしも……」

『パステルがみつかりました！』

電話に出るなり、三村が南野を遮り言った。

「よかった……パステルは、どこにいたんですか!?」

『池尻《いけじり》方面の遊歩道を歩いていました。とりあえず神泉町の交差点に戻りますので、そこで落ち合いましょう』

「僕も五分くらいで到着できますから」

南野は電話を切り、渋谷の雑踏を掻き分けながら走った。

ていた。

☆

神泉町の交差点のコンビニエンスストアの前には既に、三村のエルグランドが停まっていた。

「南野さん！」

横断歩道の向こう側で、三村が手を振っていた。

歩行者用の信号が青に変わり、南野は駆け足で渡った。

「パステルは無事でしたか⁉」

息を弾ませ、南野は訊ねた。

「いま、ラゲッジスペースのサークルにいます。とりあえず、顔を見せてあげてください」

三村は言いながら、バックドアを開けた。

うずくまっていたパステルが南野を認めると跳ね起き、ぶんぶんと尻尾を振りながら駆け寄ってきた。クリーム色の被毛は泥塗れになっていた。

「心配したじゃないかっ。こんなに汚れてしまって……」

南野がサークル越しにパステルを抱き上げると、物凄い勢いで唇、頬、鼻の穴を舐めてきた。

「わかった、わかった……わかったから落ち着いてくれ」

腕の中で暴れるパステルに、南野は言った。

言葉とは裏腹に、パステルの気持ちが南野は嬉《うれ》しかった。なにより、パステルの身に何事もなくて本当によかった。

「こんなに喜んで……やっぱり、パステルは南野さんのところに戻ろうとしていたんですね」

三村が、複雑そうな顔で言った。

散歩デビューもまだの右も左もわからない生後三ヵ月の子犬が、南野のところに戻るために車から飛び出したというのか……。

パステルの気持ちを考えただけで、胸が締めつけられる思いだった。

「もう、そのへんでいいだろう」

際限なく南野の顔を舐め続けるパステルに、南野は言った。

南野のワイシャツの腹部のあたりが濡れていた。

「あ！　お前、嬉《うれ》ションしたのか⁉」

南野が素頓狂な声を上げると遊んで貰っていると勘違いしたのか、パステルはさらに勢いを増して顔を舐めた。

「南野さん。私の気持ちは、まだ変わりませんよ」

南野とパステルの触れ合いを眼を細めて見ていた三村が、不意に言った。

「え？」

「命懸けで、南野さんに会いに行ったんです。それでも、この子の気持ちを受け止める気にはなれませんか？」

三村の言葉が、傷口に塩を擦り込まれたように心に沁《し》みた。

南野は眼を閉じた――パステルを抱き締める腕に力が入った。

「今日、このままパステルを……」

「いいえ。パステルのパートナーは三村さんです」

南野は眼を開け、胸奥で叫ぶ己の声を打ち消すように言った。

三村の口元が綻んだ。

「僕、なにかおかしなことを言いましたか？」

南野は、訝しげな顔で訊ねた。

「あ、失礼……笑ってしまい、申し訳ありません。あまりにも、南野さんが一途《いちず》だから」

「一途？」

「ええ。一途です。最初はパステルを引き取らない理由を、頑固な性格なのか犬がそれほど好きな方ではないのかなと思っていました。でも、一緒にパステルを探してくれる南野さんの姿を見て、そうではないということがわかりました。南野さんはパステルを引き取りたくないのではなく、引き取ることのできない理由があるんだと思います」

三村が穏やかな口調で語った。

「パステルを引き取れない理由があるのは事実ですが、別に一途なんかではありませんよ」

「いいえ、呆れるほどに一途です。なにごとにも、思い込んだら打ち込み過ぎてほかのことが眼に入らなくなります。いや、真面目だから眼に入れないようにしている。いま、あなたがどんな道を歩んでいるのか私にはわかりませんが、たまには寄り道もいいものですよ。もしかしたら、息抜きのつもりで寄った道が南野さんの本来進むべき道なのかもしれませんからね」

三村の目尻が柔和に下がった。

三村の言葉を、心から締め出した。的を射ているだけに、受け入れるには危険過ぎた。

そう、自分には寄り道をしている暇はない。最短距離で一本道を突き進み、受けた屈辱を晴らすだけ……いまは、近江明人を担ぎ出し「刑事一直線」の続編にキャスティングすることが最優先だ。

「僕はいまから仕事がありますので、これで失礼します」

南野はパステルを三村の腕に預け、頭を下げると踵を返した。

「あ、南野さん、ちょっと……」

三村の声とパステルの吠え声を振り切るように、南野は歩行者用の青信号が明滅する横断歩道を駆け渡った。

10

南野はスマートフォンを手にし、名刺に印刷された近江明人のマネージャーの携帯番号をタップした。

三回目の途中で、コール音が途切れた。

『もしもし、島内《しまうち》ですが』

受話口から、まだ若い男性の声が流れてきた。三十代、もしかしたら二十代かもしれなかった。

「はじめまして。私、『港南制作』の南野と申します」

南野は、話をスムーズにするために「港南制作」の名前を出した。

新会社設立云々の話は、近江明人のキャスティングが内定してから説明すればいい。

『あ、お世話になっております！　もしかして、「刑事一直線」の続編の件でしょうか？』

「どうしてそれをご存じなんですか？」

南野は素直な疑問を口にした。

『「刑事一直線」のシーズン1のときのAPさんから連絡がありまして、「港南制作」の社長が続編の企画会議をチーフプロデューサーとしていたと聞きまして』

「そうだったんですね」

『それで、こちらからもお電話しようと思っていたところです。ご存じの通り近江が続編に乗り気ではなくてですね、大変申し訳ないのですが……』

「続編で堂山正義は殉職します」

南野は島内を遮り言った。

『え⁉　本当ですか！』

島内の声のボリュームが上がった。

近江明人が続編の出演に乗り気ではないのは、シリーズを続けて堂山正義のイメージが付くことを恐れてのことだ。

「ええ、堂山正義は最終話で、立て籠り犯から幼子を救い出すときに凶弾に倒れます。準備稿も用意してありますので、どこかでお目にかかれませんか？」

『突然ですが、今日の夕方とかでも構いませんか？　いまの近江明人があるのは、「刑事一直線」のおかげですからね』

「ありがとうございます！　願ってもない話です。ただし、先々、『日東テレビ』が新しい主人公を立ててシーズン3を制作する可能性があるということは了承してください」

南野は島内に釘を刺した。

近江明人をキャスティングするための交換条件に、堂山正義の殉職を「日東テレビ」

に納得させる切り札としてこれだけは譲れない。

『シーズン3の制作ですか……』

一転して島内の声のトーンが下がった。

無理もない。事務所の立場からすれば、近江明人の殉職とともにシリーズを完結させたいと思うのが普通だ。

もちろん、対応策は考えてあった。

「はい。そこでお願いがあります。シーズン3の三番手くらいの役で、そちらの事務所の三木修平《みきしゅうへい》君のキャスティングを考えています」

南野はあえて下手に出た。

三木修平は二十八歳の鳴かず飛ばずの中堅俳優だ。

近江明人の妻の弟……義弟ということで事務所も所属させているが、できれば解雇したいというのが本音だ。

国民的ドラマの三番手の役で出演できるなど、高校球児がプロ野球にスタメン出場するほどの奇跡だ。

島内からすれば近江明人の手前、切るに切れないお荷物俳優を大抜擢して貰えるなら、「刑事一直線」シーズン3の制作に反対する理由はなくなる。反対どころか事務所をあげて全面協力することだろう。

『喜んで三木のオファーをお受けします！』

南野の予想通り、島内が弾む声で即答した。

微かに胸が痛んだ。

篠宮に話す気はなかった……話せるわけがなかった。堂山正義を殉職させるのを説得するだけでも大変なのに、三流俳優を三番手で起用したいなどと言ったらシーズン3どころか続編の話も立ち消えになるかもしれない。

三木修平が「刑事一直線」のシーズン3にキャスティングされることはない。

当然、「アカデミアプロ」は抗議してくるだろうが、ドラマや映画の出演話がドタキャンされるのは芸能界では珍しくないことだ。

「安心しました。私が『アカデミアプロ』さんに伺います。夕方、何時頃がご都合よろしいですか？」

『五時はいかがですか？』

「五時ですね？　了解しました！　本当に、ありがとうございます！」

南野は、スマートフォンを耳に当てたまま見えない相手に頭を下げた。

通話が切れてから、南野は拳を握り締めた。近江明人のキャスティングは、ほぼ確定だ。これで南野は、「日東テレビ」と制作委託契約を結べることになる。

社会現象となった国民的ドラマを手土産に華々しいデビューを飾る新会社に、各テレビ局は注目することだろう。

続編の制作不可能と言われた原因の近江明人を担ぎ出したのだから、南野のキャスティング力の凄さが業界にあっという間に広がり、各局から制作依頼が殺到するのは目に見えている。

そうなると篠宮は南野を他局に奪われないために、好条件を提示するしかなくなる。「刑事一直線」の続編を制作することで、すべてが南野に追い風となるのだ。

南野は伝票を手に席を立ち、会計を済ませると店を出た。

デニムにポロシャツというラフな格好なので、家に帰りスーツに着替える必要があった。

南野は代官山の八幡《はちまん》通りを中目黒方面に歩きながら電話をかけた。

一回目の途中で、コール音が途切れた。

『南野ちゃ〜ん、お疲れ〜』

受話口から篠宮の調子のよさそうな声が流れてきた。

「いま、お電話大丈夫ですか？」

『南野ちゃんならオールタイムウエルカムだよ〜。近江明人攻略は、うまくいってる感じ？』

「ちょうど、その件のご報告です。近江明人の担当マネージャーと、今日の夕方会うことになりました。近江明人の『刑事一直線』の続編の出演は、ほぼ確定です」

『それ本当!? マジに、近江明人が出演オファーを受けたの!? 南野ちゃん、大手柄だね！ さすがは、僕が見込んだだけの男だよ！ どんなに難しい球でも高打率でヒットにする、君はテレビ制作界のイチローだね！』

篠宮が興奮した口調で美辞麗句を並べ立てた。

「ありがとうございます。ですが、まだ完全に確定したわけではありません。近江明人は、オファーを受けるに当たってある条件を出しています。逆に言えば、その条件をクリアすれば『刑事一直線』の続編に出演するということです」

南野は、勝負に出た。

最後のハードルをクリアできれば……篠宮に堂山正義の殉職を納得させれば一気にゴールが見えてくる。

『条件って、なに？』

「最終回での、堂山正義の殉職です」

『じゅ……殉職⁉』

篠宮が裏返った声で叫んだ。

「はい。堂山正義は続編で名誉の死を遂げる……これが、近江明人の出した条件です」

堂山正義の殉職は南野のアイディアだが、近江明人の口から出たことにしたほうが物事はうまく運ぶ。

『そんな結末にしたら、「刑事一直線」が終わってしまうじゃないか！　南野ちゃん、それはいくらなんでも無理だよ！』

「お気持ちはわかります。でも、その条件を呑まないと近江明人は今後も続編のオファーを受けない……つまり、『刑事一直線』はシーズン1で終わってしまうんですよ。どうせ終わるなら、続編で終わったほうがいいじゃないですか？」

南野の正論が篠宮の胸を射抜いているだろうことは、受話口越しに伝わる荒い息遣いが証明していた。

『そりゃそうだけど……なあ、南野ちゃん。殉職以外の線でなんとか説得できないかな？』

篠宮が、悲痛な声音で懇願してきた。

「それは無理です。殉職にするなら出演する、しないのなら出演しない、の二者択一ですから。篠宮さん。シーズン2で堂山正義が殉職しても、その気になれば新しい役者を立ててシーズン3ができるじゃないですか。もう一度言いますが、殉職の条件を却下すれば『刑事一直線』はシーズン1で終わってしまいます」

南野は、突き放すように言った。

『「刑事一直線」の主役を、近江明人以外の役者にやらせられるわけないよ！　第一、そんなことしたら、近江明人が……』

「マネージャーが近江さんから許可を取っていることを確認しました。なので、シーズン3の制作に問題はありません」

南野は篠宮を遮り言った。

篠宮が沈黙した。十秒……二十秒……。荒い鼻息だけが聞こえた。三十秒が過ぎても、篠宮の逡巡《しゅんじゅん》は続いた。

「なにを躊躇っているんですか！　篠宮さんは、食べ終わるのがもったいないからと最高級の料理に口をつけないで腐らせるつもりですか？　最高級の料理は最高に美味《おい》しい瞬間に頂くものだと思います！　どうか、ご決断を！」

南野は、迷い続ける篠宮に畳みかけるように言った。詭弁ではなく、本音だった。食べずに腐らせるには、「刑事一直線」の続編という料理はもったいなさすぎる。

『わかった、任せよう』

押し殺した声で、篠宮が沈黙を破った。

「ありがとうご……」

『ただし、必ず近江明人を僕の前に連れてくるんだ！』

篠宮が、南野に最後まで言わせず、命じた。

「任せてください！　来月には、実現します。では、五時に『アカデミアプロ』に行ってきます。また、ご報告します」

南野が電話を切ると、間を置かずに着信が入った。

着信の主は、島内だった。

「南野です。もしかして、今日、ご都合が悪くなりましたか？」

折り返しかかってきた電話に脳裏を過った懸念を、南野は口にした。

『いえいえ、そうではありません。実は、夕方に南野さんと会うことを話しましたら、近江から同席させてほしいと言われまして』

「近江さんが同席⁉」

思わず、南野は訊ね返した。

『ええ。制作会社の社長さんから、直接話を聞きたいのでしょう。大丈夫ですか？　もし日程を変えたほうがいいなら……』

「いいえ。今日で構いません！　愉《たの》しみにしていますと、近江さんにお伝えください。では、後ほど」

電話を切った南野は、逸《はや》る気持ちを抑えきれずに玉川通りを駆け出していた。自宅まで、あと数十メートルだ。

近江明人がわざわざ乗り出してくるとは、続編の出演に乗り気な証拠だ。

玉川通りを左に曲がり、住宅街に入った。十数メートル先……自宅の前に見覚えのあるエルグランドが停まっていた。

「突然、ご自宅に押しかけてすみません」

南野が近づくと、エルグランドから三村が降りてきた。

「どうしました？　御用なら、電話をかけてくだされば よかったのに」

「電話では無理なお願い事がありまして……」

三村が言い淀んだ。

「立ち話もなんですから、中へどうぞ」

南野は三村を自宅に促した。

いまは十四時半を回ったばかりだ。

「アカデミアプロ」の事務所は青山《あおやま》なので、十六時半に家を出れば間に合う。

「いえ、すぐに引き返したいのでこちらで結構です」

「そうですか……で、お願い事とはなんでしょう？」

「実は、パステルが入院していまして……」

「え⁉　どこか具合が悪いんですか⁉」

南野の胸に不安が広がった。

「怪我や病気ではないのですが、餌を食べないんです」

「どのくらいですか？」

「行方不明になった日……南野さんと別れた直後からなので、もう一週間になります」

三村が長いため息とともに肩を落とした。

「一週間……そんなに食べなくて大丈夫なんですか⁉」

南野は身を乗り出した。

「動物病院で点滴を打って貰っているのでいますぐどうこうはないのですが、それでもかなり衰弱しています。体重も一週間で一キロ近く落ちていますし……成人男性で言えば十キロ落ちているのと同じです。このまま拒食状態が続くと命に関わるので、食道にチューブを挿入して流動食で栄養を摂取するという方法を取らなければなりません」

「食道にチューブ……それをやると、パステルは元気になるんですか？」

「最低限の栄養は摂取できるのである程度体力は持ち直しますが、いずれにしても一生チューブをつけているわけにはいかないので、自ら食べる気になってくれないと困ります。それに、食道にチューブを装着する手術は全身麻酔なので、生後三ヵ月の子犬の体力が持つかどうか保証できないと獣医師に言われました」

「つまり……？」

恐る恐る、南野は三村に話の続きを促した。

「手術が終わっても目覚めない可能性があるということです。しかもパステルは身体が衰弱しているので、できるなら手術は避けたいと……」

「手術しないで、パステルが持ち直す方法はあるんですか？」

「獣医師が言うには、パステルの状態は母犬から引き離された子犬がホームシックにかかったときと似ているそうです」

「ホームシック？」

南野は、三村の言葉を鸚鵡返しにした。

「はい。獣医師の話では、この場合の母犬とは南野さんのことです」

「僕が母犬ですか⁉」

南野は言いながら、己の顔を指差した。

三村が頷いた。

「今日伺ったのは、南野さんの匂いのついた物をお借りしたいと思いまして。ハンカチでもタオルでも、なんでも構いません。これも獣医師に言われたのですが、ホームシックにかかり食欲がなくなっていた子犬に母犬の使っていた毛布の匂いを嗅がせたら、元気が出て餌を食べた例もあるそうで。尤も、それは一日、二日食べなかった子犬の話で、一週間も食べずに衰弱しているパステルの場合はそう簡単にはいかないだろうとも言っていましたが……」

三村が悲痛な顔で言った。

「パステルは……そんなにひどい状態なんですか？」

心臓を鷲掴みにされたような胸苦しさに襲われつつ、南野は掠れた声で訊ねた。

「一日中寝たままみたいです。私が見舞いに行っても、首を擡げることさえせずに寝ています。点滴がなければ……」

三村が言葉を切り、肩を震わせた。

「行きましょう」

三村が呑み込んだ言葉の続きに、南野は衝き動かされた。

「え？　どこにですか？」

「パステルが入院している病院に連れて行ってください。どこの病院ですか？」

「初台ですが……そんなことをお願いして、いいんですか？」

訊ねる三村に、南野は頷いた。

初台なら十五分もあれば行ける。道の混雑状況にもよるが、そこからなら青山の「アカデミアプロ」までは三十分ほどだ。

一時間は、パステルに付き添える時間が取れる。

「匂いのついた物より、匂いの主が行ったほうが効き目はあるでしょう？」

少しでも三村を励まそうと、南野は冗談めかして言った。それ以上に、パステルに顔を見せて安心させたかった。

「ありがとうございます。では、お言葉に甘えて」

三村が礼を言いながら、リモコンでエルグランドのドアロックを解いた。

南野はパッセンジャーシートに乗り込んだ。

いま行くからな。頑張れ……パステル。

南野は逸る気持ちを抑え、心でパステルにエールを送った。

☆

「パステルは、二階の『入院室』にいます」

先導する三村に続き、南野はエレベーターに乗った。

エレベーターの扉が開くと、三方の壁を埋め尽くすステンレス製のケージが視界を占領した。

トイプードルが三匹、チワワが二匹、ミニチュアダックスが二匹、パピヨンが一匹、ビーグルが一匹……入院ケージには様々な犬種がいたが、一様に覇気のない不安な表情をしていた。

ケージにパステルの姿は見当たらなかった。

「ずいぶん、狭いケージですね。『入院室』と言うから、もっと広々としたところをイメージしていました。窮屈でかわいそうじゃないですか？」

南野は、入院ケージを見渡しながら率直な感想を口にした。

「病気や怪我をしている子達には安静が必要なので、あえて余分なスペースは作らないようにしているのです。点滴や輸血のときに動き回られたら針が外れますしね」

白衣を着た南野と同年代と思しき男性が、笑顔で歩み寄ってきた。

「こちら、獣医師の山岡《やまおか》さんです。先生、こちらが元のパステルの飼い主だった南野さんです」

三村が、南野と獣医師に双方を紹介した。

「南野です。失礼なことを言ってすみません」

南野は軽率な発言を詫びた。

「いえいえ、いいんですよ。初めて『入院室』に足を踏み入れた方は、みなさん、南野さんと同じようなリアクションをなさいます」

獣医師が笑顔で言った。

「先生、南野さんは匂いがついた物より本人のほうがいいだろうということで、わざわざきてくださいました」

「それは助かります。パステルちゃんも喜ぶと思います。パステルちゃんはこちらのケージにいますので、どうぞ」

三村が経緯を説明すると、獣医師が南野を奥のフロアに促した。

「パステルは、食べてくれますかね？」

歩きながら、三村が獣医師に訊ねた。

「かなり衰弱していますから、あまり期待しないほうがいいかもしれません。今日も何度かボウルを置いてみましたが、見向きもせずに寝ていましたからね。パステルちゃんは、一番奥の下段のケージです」

獣医師が三村から南野に視線を移し、壁沿いの入院ケージを指差した。

柵越し……点滴の管に繋がれたパステルが背中を向けて寝ていた。いや、寝ているというよりもぐったりしている感じだ。

痛々しく浮く背骨と肋骨《ろっこつ》……僅か一週間前までコロコロしていたパステルの身体は、別犬のように痩せ細っていた。

不意に涙が込み上げた。

三村の車から命懸けで脱走したパステルを、南野は受け入れなかった。

パステルは深く傷つき、絶望したのだろうか？

「ちょうど点滴が終わったところです。いま、外しますね」

獣医師が入院ケージの扉を開けて点滴の管を外しているときも、パステルは背を向け丸まったままでピクリともしなかった。

「パステル、お前の大好きな人を連れてきたぞ」

三村が声をかけても、反応がなかった。

微かに脇腹が上下しているのを見なければ、死んでしまったのではないかと不安になってしまう。

「南野さん、ここにきてパステルに声をかけてあげてください」

入院ケージの前に屈んでいた三村が、隣に視線をやりながら南野を促した。

南野は三村の横に腰を屈めた。相変わらずパステルは、身じろぎ一つしなかった。間近で見ると、痩せているだけではなく毛艶も悪かった。

口をついて出そうになる嗚咽《おえつ》を、南野は堪《こら》えた。

「パステル……」

南野が名前を呼ぶと、パステルの耳がピクリと動いた。

「僕だよ、パステル」

一度目より大きくパステルの耳が動き、続いて頭を上げた。

微かに、尻尾が左右に動き始めた。

「先生！　パステルが動きましたよ！」

三村が興奮気味に言った。

「驚きましたね」

獣医師も、言葉通り驚いているようだった。

パステルが、ゆっくりと巡らせた顔を南野で止めた。

みつめ合う瞳……パステルの黒真珠のような円らな瞳が揺れたような気がした。

パステルが四肢を震わせ、立ち上がろうとした。三村も獣医師も、固唾を呑んで見守っていた。

後ろ足に力が入らないのか、パステルが腰砕けしたように倒れた。

「パステル、大丈夫か⁉」

「手助けしないでください」

手を伸ばそうとした南野を、獣医師が制した。

「え？」

「いまのパステルちゃんには、自分からなにかをやろうとする気力が必要です。つらいでしょうけれど、ここは見守りましょう」

パステルが四肢を震わせ身体を起こそうとしたが、また腰砕けになった。

南野は奥歯を噛み締め、拳を握り締めた。

転んでも転んでも立ち上がろうとするパステルの姿が涙で滲んだ。

「頑張れ！　パステル！」

パステルは五度目のチャレンジで、ようやく立つことに成功した。

ぶるぶると身体を震わせつつ、懸命に立っていた。

二歩、三歩……パステルはよろめきながら南野のもとに辿り着き、倒れるように身体を預けると胸に顔を埋めた。

「そんなに、僕のことを……ごめん……ごめん……ごめんな……」

南野は痩せ細ったパステルを抱き締め、何度も詫びた。

パステルの乾いた鼻を、南野の涙が濡らした。隣で、三村も泣いていた。

「南野さん、これを手に掬ってあげてみてください」

獣医師が、南野にステンレスボウルを差し出した。

ボウルの中身は、お湯でふやかした少量のドッグフードだった。

南野は、ふやかしたドライフードを三粒掌に載せてパステルの鼻先に近づけた。

鼻をヒクヒクさせているパステルを、南野は祈るような瞳でみつめた。三村も、緊張の面持ちでパステルを凝視していた。

しばらく匂いを嗅いでいたパステルが、ドッグフードを舌先で舐めた。二度、三度と舐めていたパステルが、ついにドッグフードを口に入れた。

「食べた！」

三村が涙声で叫んだ。

「偉いぞ……パステル……」

南野は嗚咽交じりに言いながら、新たに三粒を掌に載せた。

今度はすぐに、パステルはドッグフードに食いつき咀嚼《そしゃく》した。

「よしよし、その調子だ……早く、コロコロのお前に戻ってくれ」

南野はもう片方の手でパステルの背中を撫でながら、今度は六粒のドッグフードを差し出した。

すかさず、パステルが完食した。

「こういうこと、あるんですね」

獣医師が呟いた。

「ありがとう……ありがとうな……」

南野がパステルの顔を両手で包むと、弱々しく唇を舐めてきた。

「私を無視して、南野さんには一発で反応するなんて……もう、パステルのことを嫌いになりました。だから、パステルはお返しします」

唐突に三村は言うと、腰を上げた。

「三村さん……」

「では、そういうことで私は失礼しますよ」

三村が片目を瞑り、踵を返すとフロアを出た。

「私も、パステルちゃんのためにはそのほうがいいと思います」

にこやかな顔で、獣医師が言った。

南野はパステルに視線を戻した。

「本当に、強情な奴だ。でも、お前には負けたよ」

すっかり変わり果てたパステルに、南野は泣き笑いの顔で語りかけた。

11

ドッグフードを食べたパステルが南野の腕の中で眠り始めて、十五分が過ぎた。

パステルの浮いた肋骨が上下しているのを見ていると胸が痛んだ。

「南野さんと会えて、安心したのでしょうね」

入院ケージの前の丸椅子に座る南野に獣医師……山岡が微笑みながら言った。

自分のために衰弱するまでドッグフードを口にしなかったパステルに、南野は驚きを隠せなかった。

「どうしてお前はそんなに……」

僕を愛してくれるんだ？

呑み込んだ言葉の続き……南野は心でパステルに問いかけた。

パステルを預かったのは事実だが、特別に愛情をかけていたわけではなかった。むしろ、仕事の支障になると厄介者扱いしていた。

現に、一日でも早く引き取り手を探すことに躍起になっていた。

パステルと過ごす日々を重ねるうちに情が移ったのはたしかだが、その程度の愛情は動物好きなら誰でも持っている。

なのになぜ、パステルは……。

「飼い主と犬は、ときとして奇跡の絆で結ばれているそうです」

南野の心を読んだように、唐突に山岡が言った。

「奇跡の絆？」

南野は繰り返しながら、山岡に視線を移した。

「ええ。実は、私の姉がアニマルコミュニケーターをやっていましてね」

「アニマルコミュニケーターってなんですか？」

「平たく言えば、亡くなったペットの魂と交信して飼い主に思いを伝えるという仕事です」

「そんな仕事があるんですね……というか、そんなことができるんですか？」

南野は、率直な疑問を口にした。

「さあ、私とはまったく別世界の話ですから。本来、獣医師という仕事柄、非科学的な話はしないのですが、今日のパステルちゃんを見ているとつい……すみませんでした」

山岡が苦笑した。

「いえ、僕も神とか死後の世界とかは信じないタイプです。でも、パステルと出会ってから、なにか目に見えない力のようなものがあるかもしれない、と感じ始めるようになりました。ところで、奇跡の絆ってなんですか？」

南野は話を戻して訊ねた。

「姉が言うには、飼い主とペットは偶然に出会ったのではなく前世からの繋がりがあるそうです。姉が過去に、北海道在住のある飼い主の亡くなった柴犬の魂と交信したときの話をしますね。その柴犬の前世は、五十年前にドイツで四十歳代の男性に飼われていたシェパードでした。男性とシェパードは親子のように仲睦《なかむつ》まじく、片時も離れることはありませんでした。ある日、いつものように男性が自宅の庭でシェパードとボール遊びをしているときのことでした。男性の投げたボールが通りに転がり、それを追ったシェパードは車に撥ねられて亡くなりました。男性は自分がパートナーを殺してしまったとひどく落ち込み、抜け殻のようになりました。その後の男性は、心身を患いシェパードのあとを追うようにして亡くなりました。犬は亡くなったあとは魂となり、飼い主のそばで見守っています。シェパードは自分の死後、大好きな飼い主が罪悪感に苛まれながら不幸な余生を送ったことを哀しく思い、来世でも男性のもとに生まれ変わると誓いました。柴犬の飼い主はこのドイツ人の生まれ変わりだそうです。あくまでも、姉から聞かされた話ですけれどね」

山岡が、最後に笑顔でつけ加えた。

「シェパードが柴犬に生まれ変わったのは、また、飼い主と一緒にいたいからですか？」

すかさず、南野は訊ねていた。

山岡の姉の話に、引き込まれている自分がいた。

「姉が言うには、今度は飼い主が幸福な人生を送ることができるようにするためだそうです」

「そんなこと、犬にできるんですか？」

言った端から、南野は後悔した。

死後の世界を信じるとか信じないの話以前に、少なくとも獣医師にたいしてする質問ではない。

「そもそも私は、輪廻《りんね》転生《てんせい》というものを信じていません……いや、信じないようにしています。我々の使命は医学で動物の命を救うことです。なんの根拠もない霊的なことで、飼い主さんの気持ちを一喜一憂させるわけにはいきません。ですが、ペットと人間が触れ合っているときに、お互いの脳から幸福感を与える愛情ホルモン……オキシトシンが分泌されているという研究が発表されました。『動物介在療法』と呼ばれる、鬱病や認知症の改善、社会的機能や身体的機能の向上などの治療効果の検証も行われているので、その意味では人間を幸せにするために犬はこの世に遣わされているという、姉が唱える説も一概に否定はできないと思っています。さあ、獣医師としての体裁を繕う言い訳はこのくらいにして、柴犬の話に戻しましょう」

山岡が茶目っ気たっぷりに微笑んだ。

「その柴犬は、前世のように飼い主が自責の念に苛まれて不幸な人生を送らないよう、幸せな思い出だけを残して旅立とうと決めていた……あ、姉が言うには、ですよ」

ふたたび、山岡がおどけた口調で言った。

「あの、正直なところ医学的根拠云々じゃなくて、お姉さんの話は一ミリも信じていないんですか？」

南野は訊ねた。

少し前までの南野なら、そんな質問をするどころかおくびにも出さなかっただろう。山岡におかしな男だと思われたくないからだ。なにより南野自身、前世、魂、転生といった類の話を一笑に付していた。

少なくともいまは、鼻で笑うことなどできない。

だからといって、神や仏を信用したわけではない。だが、信じてみてもいいかもしれないという気になっている自分がいた。

理由は……。

南野は、腕の中で安心して熟睡するパステルに視線を落とした。

「獣医師としては信じませんね」

山岡が即答した。

「山岡さん個人としてはどうですか？」

間髪容《い》れずに南野は訊ねた。

「白衣を脱いだら、信じてみてもいいかなとは思います。今日みたいな光景を見ると、とくにね。でも、結局は信じないようにします。南野さん、私達は月に何頭もの愛犬や愛猫の死と立ち会います。新前医師の頃は、犬や猫の死と向き合うたびに涙が出ました。ですが、獣医師としてのキャリアを重ねるうちに涙を流すことはなくなりました。冷たい心の持ち主だと軽蔑しますか？」

山岡が、本気とも冗談ともつかない口調で言った。

「いえ、軽蔑なんてそんな……ただ、そういう経験を数多くしていると、死にも慣れるものなのかなとは思いました」

南野は、率直な思いを口にした。

「慣れませんよ」

すかさず、山岡が答えた。

「え？　でも……」

「たしかに、涙を流すことはなくなったと言いました。正確には、流さないように努力していうちに流れなくなった、という感じですかね」

「涙を流さないように努力したとは、どういう意味ですか？」

「ペットが亡くなって一番哀しんでいるのは飼い主さんです。私達が取り乱せば、彼らの哀しみに拍車をかけてしまいます。妙な言いかたになりますが、最愛のパートナーとの最期のひとときは、純粋に哀しみに集中させてあげたいんです」

「なんだか、わかるような気がします」

南野は、話を合わせたわけではなかった。

たしかに山岡の言う通り、自分の親や兄弟が亡くなったときに立ち会った医師が泣いていたら複雑な気分になってしまうかもしれない。

純粋に哀しみに集中させてあげたいという山岡の言葉に、南野は深い優しさを感じた。

「死んだら灰になるだけ。跡形もなく消えてしまう」

唐突に、山岡が言った。

「え？」

「死後の世界なんて作り話だという考えの人も大勢います。そういう人に、愛犬の姿は見えなくてもずっとそばにいますとか、いつの日か生まれ変わった愛犬と再会できますなんて軽々しく言えません。たとえ私が、姉のように魂の存在や輪廻転生を信じていたとしてもです。それは励ましでも慰めでも、ましてや共感でもなく、自分の価値観や考えを押しつけているだけです。もっと言えば、長年連れ添ったパートナーに旅立たれ哀しみに暮れる飼い主さんにたいして私達は、励ますことも慰めることも共感することもできません。それができると思うのは、単なるエゴです。唯一できることがあるなら、ただ寄り添うことだけです」

動物愛護を声高に訴える人達よりも、山岡の言葉のほうが南野の胸に刺さった。

「あ、調子に乗っていろいろと喋り過ぎましたね。お時間は大丈夫ですか？」

苦笑いしながら、山岡が訊ねてきた。

南野は壁掛け時計に視線を移した。

十六時十五分。

十六時半までにタクシーに乗れば、待ち合わせの五時には青山の「アカデミアプロ」に到着するはずだ。

「では、そろそろ行きます。八時までには迎えにこられると思いますが、夜間でも大丈夫ですか？」

南野は訊ねつつ、そっとパステルを山岡に渡した。

「ええ、ウチは二十四時間体制ですから。夜勤の獣医師に引き継いでおきますね」

山岡がパステルを入院ケージに戻しながら言った。

「よろしくお願いします。あ、そうそう、今夜は、もう食事は与えないほうがいいですよね？」

南野はエレベーターに向かいかけた足を止め、思い出したように山岡に確認した。

「はい、今夜はもう……」

山岡が言葉を切り、入院ケージの扉を開けた。

パステルが震える四肢を踏ん張り、背中を波打たせていた。

シートに、消化しきれていない食べたばかりのドッグフードが吐瀉されていた。

「パステルっ、どうした⁉」

南野は入院ケージに駆け寄った。

「久しぶりにドッグフードを食べてすぐに寝たので、消化器が機能しなかったのでしょう」

山岡が、パステルの背を擦《さす》りつつ言った。二度、三度と、パステルが嘔吐《おうと》した。もう、シートには黄白色の胃液しか出ていなかった。パステルは四肢を震わせ、苦しげにしていた。

「先生、パステルは大丈夫ですよね⁉」

南野は、山岡に縋るような瞳を向けた。

「ええ、嘔吐がおさまれば点滴を打ちます。なにかありましたら、ご連絡を入れますので」

ようやく嘔吐がおさまったパステルが、力なく蹲《うずくま》った。

「なにかあったらって、パステルは予断を許さない状態なんですか？」

「免疫力が落ちているので、万が一容態が急変したら、という意味です」

山岡が、パステルの口元をウエットティッシュで拭いながら説明した。

「先生、私の仕事の都合は考えずに教えてください。私は、パステルのそばにいたほうがいいですか？」

南野は、山岡の瞳を直視した。

「正直なことを言うと、そうですね」

あっさりと、山岡が答えた。

「やっぱり、危ないのですね⁉」

「いえいえ、そういう意味ではありません。大好きな飼い主さんがそばにいるだけでパステルちゃんが安心しますし、免疫力が上がります。なので、あくまでもお仕事に差支えがなければという前提での話ですよ」

「そうですか……」

南野は目まぐるしく思考を巡らせた。

パステルは重篤な状態ではないが油断はできない。

山岡も言っていたように、自分がそばにいたほうがパステルの免疫力が上がり回復も早い。

だが、「アカデミアプロ」には担当マネージャーだけではなく、南野と打ち合わせをするために近江明人も待っているのだ。

土壇場でキャンセルしてしまえば、針にかかった大魚を逃してしまうかもしれない。

パステルが重篤でないのなら、約束は守るべきだ。

三時間もあれば、ここに戻ってこられるのだ。

しかし、パステルにもしものことがあれば……。

迷っているうちに、十六時半を過ぎていた。

「電話をかけてきます」

南野は山岡に言い残し、急ぎ足でエレベーターに乗った。

一階。エレベーターを降りた南野は、島内の携帯番号をタップした。

『もしもし』

二回目の途中でコールは途切れ、島内の声が受話口から流れてきた。

「南野です」

『ああ、どうも！　さきほど近江から電話がありまして、あと十分ほどで到着するそうです。南野社長も、まもなくでしょうか？』

「その件ですが……」

南野は言い淀んだ。

直前に打ち合わせを延期してくれと言えば、近江は間違いなく気分を害する。近江の機嫌を損ねるだけなら、平謝りして許しを乞えばいい。制作会社の社長として、プライドの捨てかたは知っているつもりだ。

その程度で終われば、の話だ。

「刑事一直線」の続編の出演に前向きだった近江が、心変わりする可能性は十分に考えられる。

いまなら、まだ間に合う。

車が渋滞して十分ほど遅れると伝えればそれでいい。近江のキャスティングに成功し、「日東テレビ」と正式に制作委託契約を結ぶ。

「刑事一直線」が高視聴率を叩き出すことは間違いなく、南野の新会社は一躍脚光を浴びることになるだろう。

力をつければ、「ゼウスプロ」の別所も迂闊に手を出せなくなる。別所は反目するどころか、南野に利用価値ありと判断し歩み寄ってくるだろう。

昨日の敵は今日の友……南野の生きてきた業界では珍しくない話だ。

「港南制作」は直接に手を下さずとも、片端から仕事を奪っているうちに自然消滅する。藤城は立ち回ることはうまいが、トップの器ではない。昔の友とその家族を路頭に迷わせるのは忍びないが、容赦するつもりはなかった。先に裏切り、仕掛けてきたのは藤城なのだから。

『南野社長？　どうかされましたか？』

怪訝そうに、島内が訊ねてきた。

「あ、すみません。あの……大変申し訳ないのですが、日程を変えて頂くことは可能でしょうか？」

お前は正気か？

自問の声がした。

すぐに津波のように後悔の念が押し寄せてきたが、もうあとには引けなかった。

南野は、土壇場でのキャンセルも致し方ないと思わせる言い訳を考えることに意識を集中した。

『それは、どういうことでしょうか？』

島内が困惑しているのは、イントネーションの乱れでわかった。

「実は、妻が病院に運び込まれまして……これから緊急手術なんです」

咄嗟のでたらめ――まさか、犬の容態が心配で離れられないとは口が裂けても言えない。

『ご病気ですか？』

「車に撥ねられたと連絡が入りました。私もこれから病院に向かいますので、詳しいことはまだわかりません」

病気より事故のほうが相手に与えるインパクトが大きいと、南野は判断したのだ。

さすがの近江も、交通事故で病院に搬送された妻を後回しにしろとは言えないはずだ。

しかし、安堵するにはまだ早い。責められることはなくても、近江の感情までコントロールすることはできない。

たとえやむをえぬ理由でも、近江が南野に面会を急遽《きゅうきょ》キャンセルされたという事実に変わりはない。気分を害したことはおくびにも出さず、もっともらしい理由をつけて「刑事一直線」の出演オファーを断ってくる可能性は十分に考えられた。

わかっているなら、なぜ行かない？


脳内で響き渡る自問の声に、南野は答えることができなかった。

損得で考えれば、南野の選択はありえなかった。

苦労して手繰り寄せた千載一遇のチャンスを、自らの手で握り潰そうとしているのだ。

『それは大変ですね……しかし、困りました』

島内のため息が、受話口越しに聞こえてきた。

「……本当に申し訳ありません。近江さんには、なるべく早くお電話でご説明させていただければと思っています」

『わかりました。近江にも伝えておきます』

沈んだ声で言い残し、島内が電話を切った。

南野は大きく息を吐きながら、額に浮いた汗を手の甲で拭った。


本当に、これでよかったのか？


また、自問の声がした。やはり、南野は答えることができなかった。

南野を認めると、点滴を受けていたパステルが顔を上げた。

「パステルの具合はどうですか？」

南野は入院ケージに歩み寄りながら、山岡に訊ねた。

「嘔吐はおさまり、いまは落ち着いています。お仕事のほうは、大丈夫でしたか？」

「ええ、なんとか」

南野は曖昧な笑みを浮かべた。

大丈夫かどうかは、近江との電話でわかる。

「このまま回復したら、明日には退院できるでしょう。私は一階の外来にいますので、なにかありましたら呼んでください」

山岡が頭を下げ、フロアから消えた。

「明日には家に帰れるぞ。早く元気にならないとな」

南野はパステルに語りかけ、入院ケージの扉を開けた。

「寝てなさい」

立ち上がろうとするパステルの背中を撫でながら、南野は丸椅子に腰を下ろした。

「無茶で強情で……お前は僕にそっくりだな」

南野が言うと、パステルの尻尾が微かに動いた。

顔はほっそりしてやつれ気味だが、瞳には力が戻ったような気がした。

「元気になってくれないと怒るからな。お前のせいで、大きな仕事を失うかもしれないんだぞ」

南野は、冗談めかして言った。

いや、冗談で済まされる状況ではないがパステルに罪はない。むしろ、罪深いのはパステルの心身をここまで追い込んだ自分のほうだ。

パステルが南野の手に顎を乗せ、哀しそうな上目遣いでみつめてきた。

「嘘、嘘。そんな眼で見るなよ。お前はなにも悪くないよ」

南野は微笑み、パステルの頭をそっと撫でた。

「僕はどこにも行かないから、ゆっくり休むんだ。そして、早く帰ろう。お前の家に」

言葉が通じたのかさっきよりも大きく尻尾を振ったパステルが、南野の手に顎を乗せたまま安心したように眼を閉じた。

パステルの寝顔を見ていると、島内との電話を切ったあとに南野の心を支配していた懸念と後悔がシャボン玉のように消え去った。

12

十月になり黄葉への衣替えの準備を始めた代々木《よよぎ》のケヤキ並木が、早送りしたＤＶＤ映像のように視界の端を流れてゆく。

朝の五時台ということもあり、周囲にはジョギングやウォーキング、ほかは犬の散歩をする人の姿が目立った。

首輪とお揃いのスカイブルーのリードの先で、耳を後ろに倒したパステルが全力疾走していた。

パステルが笑顔で、南野を見上げた。

「前を見ないと危ないぞ！」

そういう南野も、並走しながらスマートフォンでパステルを動画撮影していた。

パステルはパトロールのときにケヤキ並木に差しかかると、必ずスイッチが入ってダッシュする。

パトロール初日や二日目は、パステルについて行くこともできなかった。

「港南制作」で昼夜を問わず仕事に明け暮れ不摂生な生活を送っていた南野の体力は、生後四ヵ月になった中型犬よりも遥かに劣っていた。

一週間で、なんとか並走できるまでになった。疾走するパステルを動画撮影できるようになったのは、二週間ほどが過ぎた昨日からだ。

百メートルほど走ったあたりで南野は、動画のスイッチを切った。鋭い痛みが脇腹に差し込み、ふくらはぎが張っていた。

不意に、パステルが立ち止まった。

南野の身体が悲鳴を上げ始めると、いつもパステルは走るのをやめる。最初はパステルが疲れたからか、あるいは偶然なのかと思った。一度や二度なら偶然もあり得るが、毎日、しかも何回も繰り返されると南野の身体の状態を察しているとしか思えなかった。

「悪いな……付き合わせて……」

南野はその場に屈み、切れ切れの言葉でパステルに語りかけた。

「ほら、お前も一休みしな」

南野は腰に巻いたワーキングホルダーから給水ボトルを引き抜き、パステルの口もとにノズルを近づけた。

ワーキングホルダーにはほかに、排便袋、ウエットティッシュ、マーキングスプレーが入っていた。

お座りしたパステルがノズルに口をつけ、勢いよく水を飲み始めた。

「水は逃げないから、ゆっくり飲みなさい」

南野は、柔和に眼を細めながら言った。

パステルが退院してから、三週間が過ぎた。

退院した日、泥のように眠ったパステルは翌朝から少量のドッグフードを食べ始めたが、嘔吐はしなかった。

三日目には通常の量のドッグフードを完食し、以前に預かっていたとき同様に部屋の中を活発に動き回るようになった。

退院一週間後に、パステルをパトロールデビューさせた。

もっと早くに体力は回復していたが、無理をさせてふたたび体調を崩すことを恐れて用心したのだ。

退院後にインターネットで調べた情報によると、親犬から引き離された子犬や、長年愛情をかけ続けてくれた飼い主と死に別れた犬が、パステルと同じように拒食症になることは珍しくないらしい。

様々なエピソードが紹介されていたが、南野とパステルのように数日しか暮らしていないケースはなかった。

——シェパードが柴犬に生まれ変わったのは、また、飼い主と一緒にいたいからですか？

——姉が言うには、今度は飼い主が幸福な人生を送ることができるようにするためだそうです。

不意に、動物病院で交わした山岡との会話が脳裏に蘇った。

「馬鹿馬鹿しい」

南野は、自らに言い聞かせるように声に出した。

パステルがきてからの南野は健康的になり、規則正しい生活を送るようになった。朝は五時に起き、洗顔と歯磨きが終わればパステルとパトロールに出る。

パトロールから戻ってきたらパステルの肉球と被毛を拭いたあとに一度目の食事を出し、南野もトーストや目玉焼きの朝食を一緒に済ませてしまう。

パステルをケージに入れて寝かせると、昼までの三、四時間は「刑事一直線」の決定稿の執筆にあてる。

　正午あたりにパステルの二度目の食事を出し、南野もサンドイッチやおにぎりの昼食を摂《と》る。昼食後はパステルを一、二時間ケージの外に出して自由に暴れさせ、十五時くらいから代官山に借りた事務所の整備や関係者への挨拶回りの時間にあてる。

　所用が終わり帰宅したら、パステルと夜のパトロールに出かける。戻ってきたらパステルに三度目の食事を出して、南野もコンビニ弁当や宅配の夕食を済ませる。

　しばらくパステルの相手をしてからシャワーを浴びて出てくると二十二時頃になっており、DVD鑑賞したり音楽を聴きながら眠りに落ちる……パステルと暮らすようになってからの南野の一日は、だいたいこの繰り返しだった。

　パステルと朝晩三キロずつのパトロールをこなし、深酒をしなくなったおかげで南野は二週間あまりで四キロも痩せた。

　食欲は旺盛になったのに体重が落ちるということは、摂取と代謝のバランスが取れている証だ。

　身体が健康になると心にも余裕ができて、五感が研ぎ澄まされてくる。金木犀《きんもくせい》の香り、シジュウカラの囀《さえず》り、雨上がりの濡れた土の匂い、月明かりを反射する草木の白露、色なき風の肌触り……もう何年、いや、十年以上忘却していた自然のサインに気づくようになった。

　パステルと暮らし始めてから、すべてが順調に運んでいるように感じた。

唯一、近江明人のキャスティング以外は……。

――今日は、本当に申し訳ありませんでした。近江さんは、大丈夫でしたか？

パステルの容態が落ち着き、自宅に帰ってから南野は島内に電話をかけた。

――はい。近江からの伝言ですが、電話で話すより日を改めて会いましょう、とのことでした。

――やはり、怒っておられましたか？

南野は、恐る恐る訊ねた。

――いえいえ、怒るなんてとんでもない。奥様の容態を心配していました。電話で話さないほうがいいと言ったのも、南野社長の精神状態を気遣ってのことでしょう。

――それを聞いて、安心しました。なるべく早い段階で近江さんにお会いして謝罪をしたいのですが、次の打ち合わせはいつ頃になりますでしょうか？

とりあえず最悪の事態は免れたが、島内の言葉を鵜呑《うの》みにするわけにはいかなかった。

本当の意味で安堵できるのは、近江との打ち合わせ日が決まったときだ。

――明日からしばらくは近江のスケジュールが詰まっていますので、十月に入ってからになります。候補日がわかり次第、こちらからご連絡致しますので。

島内との電話を切って南野の頭に真っ先に浮かんだのは、「日東テレビ」の篠宮の顔だった。篠宮と約束した近江のキャスティングの期限は九月一杯……十月だと約束を違《たが》えてしまう。

話の運びかた次第では、「日東テレビ」とのドラマ制作委託契約の話も流れる可能性があった。

――「アカデミアプロ」で担当マネージャーの島内さんから正式に「刑事一直線」の出演受諾の言葉を貰い、十月中に近江明人さんを交えて打ち合わせすることになりました。

悩んだ末に、南野は偽りの報告をした。逆に言えば、ほかに篠宮を納得させる術《すべ》がなかった。それでもまだ救いがあるのは、近江の逆鱗に触れなかったことだ。

十月にずれ込んだのは南野が生み出した誤算だが、単に出演受諾を取る日が先延ばしになったと思えばいい。まさに、不幸中の幸いだった。

自分には、まだツキがある。

こんなところで、躓《つまず》くわけにはいかない。雪辱の幕は、開いたばかりだ。

「あの、この前のお客さんですよね？」

女性の声が、南野を現実に引き戻した。

黒目がちの円らな瞳、抜けるような白肌……グレイの「ａｄｉｄａｓ」のトラックスーツに身を包んだ二十代前半と思しき女性が南野の顔を覗《のぞ》き込んでいた。

女性は、黒いリードで繋がれた柴犬の成犬を連れていた。

「……あの、どこかでお会いしましたか？」

若く美しい女性と出会う機会などなかったが、見覚えのある顔だった。

南野をお客さんと言っていたが、女性はホステスには見えない。なにより、南野はそういった店に出入りしていなかった。

「このコは……パステルちゃん！」

女性が声を弾ませて屈むと、パステルの頭を撫でた。

「この首輪とリード、ウチの店の商品です」

女性がパステルから南野に顔を向けた。

「ああ……ごめんなさい。ペットショップでお会いしましたね。印象が違い過ぎて、気づきませんでした」

南野はしげしげと女性をみつめた。

本人にも言った通り、ポニーテールにしているいまと違いペットショップで会ったときは髪を下ろしていたので雰囲気が違った。

「いいえ、一度お会いしただけなのに、こんな早朝にいきなり声をかけられてもわかりませんよね。改めまして白井《しらい》奏《かなで》と言います」

女性が屈託のない顔で笑い、自己紹介した。

「南野です。お散歩ですか？」

南野も名乗り、パステルの肛門《こうもん》を嗅ぐ柴犬に視線を移し奏に訊ねた。犬が肛門を嗅ぐのは人間で言う名刺交換だと、ネットで読んだことがある。

初体験のパステルは戸惑ったような顔で腰を落とし、固まっていた。

「ええ。普段はもう少し遅い時間なんですけど、今日は午前中に用事があって早めに連れ出しました」

「パステルはまだパトロールデビューして二週間くらいなので、挨拶もきちんとできなくて」

肛門の匂いを執拗《しつよう》に嗅ごうとする柴犬から、腰を落とし気味にして時計回りに逃げ回るパステルを見て南野は苦笑いした。

「パトロール？」

奏が首を傾げた。

「あ、ごめんなさい。散歩のことです」

南野の苦笑いが照れ笑いに変わった。

他愛のない会話に、安らぎを感じる自分がいた。

初めての感覚だった。

いままでは、どうしたらプロダクション相手に有利に話を進められるか、どうしたら視聴率の取れる俳優を自社制作のドラマに出演させられるか、どうしたらスタッフにやる気を起こさせられるか……ほとんどの対人関係に駆け引きがついて回った。

南野にとっては、ドラマ作りに無関係な会話はすべて不毛なものでしかなかった。

成果を求めない会話……打算とは無縁の会話の心地よさに、いまさらながら気づいた。

「たしかに、ワンコ達にとって散歩はパトロールみたいなものですよね」

奏が、おかしそうに笑った。

相変わらず、パステルは肛門を嗅ごうとする柴犬の鼻から逃げ回っていた。

「パステルちゃんに触ってもいいですか？」

「もちろんです」

「パステルちゃん、こっちにおいで」

奏の広げた腕の中に、お尻を振りながらパステルが飛び込んだ。

「よしよし、しつこくされて嫌よね～。でも、いまのうちに覚えておいたほうがいいから、ちょっと我慢してみようか？　茶太郎《ちゃたろう》、ほら」

奏がパステルの頭を抱え込むようにして耳の後ろを揉みながら、柴犬……茶太郎を呼んだ。

茶太郎がガラ空きになったパステルの肛門に鼻づらを近づけた。

「犬は、肛門嚢《こうもんのう》から分泌される匂いで、年齢、性別、体調、発情、気分、相性を読み取ることができるんですよ」

奏が、南野に顔を向けにこやかに言った。

「え!? 年齢や性別はなんとなくわかりますが、気分とか相性までわかるんですか!?」

南野が日常的にやっていたプロデューサーや役者相手に話を盛り上げようとする演技ではなく、素の驚きだった。

「ええ。ワンコの肛門は情報のデパートですから……私、なに言ってるんだろう……ごめんなさいっ」

言った端から耳朶《じだ》まで赤く染めはにかむ奏が初々しく、南野はその仕草に好感を抱いた。

奏の顔立ちが整っているのはたしかだが、南野が好印象を持ったのはそこではない。

ドラマの制作会社という仕事柄、信じられないほどに美しく呆れるほどにスタイルのいい女性をごまんと見てきた。その中に入れば奏は決して目立つタイプではなかったが、彼女には素朴な魅力があった。

女優がバラやひまわりなら、彼女は木春菊《もくしゅんぎく》……いわゆるマーガレットのような可憐《かれん》な雰囲気を持つ女性だった。

「ワンコの肛門は情報のデパートですか。流行語大賞にノミネートされそうな名言ですね」

南野が茶化すように言うと、奏が噴き出した。

自然と、南野の口もとも綻んでいた。

冗談を口にしたのは……もう、思い出せないほどに遠い昔だった。

「ご挨拶、よくできました！」

奏が言うと、パステルが前足を伸ばしお尻を高く上げて尻尾を勢いよく振り始めた。

茶太郎も、パステルと同じ姿勢で向かい合った。

「プレイバウ……仲良しになりたい相手を遊びに誘うポーズです」

奏が笑みを湛えながら言った。

パステルと茶太郎がほとんど同時に後ろ足で立ち上がると、相撲のようにがっぷり四つに組み合った。

パステルは中型犬なので生後四ヵ月でも十三キロあり、既に柴犬の茶太郎より体が大きかった。

しかし、成犬の茶太郎の力は強くパステルはすぐに押し倒された。

馬乗りになった茶太郎がパステルの喉を軽く咬んで押さえつけると、素早く離れた。

すっくと起き上がったパステルがふたたび立ち相撲を挑んだが、リプレイ映像を観ているように呆気なく押し倒され、馬乗りになられて喉を咬まれた。

「こうやって、子犬はどこまでやったら相手を傷つけてしまう、どこまでだったら相手を傷つけないという力加減を学んでゆきます」

奏は眼を細め、潑溂《はつらつ》とじゃれ合う二頭を微笑ましくみつめた。

「犬の世界も、奥が深いんですね」

話を合わせたわけではなく、動物の本能に南野は感心していた。

パステルは倒されても倒されてもすぐに跳ね起き、何度も茶太郎に挑んでいた。

「社会化期に学ぶ機会のなかったコは、成犬になったときに驚いたり怯えたりして人間やほかの犬を咬む場合もあります。でも、人間みたいに悪意や欲で誰かを傷つけることはありません。人間もこのコ達みたいに純粋な心を持ち続けられるなら、この世に戦争なんて起こらないんでしょうけどね」

それまでの微笑ましい顔から一転した憂いを帯びた横顔……奏の言葉が、南野の胸を貫いた。

彼女に他意がないのはわかっているが、南野は自分のやってきたことを言われたような気がした。

しつこく相撲を挑むパステルに、辟易《へきえき》としたのか今度は茶太郎が逃げ回り始めた。パステルは遊んで貰っていると勘違いし、嬉しそうに茶太郎を追い回した。

パステルと茶太郎のリードが絡み合い、屈んでいた南野と奏は彼らの勢いに引っ張られ申し合わせたように尻餅をついた。

顔を見合わせて笑う南野と奏に、泥だらけのパステルと茶太郎が駆け寄ってきた。

これが夢なら……。

南野は、心に浮かんだ思いの続きを打ち消した。

牙を失った獣は二度と、敵と戦うことができなくなるのだから。

13

午前六時半――キッチンに立つ南野がステンレスのボウルを手に取ると、リビングでお気に入りのカエルのぬいぐるみを振り回していたパステルが、気配を察し猛然と駆け寄ってきた。

「まだ、遊んでていいのに」

南野は苦笑しながら調理台に置いたクッキングスケールにボウルを載せ、デジタル目盛の表示が二百五十になるまでドライフードを注いだ。因みに、ボウルの重さは百五十グラムだ。

南野が冷蔵庫を開けると、パステルが上半身を突っ込みミネラルウォーターのペットボトルをくわえて走り出した。

「あっ、こら！」

南野は、弾むようにキッチンを飛び出すパステルを追いかけた。

廊下に、水滴が轍《わだち》のように続いていた。パステルの鋭い乳歯で、ペットボトルに穴が開いたのだろう。

リビングに飛び込んだパステルがすぐにUターンして、南野の股を潜り抜けキッチンに向かった。

「待てって……」

不意に、視界が流れた。

ペットボトルから滴り落ちた水に足を滑らせた南野は、豪快に尻餅をついた。

「痛っ……」

尾骶骨《びていこつ》に走る激痛に、南野は顔を顰《しか》めた。

慌てて駆け戻ってきたパステルが、ペットボトルを口から離して心配そうに南野の顔を舐めた。

「心配するくらいなら、最初から言うことをきいてくれよ……」

腰を押さえつつ、南野は立ち上がった。

南野はペットボトルを拾い上げ、キッチンに戻ると冷蔵庫の前で足を止めた。

「もう、だめだぞ」

南野は振り返り、お座りをして笑いながら見上げているパステルに釘を刺した。

冷蔵庫からタッパーを取り出し、茹《ゆ》でた鶏の胸肉をちぎってドライフードにトッピングした。

パステルが待ちきれないとばかりに、後ろから飛びついてきた。

「お座り」

南野は、低く短く命じた。

パステルが肉球で南野の臀部《でんぶ》を押した。

「お前は、ちっとも言うことをきかないな」

南野はボウルを手に、リビングに戻った。

ケージの中にボウルを置くと、駆け込んだパステルが物凄い勢いで食べ始めた。

ケージの扉を閉め、南野はソファに座った。

ガラステーブルに並ぶ朝食……冷めたトーストとゆで卵を齧り、温《ぬる》くなったコーヒーで流し込んだ。

一年前に聖が家を出てからはゆで卵が目玉焼きに変わるくらいで、毎朝、同じような献立だった。

いまの南野にとって、食は愉しむためのものではなく腹を満たす手段でしかなかった。

ドッグフードを一分もかけずに完食したパステルが、催促するように前足で扉を引っ掻いた。

「だめだ。急ぎの仕事があるからな。しばらく、一人で遊んでろ」

南野は原稿をテーブルに置いた。

「刑事一直線」の最終話を、今日中に書き上げるつもりだった。

パステルは、扉を引っ掻き続けていた。ここで根負けして開けてしまえば、それを学習したパステルの我儘《わがまま》がエスカレートしてしまう。

前回、近江明人との約束をドタキャンしてしまったので、次に会うときまでに準備稿を書き上げ正式に出演の受諾を貰いたかった。南野がいま書いているところは、主人公の殉職シーンだった。このシーンを秀逸なものにできるかどうかで、汚名返上できるか否かが決まると言っても過言ではなかった。

南野はパステルがケージを引っ掻くガシャンガシャンという音から、意識を逸らし執筆に集中した。

近江が続編を引き受ける条件が堂山正義の殉職とはいえ、どんな死にかたでもいいというわけではない。

最初は、犯人が発砲した流れ弾の犠牲になりかけた少女を、堂山正義が庇って身代わりに撃たれたという流れにするつもりだった。

絵に描いたようなヒーローの殉職――近江に断る理由はない。だが、陳腐過ぎる。たとえ視聴率が取れたとしても、ドラマ制作のプロとしてのプライドが許さない。

本当は犯人グループに薬漬けにされた挙句、マシンガンで蜂の巣にされるような衝撃的なラストにしたかったが、厳しいコンプライアンスに縛られている現在のテレビ業界では到底無理な話だ。複数のＣＭに出演している近江の所属事務所としても、スポンサーを刺激するような脚本を受けるはずがなかった。

エスカレートしたパステルは、両前足で扉を引っ掻き始めた。パステルが生み出す騒音に、スマートフォンの着信音が重なった。ディスプレイに表示された名前――「アカデミアプロ」島内。

「パステル、静かに！」

南野が強い口調で命じても、パステルは構わずに騒音を生み出し続けた。

いつもは朝食後に眠りに入るパステルだが、今日はどうしたことだろうか？

「南野です。ちょっと、待って頂けますか？」

南野は島内に言うと電話を保留にし、仕方なくケージの扉を開けた。

「大事な電話だから、これで遊んで静かにしてくれ」

待ってましたとばかりに飛び出してきたパステルに、南野はカエルのぬいぐるみを差し出した。

パステルはカエルのぬいぐるみには見向きもせずに、お座りをして南野をみつめた。

「なんだ？　急に、おとなしくなっちゃって。とにかく、騒がないでくれよ。すみません、お待たせしました」

南野はパステルに念を押し、電話に出た。

『こちらこそ、お忙しいところ申し訳ございません。近江との面会の件でお電話しました』

「日程ですね？」

『大変申し訳ないのですが、近江の都合が悪くなりまして』

島内が、言いづらそうに切り出した。

「いえいえ、先にドタキャンしたのは私ですから。近江さんのご都合に合わせますから……」

『今回のお話、なかったことにしてください』

南野を遮り、島内が言った。

「なかったこととは、どういう意味でしょう？」

嫌な予感に促されつつ、南野は訊ねた。

『近江が、「刑事一直線」の続編に出演しないと言い出しまして……』

島内が、歯切れの悪い口調で言葉を濁した。

「出演しないって……どうしてですか⁉　前向きに考えたいと、言ってたじゃないですか⁉　あ、もし、この前の件で怒ってらっしゃるなら、近江さんにお詫びしますから！　どこに行けば会えますか？　私なら、いますぐ動けます！　お願いしますっ。近江さんがどちらにいるか、教えてください！」

南野は、懇願した。大魚を逃すわけにはいかない。いま、近江明人に背を向けられたら、篠宮からの信用が失墜してしまう。

「日東テレビ」とドラマ制作の委託契約を結べなければ、これまでの苦労が水の泡だ。

『近江は、一度言い出したら聞かない性格でして……。お力になれずに、申し訳ありません。では、これで失礼します』

島内は一方的に言うと、電話を切った。

南野は、放心状態でスマートフォンをみつめた。

パステルがソファに飛び乗り、南野の頬を舐め始めた。

「いま、お前と遊んでる暇はないんだ」

南野はパステルから逃れるように立ち上がり、島内に電話をかけようとしたとき、突然、パステルが吠え始めた。

「おい、静かにしろ。大事な電話をしなきゃならないんだから」

南野が言うと、パステルはよりいっそう大きな声で吠え続けた。

「もういい。そこにいろ」

南野は、急ぎ足でリビングを出た。

すかさず、パステルが吠えながら追いかけてきた。廊下は、パステルの声が余計に響いた。

「お前……今日はどうした？　少しの間でいいから、静かにしてくれ」

南野の願いなどどこ吹く風と聞き流し、パステルは四肢を踏ん張り吠え続けた。

「もう、いい加減にしないと……あ！　馬鹿っ、なにやってるんだっ」

南野の視線の先――パステルが片足を上げ、足もとに放尿していた。

「おしっこはトイレで……」

脱兎《だっと》のごとく、パステルがリビングへと逃げた。

「まったく、しようのない奴だ」

南野は風呂場に行き、尿で濡れそぼった靴下とジャージのズボンを脱いで洗濯機へ入れた。

トイレシート、ウエットティッシュ、消臭スプレーを手に廊下に戻った。

南野は四つん這いになり、尿溜まりにトイレシートを押しつけた。思いのほか大量の尿で、トイレシートはすぐに黄色く濡れそぼった。尿を吸い取るまで、三枚のトイレシートを使った。

南野はウエットティッシュで尿の残滓《ざんし》を拭い取り、最後に消臭スプレーを噴霧した。

風呂場に向かい足を洗うと、リビングに戻った。

パステルは何事もなかったように、カエルのぬいぐるみを振り回していた。

「お前のせいで、時間を無駄にしたじゃないか。時は金なりっていうくらい、大事なんだぞ」

南野はパステルに言いながら、ソファに座った。

「って……わかるわけないよな」

南野がスマートフォンを手に取ると、ぬいぐるみを振り回していたパステルの動きが止まった。

「おい、今度は邪魔するなよ。こんなことが続いたら、お前を飼えなくなるぞ」

パステルはぬいぐるみをくわえたまま、南野をみつめていた。

「なんだよ？　脅しじゃない、本気だからな」

パステルを預かったばかりのときとは違い、すっかり情が移っていた。いま、パステルがいなくなれば喪失感に囚《とら》われてしまうだろう。だが、こんな調子で好き勝手にやられてしまったら、新会社は軌道に乗るどころか船出さえできなくなる。

プライベートでパステルに振り回されるのは構わないが、仕事に支障が出るのだけは受け入れられない。

「いいな？　警告したからな」

相変わらずパステルは、南野をみつめていた。

人間にみつめられているような気がした。胸のうちを推し量られている……そんな居心地の悪さを覚えた。

不意に、笑いが込み上げてきた。パステルに情が移ったとはいえ、犬が人間の心を推し量るわけがない。

「馬鹿なことを考えてる暇はない」

南野は、自分に言い聞かせ、改めて島内の携帯番号をタップした。二回、三回、四回……コール音を重ねても、電話が取られる気配はなかった。島内は、電話に出ない気なのかもしれない。

そろそろ留守番電話のメッセージに切り替わると思ったとき、コール音が途切れた。

『何度おかけになってきても、近江の結論は変わりません』

電話に出るなり、島内が先手を打ってきた。

「わかっています。原因を作ったのは自分であるということも。その上で、お願いがあります。一度だけ、近江さんに会わせてください。直接謝罪して、『刑事一直線』の準備稿を見て頂いた上でお気持ちが変わらないならすっぱりと諦めます」

駆け引きではなく、本音だった。

続編の出演に乗り気だった近江の態度が急変したのは、南野が打ち合わせをドタキャンしたのが原因だ。必死になって出演を頼むことばかり考えずに、誠意を持って謝るのが先決だ。その後に脚本を読んで貰い、物語の内容で勝負するつもりだった。

原点回帰——引く手数多《あまた》の俳優のキャスティング権を魅力的な脚本で勝ち取るのが、制作会社のあるべき姿だ。

『そんなことしても、無駄ですよ』

島内が、素っ気なく突き放した。

「それでも構いません。一時間、いえ、三十分でもいいので近江さんとの面会時間を作ってください」

変化球を投げたくなるのを堪え、南野は直球で勝負した。

『今日、十分だけなら』

唐突に、島内が言った。

「え？」

『午後一時から別件で近江と打ち合わせがありますので、十分なら時間を取れます』

「ありがとうございます！　事務所に伺えばよろしいですか？」

『代官山の「シェスタ」というラウンジに、十二時半に大丈夫ですか？』

南野はスマートフォンを耳から離し、ディスプレイに表示される時間を確認した。

まだ、七時を過ぎたばかりだった。代官山なら、十二時に出れば間に合う。それまでに、「刑事一直線」の最終話を仕上げなければならない。

「大丈夫です！」

『今度は、絶対にお願いします。こんなことになって、本当は私も残念です。いまでも、できるなら近江に「刑事一直線」に出演してほしいと思っています。でも、難しいでしようね。近江は気難しいタイプで、一度気分を損ねると……』

島内が、言葉を濁した。

「やはり、僕がドタキャンしたことが引き金になったのですね？」

後悔先に立たず——悔いてばかりいても、事態は好転しない。

『とにかく、時間厳守でお願いします。では、失礼します』

早口で言うと、島内が電話を切った。緊張の糸が切れ、全身の筋肉が弛緩《しかん》した。

「さあ、僕は脚本を書くからケージに……」

南野は言葉の続きを呑み込んだ。いつの間にか、パステルはケージに入り眠っていた。

「なんだ。散々、迷惑をかけまくっていたくせに勝手な奴だな」

呆れた口調で言うと、南野は気分を入れ替え準備稿の執筆に取りかかった。

☆

八幡通り沿いの打ち放しのコンクリート壁のビル――南野は地下一階の「シェスタ」へと続く階段を下りた。

重厚感のある黒塗りのドアを開けると、ダウンライトの琥珀色《こはくいろ》に包まれたスクエアな空間が視界に広がった。

店内には、音量が絞られたボサノヴァが流れていた。

「いらっしゃいませ」

白シャツに黒の蝶《ちょう》ネクタイをつけた女性スタッフの出迎えを受けた。

「南野さんですよね？」

カウンター席の端に座っていた三十代と思しき男性が、南野に訊ねながらスツールから下りた。

「『アカデミアプロ』の島内です」

男性……島内が、名刺を差し出してきた。

「先日は失礼しました。南野です。いま、名刺がなくてすみません」

「それより、もう、近江は個室にいます。一時から映画監督を交えて打ち合わせがありますので、十五分前までには終わらせてください」

「わかりました」

「では、こちらへどうぞ」

南野は、フロアの奥へと先導する島内に続いた。

「あ、それから……」

島内が個室のドアの前で立ち止まり、思い出したように振り返った。

「準備稿はお持ちですよね？」

「はい。用意してあります」

南野は、書類カバンを掲げて見せた。家を出る寸前までかかったが、なんとか最終回まで書き上げることができた。

「因みに、堂山正義の殉職シーンはどんな感じですか？　出来次第によっては近江の心を動かすかもしれませんから。まあ、可能性は低いですがね」

「ミサが開かれている教会に犯人が爆弾を仕掛け、逃げ遅れた少女を救出に向かった堂山が殉職するというシーンにしました」

もっと捻った設定にしたかったが、南野はインパクトを優先した。

「刑事一直線」の視聴者層は女性がＦ２層、男性がＭ２層……三十五歳から四十九歳と高めの世代がメインとなっているので、わかりやすく見応えのある物語が好まれる傾向があった。

「少女は、助かるんですか？」

島内が、不安そうに訊ねてきた。

「ええ。堂山正義は、少女の命を救い名誉ある死を遂げます」

南野が言うと、島内が安堵の吐息を漏らした。

島内のリアクションを見ていると、「刑事一直線」の続編に近江を出演させたいという言葉に嘘はないようだ。

脚本的には、近江に気に入って貰える内容に仕上がっている自信はあった。あとは、ドタキャンした南野を許して貰えるかどうかだ。

「念のため、最終回の準備稿をお預かりしてもいいですか？」

「もちろんです」

南野は笑顔で頷きながら、島内に準備稿を渡した。

「『港南制作』の南野社長をお連れしました」

島内がノックし、個室の近江に声をかけるとドアを開けた。

「失礼します」

個室に足を踏み入れた島内が振り返り、目顔で南野を促した。近江は一枚板のテーブルの奥の上座に座っていた。

「南野です。本日は、お時間を取って頂きありがとうございます。そして、先日は土壇場で約束をキャンセルしてしまい申し訳ございませんでした」

南野は、深々と頭を下げた。

「あまり時間がないから座って」

近江が抑揚のない口調で言うと、ティーカップを口もとに運んだ。

「失礼します」

南野は、近江の正面の席に腰を下ろした。

「近江です。島内から会ってほしいと頼まれたからそうしたけれど、今回の話はなかったということで」

近江のトレードマークである柔和に下がった眼の奥から、静かな怒りが伝わってきた。

「僕が先日予定通り打ち合わせに出席していたら、結論は変わっていたかもしれませんか？」

南野は、単刀直入に訊ねた。

「否定はしないね。誤解してほしくないのは、君の行動を非難しているのではないということ。奥様が交通事故にあって病院に緊急搬送されたなら、打ち合わせをキャンセルするのはあたりまえさ。だから、君はなにも悪くない」

近江は口もとを綻ばせたが、相変わらず瞳は笑っていなかった。

「僕はね、気の流れというものを凄く大事にしているんだ。君が打ち合わせにこられなくなった理由は納得できても、打ち合わせをするべき日にできなかったという事実は変わらない。僕の理論では、仕事をすべき相手であればスムーズに事が運び、そうでない相手であればなにかしらの邪魔が入る。こういう説明しかできないけれど、僕が長年俳優として大きなトラブルもなしにやってこられたのは、直感の導きを信じてきたからなんだよ。ということで、僕の話は以上だ。君のほうからなにかあるかな？　因みに、出演云々の話はなしにしてほしい。いま説明したように、直感を大事にしている僕の決意は変わらないから」

近江が椅子の背凭れに身を預け、退室するように南野を促した。

「一つだけ、近江さんに打ち明けたいことがあります。僕は、近江さんと島内さんに嘘を吐いていました」

南野は本題を切り出した。

「嘘を吐いていた？」

近江が、怪訝な顔で南野の言葉を繰り返した。

「はい。妻は交通事故になんかあっていません。妻とはすでに離婚しています。打ち合わせにこられなくなったのは、入院していた飼い犬の容態が急変したからなんです」

「飼い犬？」

近江が背凭れから身を起こした。

「ちょっと、南野さん、なにを言い出す……」

「いいから。続けて」

　血相を変える島内を制し、近江が話の続きを促した。

「僕の自宅の隣に住んでいた老人が亡くなり、ゴールデンレトリーバーの子犬をウチで預かることになったんです。僕も仕事がありますから里親を募集して、三村さんという犬好きな方が新しい飼い主に決まりました。ところが、パステル……あ、子犬の名前ですが、僕を恋しがりまったく餌を食べなくなったと連絡が入り、動物病院に駆けつけました」

　南野が動物病院での出来事を順を追って話している間、島内は耳朶を赤くして俯《うつむ》いていた。近江が「刑事一直線」の続編に出演することに一縷《いちる》の望みを抱いている島内からすれば、どうしてそんなことを……という気持ちだろう。

　真実を話すことで、近江にたいして南野の印象がさらに悪くなるのはわかっていた。

　やぶれかぶれになったわけではない。ただ、パステルのことで嘘は吐きたくなかった。

「以上が、僕が近江さんとの打ち合わせを土壇場でキャンセルした理由です。たかが犬如《ごと》きで、と怒らせてしまうと思い咄嗟に嘘を吐いてしまいました。本当に、申し訳ありませんでした」

　南野は立ち上がり、頭を九十度下げた。

「もしかして、開き直っているのか？」

「いいえ、とんでもない！」

南野は弾かれたように顔を上げた。

「なら、正直に話せば僕の気が変わるとでも思った？」

近江が片側の口角を皮肉っぽく吊り上げた。

「それも違います」

南野は即答した。

「じゃあ、どうして？　黙っていればバレないのに、立場が悪くなる話を自らする理由は？」

近江が疑心を抱いた顔で南野を見上げた。

「なぜでしょうね。正直、僕にもわかりません。ただ……」

「南野さん、もうそのへんにしてください。約束の時間は過ぎました。近江はこれから打ち合わせに入りますので」

島内が南野を遮り、個室のドアを開けた。

「本当に、申し訳ありませんでした。では、失礼します」

南野は近江に一礼し、出口に向かった。

「ただ？」

背中を、近江の声が追ってきた。

「え？」

足を止め、南野は振り返った。

「ただ……の続きを聞かせてくれないか？」

近江の表情から疑心と皮肉の色は消え、代わって好奇の色が支配していた。

「これからは、自分に恥じない生きかたをしたいと思ったんです」

南野は口に出してから、自らの言葉に驚いていた。

「ほう。南野さんは、これまで自分に恥じる生きかたをしてきたのかな？」

「恥じる生きかたしか、していません」

自虐ではなく、本音だった。ただ、いままでは気づかなかった。いや、気づかないふりをしていただけなのかもしれない。

「僕が『刑事一直線』の続編に出演するのとしないのとでは、君の『日東テレビ』での評価に雲泥の差が出るんじゃないのかな？」

近江が、南野を試すように言った。

「でしょうね。いままでも、近江さんには出演して頂きたいと思っています。でも、自分で蒔《ま》いた種ですから」

南野は自分に言い聞かせた――ふたたび近江に一礼し、個室を出た。

14

パステルと柴犬の茶太郎がＬサイズのガムボーンの両端を二頭でくわえ、神宮外苑《じんぐうがいえん》の並木道を駆け回っていた。

　並木道の広場で遊ばせるときだけ、二頭とも十メートルまで伸びる伸縮式のリードに替えていた。南野も奏も、普段の散歩で伸縮式のリードを使うのは反対派だった。

　急に車道に飛び出したり、ほかの犬や人間に飛びかかり怪我をさせたりさせられたりする危険性があるからだ。

　南野と奏はベンチに座り、二頭の戯れを眺めていた。

　あれから、毎日のようにパトロールで茶太郎と一緒になっていた。最初に会ったのは早朝のパトロールだが、あとはすべて夕方だった。

　奏はペットショップで、午前九時から午後四時までの早番の勤務だった。南野とパステルの夕方のパトロールの時間帯を知った彼女が、合わせてくれるようになったのだ。

「本当に、兄弟みたいに仲良くなりましたね」

　奏が、笑顔で言った。

　奏と茶太郎と出会ってから、半月が過ぎた。十一月に入り、銀杏《いちょう》も五分ほど黄金色に染まっていた。

「そうですね。でも、子犬っていうのは天使と悪魔ですね」

　南野は半月前の記憶を手繰り寄せながら言った。

「天使と悪魔ですか？」

　奏が、黒目がちな瞳で南野をみつめた。

「ええ。触れ合っていると日々の疲れもストレスも一気に発散できるときもあれば、まったく言うことを聞いてくれずに次々と面倒を起こされてキーッとなることもありますから」

「えー、なんだか意外です！　南野さんって温和で寛容なイメージがあるんですけど、キーッとなることとかあるんですか？」

興味津々の表情で奏が訊ねてきた。

「全然あります。この前、大事な仕事の電話をしなければならないときに、いつもならケージに入って寝る時間のパステルが近くで吠え続けて、挙句の果てには僕の足にマーキングして……もう、散々でした。まるで、電話をさせたくないみたいな感じで……」

南野は苦笑いした。

「なんででしょうね」

奏が首を傾《かし》げつつ、透明の袋に入ったボーロを差し出してきた。

「あ、懐かしいですね。子供の頃、よく食べました。口の中で、すぐに溶けるお菓子ですよね？　好きなんですか？」

ボーロを持ち歩いているくらいだから、彼女の好物に違いなかった。

「茶太郎のおやつなんです」

「え……？」

「犬用のおやつです。糖分が控えめですから、人間のおやつより身体にいいですよ」

言い終わらないうちに、奏がボーロを一粒口に放り込んだ。

「嘘でしょ⁉」

思わず、南野は素頓狂な声を上げた。

「ワンコが口に入れるものだから、人間にも無害ですよ。ヘルシーだし、最近のワンコのおやつは味のクォリティも高くなってきていて馬鹿にできませんから」

奏が、無邪気に笑った。

不思議な女性……いい意味で、奏は変わり者だった。

「食べてみますか？」

「じゃあ、一つだけ」

南野はボーロを一粒だけ摘まんだ。奏に気を遣ったのではなく、犬がどんな味のおやつを食べているのかに興味が湧いたのだ。

「あ、うまい！」

南野は、驚きの表情で奏を見た。

ボーロは、思ったより甘く味に奥行きがあった。

「でしょう！」

奏が瞳を輝かせた。

「こんなにおいしいとは思いませんでした。正直、犬のおやつを侮ってました」

匂いを嗅ぎつけたパステルと茶太郎が、競うように駆け寄ってきた。

「なになにあなた達は、目敏《めざと》いな。パステルちゃんにあげてもいいですか？」

確認してくる奏に、南野は頷いた。

「はい、パステルちゃん……あっ」

奏が摘まんだボーロを、待ちきれないとばかりにジャンプしたパステルが奪った。

「こらっ、パステル、行儀が悪い……」

「私に任せてください」

奏が南野を遮るように言うと、新しいボーロを摘まみ宙に掲げた。

「ノー！」

ふたたびジャンプしようとするパステルに、奏は低い声で命じた。

パステルがお座りし、お尻をもぞもぞとさせた。

「グッド！」

奏は一転して高い声で言った直後に、ボーロをパステルの口に入れた。

「よしよし、パステル！　いい子、いい子！」

パステルを抱き寄せた奏が、声高に褒めながら耳の付け根を揉んだ。

「はい、お待たせ」

次に奏は、お座りして待つ茶太郎にボーロをあげた。

「パステルと違って、茶太郎ちゃんはお行儀がいいですね」

南野は、感心したように言った。

「茶太郎も最初は、全然言うことを聞きませんでしたよ。南野さんは、パステルちゃんにだめだと伝えるときに会話調になるのがNGです。ワンコには、やってほしくない行動を短く的確に条件反射を利用して教えます。ノーならノー。だめならだめ。一度決めたら、同じワードを使ってください。もう一つのポイントは、低い声で命じてくださいね。ワンコは、低い音域を苦手にする性質があるので効果的です。反対に高い声は好きなので、褒めるときにはオクターブを上げてください」

奏が、パステルと茶太郎に交互にボーロを与えながら言った。

「ああ、そうでした。前にネットで子犬の躾について調べたときに、同じようなことが書いてあったのをすっかり忘れていました」

「犬はソウルメイトの魂を導くために飼い主の前に現れる……高校生のときに読んだ小説の一節です。笑われるかもしれませんけど、私もそう思います」

奏は呆れるほどに澄んだ瞳で南野をみつめ、無邪気に微笑んだ。

「代官山に素敵なドッグカフェがあるんですけど、今度みんなで行きませんか？」

唐突に、奏が話題を変えた。

「ドッグカフェですか？　パステルは落ち着きがないから迷惑をかけちゃいそうで……」

「そこの店はドッグカフェデビューのパピーを好意的に受け入れていますから、粗相も込みのサービスです」

奏が笑顔で言った。

ゴムボーンをくわえたパステルが、茶太郎に向き直り前足を折り曲げお辞儀するように下げた頭と対照的に尻を高々と上げた。プレイバウ——茶太郎を遊びに誘った。茶太郎がゴムボーンを奪おうとすると、パステルが駆け出した。

「それなら、試しに行ってみようかな」

南野のヒップポケットが震えた——スマートフォンのディスプレイには、「日東テレビ」の篠宮の名前が表示されていた。

「すみません。少し、パステルを見てて貰ってもいいですか？」

「全然、大丈夫ですよ」

「ありがとうございます」

南野は奏に礼を述べ、十メートルほど離れてから電話に出た。

「もしも……」

『南野ちゃん、いったい、どういうつもりなの！』

篠宮の怒声が、南野の鼓膜を震わせた。

「いきなり、どうしたんですか？」

南野は訊ねた。

惚けたわけではなかった。半月前に近江と会ってすぐに、南野は篠宮に事の経緯を説明して詫びを入れていた。

二時間くらい嫌味を言われた後に、「刑事一直線」に匹敵する企画を成立させたときに制作委託契約を結ぶと言われた。

事実上の決別宣言だ。

「刑事一直線」の視聴率に匹敵するドラマの企画など、そう簡単に立てられるわけがない。

『どうしたんですかじゃないよ！　「刑事一直線」の続編を「桜テレビ」でやるって連絡が入ったんだよ！　南野ちゃんっ、どういうことなんだ！』

「『刑事一直線』の続編を『桜テレビ』で⁉」

大声で訊ね返す南野を、ベンチに座っている奏が心配そうに見ていた。

『ああ、そうだよ！　よりによってライバル局にドル箱のドラマを横取りされるなんて、南野ちゃんっ、どう責任を取るつもりなのさ！』

「落ち着いてください。僕は近江明人に会って、『刑事一直線』の続編には出演しないとはっきり言われたんです。そんなガセネタを、誰から聞いたんですか？」

南野は、平常心を搔き集めた。

最初は驚いたが、よくよく考えてみればありえない話だ。

『ガセネタなんかじゃないよ！　「港南制作」の藤城君が、仁義を切って電話をかけてきたんだよ！』

篠宮の金切り声が、南野の耳からフェードアウトした。

15

南野がドアを開けた瞬間、デスクワークをしていたADの加奈とプロデューサーの吉永が驚いて表情を強張らせた。

「港南制作」の事務所を訪れたのは、約二ヵ月半ぶりだった。

アポイントなしでいきなり現れた南野に、彼らが動揺するのも無理はなかった。

「あ……お疲れ様です。南野社長、今日は……」

「藤城はいるか？」

慌てて立ち上がり近づいてきた吉永を遮り、南野は訊ねた。

「はい。いらっしゃいますけど、打ち合わせ中です。あの、専務にアポイントは……」

「僕はまだ社長のはずだが？　専務と会うのに、いちいちアポイントを取る必要があるのか？」

「あ、いえ……そういう意味ではないのですが……」

しどろもどろになる吉永を押し退け、南野は応接室に向かった――ノックをせずに、ドアを開けた。

応接ソファで向き合っていた藤城とチーフプロデューサーの黒岩が、ほとんど同時に南野に顔を向けた。

テーブルの上には、「刑事一直線」の企画書が載っていた。

「南野さん、ご無沙汰しています」

黒岩が立ち上がり、南野に頭を下げた。

「もう社長と呼ぶ必要はないってことか？」

「え、いえ……それは……」

黒岩が困惑した表情で、言葉に詰まった。

「南野、そういじめないでやってくれ。突然、お前が現れたからびっくりしただけだよ。悪いけど、席を外してくれないか」

藤城が南野から黒岩に視線を移した。

「失礼します」

黒岩が退室すると、南野は藤城の正面のソファに腰を下ろした。

「そろそろ、くる頃だと思ったよ」

藤城が、笑顔で言った。

「人の会社だけでなく、僕が苦労して手に入れた企画まで横取りする気か？」

南野は、手に取った企画書をヒラヒラさせながら言った。

「会社のことはともかく、『刑事一直線』の続編に関しては誤解されても仕方がないな。どの道、お前が血相を変えて乗り込んでくるだろうから待っていたんだよ」

悪びれたふうもなく言うと、藤城が微笑んだ。

「いま、コーヒーでも……」

「自分がまぬけだと、つくづく思い知ったよ」

南野の押し殺した声に、藤城が受話器に伸ばしかけた手を止めた。

「ん？　どういう意味？」

「会社から追い出されたときも、心のどこかでお前を信じようとしている自分がいた。もしかしたら、本当に僕とスタッフが和解する期間を取ってくれているのかも……ってね。でも、今回の件ではっきりしたよ。お前が、最初から僕のすべてを奪うつもりだったということをね」

南野は、奥歯を嚙み締めた。

これ以上、卑劣な男になりたくなかった。薄汚い手を使ってでも目的を果たそうとする自分に、嫌気が差した。だからこそ、近江明人との打ち合わせをドタキャンした理由を正直に話した。

気持ちの変化があったのは、パステルの影響が大きいのは否めない。彼と過ごしているうちに……動物の純粋さに触れているうちに、自分の生きかたに疑問を抱いた。

きっかけはどうであれ、一からやり直し、これからは正攻法で行こうと決意したばかりだった――藤城を許したわけではなく、新会社を立ち上げ「港南制作」と正々堂々と競い合おうと誓った矢先だった。

「お前の誤解を解くから、とりあえず俺の話を聞いてくれ。『刑事一直線』については、

『アカデミアプロ』のチーフマネージャーの島内さんという人から連絡が入ったんだ。続編の制作を近江明人が了承したから、南野社長を交えて打ち合わせをしたいとな」

藤城の言い訳が、南野の怒りを増幅させた。

「ちょっと待てっ。でたらめも、ほどほどにしておけ！　それだったら、まず僕に連絡がくるはずだろう⁉　どうして島内さんが、僕の頭越しにお前に連絡をするんだ⁉」

南野は、藤城を問い詰めた。

「裏取り目的だ」

「裏取り目的？」

南野は、藤城の言葉を鸚鵡返しにした。

「ああ。お前、島内さんに『港南制作』の代表だと言っただろう？　島内さんは、業界筋からお前が独立して新会社を立ち上げるという噂《うわさ》を聞いたらしい。ガセネタだとは思うが本人に訊《き》くのは失礼だから、会社に確認のために電話をかけたと言っていたよ。この世界は狭いから、お前が『日東テレビ』に出入りしていることは俺の耳にも入っている。島内さんが疑念を抱いたのは、『日東テレビ』が放映していた『刑事一直線』の続編の話をお前が持ち込んだことだ。業界人なら、『港南制作』と『桜テレビ』が蜜月関係であることは誰もが知っているからな」

藤城が、南野を見据えた。

「もしそうだとしても、お前が横取りしていいって話にはならないだろう？　島内さんに事情を話せばよかったじゃないか！」

南野は、テーブルに掌を叩きつけた。

「それをやってしまえば、この話は立ち消えになっただろうな」

「どうして、立ち消えになるんだ？」

「それは、お前が一番わかっていることじゃないのか？」

藤城が、南野の心を見透かしたように質問を返した。

「なにを言ってるのか、まったく意味がわからないな」

南野は、動揺を悟られないように平静を装った。

「惚けるなよ。芸能事務所にとって、とくに売れっ子の出演する作品をどこの会社が制作するかは重要だ。島内さんが近江明人に『刑事一直線』の続編のオファーを伝えたのも、お前が『港南制作』の代表だからだ。それが、喧嘩《けんか》別れして古巣を飛び出した社長が復讐のために立ち上げた新会社で制作すると知ったら、どうなると思う？　袂《たもと》を分かった身内同士の醜い争いに巻き込まれた国民的俳優……マスコミが嗅ぎつければ格好のスキャンダルだ。芸能人はイメージが命だ。自社の大事なタレントを、そんな曰《いわ》くつきの制作会社に預けるはずがない。しかも、もともと近江明人は続編の制作に乗り気じゃなかったわけだからな。だからこそ、お前も『港南制作』の名前を出したんだろう？」

藤城の言うことは、なにからなにまで正論だった。

ただし、一つのことを除いては。

「たしかに、お前の言う通りだ。近江明人は乗り気じゃないどころか続編には出演しないと明言していた。そんな相手を口説くのに、いきなり新会社云々の話をする馬鹿はいないだろう。出演の許諾を得てから、きちんと説明するつもりだった。なんにしても、僕がお膳立てしたドラマの企画を、お前が横取りする理由にはならないってことだ。わかったなら、今回の件からおとなしく手を引け」

南野は、厳しい口調で命じた。

「それはできない」

藤城が、あっさりと拒否した。

「なんだと⁉　盗人猛々《ぬすっとたけだけ》しいとはお前の……」

「お前のためだ」

南野の罵倒の言葉を、藤城が遮った。

「俺とお前がいがみ合っていたら、国民的怪物ドラマが立ち消えになってしまう。立ち消えならまだましだが、『日東テレビ』がほかの制作会社に委託したらお前の手柄が横取りされてしまうんだぞ？」

「お前に横取りされるよりはましだ」

南野は吐き捨てた。

「だから、俺は横取りなんてする気はない。『港南制作』なら、問題なく『刑事一直線』の続編を制作できる。現にお前が代表だから、なにも問題はないだろう？　なあ、南野、いつまでもへそを曲げていないで会社の将来に目を向けてくれよ。俺ら、親友であり戦友だろう？　このへんで、仲直りしようじゃないか」

藤城が右手を差し出した。

「それをぶち壊したのはお前だ！」

南野は、藤城の手を振り払った。

「もう、騙されるか。藤城、お前の魂胆は見え見えだ。『刑事一直線』がクランクインするまでは、お家騒動に気づかれるわけにはいかないから僕を手懐《てなず》ける。しかし、クランクアップしたら僕を切り捨てて手柄を独り占めにするつもりだろう？　そうじゃなければ、なぜ、島内さんから連絡が入ったときに真っ先に僕に伝えなかった？　いましたら説明を、最初にするべきだろう⁉」

パステルと接し、南野は生まれ変わろうとした――ふたたび、瞳が濁ってゆく……心が澱《よど》んでゆく。

「最初に言ったら、俺を信じてくれたか？　俺に協力してくれたか？　内緒で話を進めたのは悪かったと思う。だがな、そうでもしなければお前はすぐに島内さんに電話をして、結果、すべてがご破算になってしまう。『港南制作』で国民的怪物ドラマを制作する。もちろん、お前の手腕があってのことだ。『日東テレビ』の平均視聴率三十パーセント超えのドル箱ドラマを手土産にすれば『桜テレビ』は、今後、『港南制作』に足を向けて寝られなくなるし、スタッフにお前の現場復帰を認めさせるいいきっかけにもなる。これが、俺の描いたシナリオだ」

藤城は熱い口調で言うと、南野をみつめた。

「そのお前の描いたシナリオで看板ドラマをライバル局に奪われた『日東テレビ』は、絶対に僕を許さないだろう。あとは、お前が僕を切り捨てればスタッフからの称賛も『桜テレビ』からの恩義も独占状態ってわけだ。そう何度も、僕を騙せると思うな！」

南野は、強い口調で言うと藤城を睨みつけた。

「南野、それ、本気で言っているのか？　『日東テレビ』を裏切る形にさせてしまったのは、申し訳なく思っている。『港南制作』が『桜テレビ』におんぶに抱っこなのはお前も知っているだろう。お前が『日東テレビ』との関係を深めれば深めるほど、『桜テレビ』からの印象が悪くなる。お前を『港南制作』に復帰させるためにも、これ以上、印象を悪化させるわけにはいかないんだよ。なあ、南野、わかってくれ」

藤城が、懇願するように言った。

「お前こそ、本気で言っているのか？　僕の印象が悪くなったのは、お前がクーデターを起こしたせいだろう？　それに、僕が自分の会社に戻るのに『桜テレビ』の顔色を窺う必要はない。反対するなら、制作委託契約を『日東テレビ』に替えるだけだ」

「そんなこと、できるわけないだろうっ。ふざけたことばかり言ってないで……」

「ふざけたことを言っているのは、お前だ！　僕を復帰させる気なんて、一ミリもないだろうが⁉　これ以上、お前の好き勝手にはさせないっ。とにかく、『刑事一直線』は僕がやるからお前は手を引け！」

南野は藤城を遮り、鬱積した怒りをぶつけた。

「『港南制作』が手を引いたら、『刑事一直線』の続編は実現しない。だから、それはできない」

藤城が、きっぱりと言った。

「僕の新会社で実現するから安心しろ。『日東テレビ』も、『刑事一直線』の放映権を手土産にすれば僕を許してくれるからな」

「だから、さっきも言っただろう。『港南制作』を飛び出して作った海の物とも山の物ともつかない新会社では、『アカデミアプロ』が納得しないんだよ！」

「わかった。お前の言う通りにしよう」

一転して、南野は素直に受け入れた。

「ありがとう、信じてくれて……」

「その代わり、お前は出ていけ」

南野は、冷え冷えとした瞳で藤城を見据えた。

「え？　それは、どういうことだ？」

藤城が、怪訝そうに訊ねてきた。不意に、南野の脳裏にパステルの顔が浮かんだ。

「辞表を出せと言っているんだ。お前が僕にした数々の仕打ちを考えると、本当は解雇した上に裁判沙汰にして慰謝料を取りたいくらいだ。だが、昔のよしみで退職金は出してやる。もう二度と、僕の前に姿を現すな」

南野は、自らの言葉に耳を疑った。

地獄に落とされたぶん、藤城にも同じ思いをさせるつもりだった——会社を取り戻すというより、会社ごと潰すつもりだった。藤城が二度と社会復帰できないように、徹底的に……。

どうやら、自分はパステルに牙を抜かれてしまったようだ。尤も、それが毒牙ならないほうがいいのかもしれない。

「断る」

藤城が強い口調で言うと、南野を見据えた。

「なんだと⁉」

「断ると言ったんだ」

「お前、情けをかけた僕をとことん潰しにかかるのか⁉」

南野は気色ばみ、席を立った。

「逆だ。潰したくないから、お前の要求は聞き入れられないと言ったんだ。はっきり言うが、お前が『港南制作』に戻る代わりに俺が辞めたら、誰もお前についてくるスタッフはいない。それに、『桜テレビ』も俺がいなければ『港南制作』との制作委託契約を打ち切るだろう。そしたらお前は新会社を立ち上げて『日東テレビ』と手を組むつもりだろうが、それでは『刑事一直線』の続編が作れなくなる。どうしたって、いまのお前では八方塞がりだ」

藤城が、南野を厳しい顔で見上げた。

「だから、その手には乗らないって。言葉巧みに大義名分を掲げて僕からすべてを奪い取る……それが、お前の本性だ。それに、僕の作った『港南制作』を売ろうが潰そうがお前には関係のない話だ。わかったら、さっさと荷物をまとめてここから出ていけ！」

南野は、応接室のドアを指差して言った。

「どうしても、俺を信用できないのか？」

藤城が訊ねながら、南野から視線を逸らさずに腰を上げた。

「逆に、お前のなにを信用しろと言うんだ？　あるのなら、お願いだから教えてくれないか？」

南野は、薄笑いを浮かべつつ皮肉を返した。

「残念だよ、南野。このままでは、本当にお前を切り捨てなければならなくなる。俺とお前だけの問題なら、おとなしく身を引くつもりだ。だが、スタッフとその家族の生活を考えると『港南制作』を潰すわけにはいかない。ウチを信じてこれまで優先的に仕事を振ってくれた『桜テレビ』にたいしての恩義もある。お前が俺を敵視するなら、スタッフの生活を守るために戦うしかない」

藤城の瞳には、強い決意の色が宿っていた。

「なにをいまさら。ようやく、本音を口にしただけだろう？　わかった。望むところだ。

お前がそう出るなら、徹底的に争うまでだ。忘れていないか？　僕は代表取締役で、お前は専務取締役だということを」

「お前こそ、忘れていないか？　俺には、社長の解任を決議事項として取締役会の招集を請求できる資格があることを」

すかさず、藤城が切り返してきた。

「本性を現したな。やれるもんなら、やってみろよ。取締役会で過半数の賛成を取れると思っているのか？」

南野は、余裕の表情で言い放った。

「港南制作」の取締役は七人……そのうち、南野の社長解任に賛成票を入れそうなのは、藤城と「桜テレビ」の専務の二人くらいだ。

残る取締役は広告代理店二社のそれぞれの専務、メインバンクの副支店長、出版社の代表取締役……この四人は南野と懇意にしているので、裏切ることはない。

だが、南野が新会社設立を決意したのはドラマを作りたかったからだ。

「港南制作」のスタッフは藤城に取り込まれているので、南野が復帰しても制作に協力しないだろう。仮に藤城が本当に南野を呼び戻す気があったとしても、二、三ヵ月はかかる。

かといって、「港南制作」のスタッフを総入れ替えするにしても簡単にはいかない。

だから、新会社を設立して古巣を吸収するつもりだったのだ。だが、社長解任の話まで持ち出されたら話は違ってくる。正当な手順に則《のっと》って、藤城を解任するしかない。スタッフの処遇に関しては、それからだ。心を入れ替えてやり直したいと願う者には、チャンスを与えるつもりだ。

「お前、いつから心をなくした？」

藤城が哀しげな瞳で、南野をみつめた。

「それは僕じゃなくて、自分の胸に問いかけろ。取締役会だなんだと、できるなら大事にしたくはない。一週間やるから、おとなしく去れ。スタッフは、僕のほうからクビを切ったりしないから安心しろ」

南野は一方的に言い残し、ドアに向かった。

ノブに手をかけようとしたときに、ドアが開いた。

「失礼します」

チーフプロデューサーの黒岩、ディレクターの佐野、プロデューサーの吉永、ＡＤの加奈と橋本そらが応接室に入ってきて横一列に並んだ。

「出て行くのは、あなたのほうです！」

一歩前に出た黒岩が、南野に言った。

「なんだと？　お前、それが社長にたいして言うセリフか？」

南野は、険しい表情で黒岩に詰め寄った。

「社長だったら、もっと会社のことを考えてください！」

黒岩は怯むどころか、さらに前へ足を踏み出した。

「そうです！　忘れたんですか⁉　代官山の現場で、酒に酔って演者の前で大暴れしたことを」

佐野が黒岩に続いた。

「それがいま、なんの関係があるんだ？　もう、終わったことだろう」

南野は、悪びれもせず開き直った。胸が痛んだが、顔には出さなかった。

「終わってなんかいませんよ！　あのあと、『ゼウスプロ』の別所社長が激怒して大変だったんです。藤城さんが平身低頭して謝り、新人をバーターで入れることを条件にようやく許して貰ったんです。『アクアエージェント』の社長は工藤達樹を降板させると言い出して、藤城さんが何度も事務所に足を運んで一回り以上年下のマネージャーに土下座までして……。社長の尻拭いに、藤城さんがどれだけ大変な思いをしたか知らないでしょう！」

佐野が、眼に涙を溜めて訴えた。

「それだけじゃありません！　別所社長は夏川巧のセリフを増やすように強要し、藤城さんは徹夜続きで台本の手直しに追われて大変だったんです！」

今度は、吉永が佐野に続いた。

「そんなもの、藤城が八方美人であちこちにいい顔をするからだろう？　別所社長がバータータレントをゴリ押ししてくるのは、いまに始まったことじゃない。強気に断れば別所社長だってそこまではできなかったさ。なんでもかんでも、こっちのせいにするのはやめてくれ」

南野は、罪悪感を打ち消すかのように居直り続けた。加奈とそらが、嫌悪感丸出しの顔で南野を見た。

「その言いかたは、ないんじゃないですか！　藤城さんは、社長が戻ってくるまで『港南制作』を守らなければならないって……あいつも悪気があってお前達につらく当たったんじゃないから、『ラストオネエ』がオールアップしたら温かく迎え入れてやれって。藤城さんの気持ちも知らないで、よくもそんなことが言えますね！」

黒岩も涙目になっていた。

藤城が……本当なのか？　心に過った疑問を、すぐに打ち消した。

騙されてはならない……絆《ほだ》されてはならない。南野は、自らに言い聞かせた。

「お前ら、鵜呑《うの》みにしているのか？　それが藤城の手だ。なるほどな。そんなふうに言われたら、信じてしまうよな」

南野は肩を竦め、小馬鹿にしたように言った。

「あんた……」

「やめろ」

南野に突っかかっていこうとした黒岩を、藤城が制した。

「南野、お前もこのへんにしておけ。これ以上、敵を増やしてどうする？　とにかく、俺は彼らを放り出す気はない。もちろん、お前のこともな」

「はいはいはい、まだスタッフの好感度を上げたいのか？　もう一度言う。一週間ですべてを僕に返せば、これまでのことは水に流してやる。だが、そうやって意地を張り続ければ地獄を見ることになる。お前らも、いまの暴言は聞かなかったことにしてやるからよく考えろ。藤城を信じて揃ってクビを切られるか、僕とともに『港南制作』で働くか。身の振りかたを誤るな」

南野は言い残し、応接室を出た。事務所を出てエレベーターに乗った瞬間に、安堵の吐息が漏れた。

自分の城のはずが、敵陣に乗り込んでいる気分になった。

——出て行くのは、あなたのほうです！

黒岩に浴びせられた言葉が、脳裏に蘇った。

わかってはいたが、現実を目の当たりにするとショックだった。苦々しい思いとともに、南野はエレベーターを降りた。

☆

自宅玄関の前で、南野は深呼吸をした。

パステルと会う前に、気を静めておきたかった。怒りと不安に支配された心の状態では、すぐにパステルに感づかれてしまう。できるだけ、穏やかな気持ちでパステルに会いたかった。

「ただいま！」

明るい声で言いながら、南野は玄関に入った——急ぎ足でリビングに向かった。

「ごめんな」

ケージの中で、パステルが二本足で立って南野を出迎えた。

ケージの扉を開けると、パステルが南野の胸に飛び込んできた。パステルは尻尾をぶんぶんと振りながら、物凄い勢いで南野の顔を舐め始めた。

「わかった、わかった……落ち着け……」

南野の顔は、すぐに唾液でべとべとになった。唇、顎、頰、鼻の穴……パステルは南野の顔中を舐め続けた。

「腹が減っただろう？　すぐにご飯を作るからな」

南野は立ち上がり、ダイニングキッチンに向かった。

クッキングスケールでステンレスボウルに入れたドッグフードを量り、茹でて冷蔵していた鶏の胸肉をタッパーから取り出しレンジで加熱した。

三秒でレンジを止め、鶏の胸肉を掌で解《ほぐ》しながら温度を確認した。表面が冷たくても中身が熱い場合があるので、そのまま出すとパステルが火傷《やけど》をしてしまう。

「できたぞ！」

解した鶏の胸肉をドライフードにトッピングして混ぜ合わせ、南野はリビングに戻った。

「こらこら、咬むな。この服は高いんだからな」

南野は、ズボンの裾にじゃれつくパステルに言った。

南野は早足でリビングに入り、ケージの中にステンレスボウルを置いた。

「さあ、召し上がれ」

パステルがケージに飛び込むのを見届け、南野はソファに座り眼を閉じた。

どっと疲れが出た。


――藤城さんの気持ちも知らないで、よくもそんなことが言えますね！

瞼《まぶた》の裏に、瞳を潤ませた黒岩の顔が浮かんだ。

「騙されやがって……」

南野は吐き捨てた。


もし、本当だったら？

ありえない。すぐに、疑念の声を否定した。

そうだとしたら、スタッフの先行きを理由にせず身を引くはずだ。

自分が不在の間に会社を……スタッフの生活を守るためという綺麗ごとを隠《かく》れ蓑《みの》に「港南制作」を手に入れるつもりに違いない。

一週間の猶予で、藤城が身を引くとは思えない。あれだけ南野に忠実だった黒岩や佐野も、すっかり藤城派になっていた。

彼らだけではない。吉永、加奈、そら……南野の戦友が、いつの間にか敵になっていた。南野が「港南制作」に復帰しても、共に戦ってくれる者はいないだろう。

いつから、こうなってしまったのだろうか？

どこで、ボタンを掛け違ってしまったのだろうか？

会社に力をつけたかった。

「港南制作」を盤石な会社とするために、我武者羅《がむしゃら》に突き進んできた。

映像制作会社が生き残るのは容易ではない。設立五年以内に倒産する制作会社は枚挙にいとまがない。テレビドラマの制作を主にしている会社はなおさらだ。

制作会社の数に比べて、東京には地上波のテレビ局は六社しかない。その六社のドラマ制作を、千社近い制作会社が奪い合うのだ。ドラマの制作委託契約を結べたとしても、視聴率至上主義のテレビ局では一度のミスが命取りになる。

初仕事の作品が数字を取れなければ、リベンジのチャンスはない。制作会社の代わりは、いくらでもあるのだ。制作委託契約を勝ち取り、数字の取れる作品を量産するためにスタッフに無理をさせたことは認める。

彼らのプライベートを犠牲に仕事を優先させたのは、彼らの生活を安定させるためだった。

いま思えば、説明が足りなかったのかもしれない。だが、なにを悔やんでも覆水盆に返らずだ。皮肉にも、自分が守ろうとしてきた彼らを会社から追い出すことになる。複雑でないと言えば嘘になるが、藤城を選択したのは彼らだ。

「自業自得だ」

南野は、ふたたび吐き捨てた。

自らに言い聞かせても、苦々しい思いが胸から消えることはなかった。

視線を感じた。南野は、首を巡らせた。

「びっくりした……」

ケージにいるものとばかり思っていたパステルが、南野のすぐそばにお座りして顔を見上げていた。

「そんなところで、なにを……あれ？」

南野は、パステルから移した視線をケージの中のステンレスボウルで止めた。鶏の胸肉もドッグフードも、出したときの状態のまま減っていなかった。

「どうした？　全然食べてないじゃないか」

南野は、パステルに視線を戻し訊ねた。

いつものパステルなら、ステンレスボウルを置いて一分以内に完食する。

「お腹《なか》が減ってないのか？」

パステルがソファに飛び乗り、南野の太腿に顎を載せて上目遣いにみつめた。

「なんだ？　また、具合でも悪いのか？」

南野が問いかけると、パステルの尻尾が左右に大きく揺れた。

声をかけたときの反応もよく瞳に力があるので、パステルの具合が悪いようには見えなかった。

パステルは太腿に顎を載せたまま、南野をみつめ続けていた。

「本当にどうした……」

南野は言葉を呑み込んだ。

パステルの優しい瞳が、なにかを訴えかけていた。

「もしかして、僕を励ましてくれているのか？」

南野が言うと、パステルの尻尾の揺れ幅がさらに大きくなった。

「そうだとしたら嬉しいけど、僕には励まされるような資格はないからな」

南野は、自嘲するような投げやりな薄笑いを浮かべた。相変わらずパステルは、澄んだ瞳で南野を見上げていた。

「お前がもし、僕のやってることを知ったら嫌いになるだろうな」

本音だった。

パステルの純粋さとは対照的に、南野の心はどうしようもないほどに汚れていた。

パステルが立ち上がり、南野の膝の上に乗ると身を丸めて眼を閉じた。

「おいおい、こんなところで寝るなよ」

南野は、パステルの上下する背中を撫でた。

「親友と社員の仕事を奪おうとしている僕みたいな人間でも、信用してくれているのか？」

南野は語りかけながら、パステルの背中を撫で続けた。掌と太腿に伝わるパステルの温もり……南野の手の甲に、滴が落ちて弾けた。

16

濃紺のスーツに身を包んだ南野は、化粧台の鏡の前で青と白のストライプのネクタイを締めた。「港南制作」の会社登記をしたときと同じスーツ、同じネクタイだった。

今日は、藤城に与えた期限……一週間の最終日だった。

一週間、藤城と連絡は取らなかった。だが、南野にはわかっていた。藤城は涼しい顔で出社してくるだろう。

南野は、今日ですべてを終わらせるつもりだった。リセット——「港南制作」の設立当時と同じ出で立ちで出社するのは、一からやり直す決意の証だ。

心苦しさがないと言えば嘘になる。だが、情けをかければ必ず足を掬われる。

友達想いの大らかな男……偽りの仮面の下の藤城の素顔は、虎視眈々《こしたんたん》と社長の座を狙う狡猾《こうかつ》な男だ。

パステルが猛烈に吠える声が聞こえてきた。

「朝からうるさいぞ。近所迷惑だろう」

南野は、リビングに足を向けた。

ケージの中から、パステルが玄関のほうを見て吠えていた。

「誰かきたのか？」

南野は、インターホンのモニターに視線を移した。

「誰もきてないじゃないか。静かにしなさい」

パステルは、さらに大きな声で吠え立てた。

「わかったから、落ち着きなさい」

とりあえず吠え止ませるために、南野はケージの扉を開けた。

「あっ……」

ケージから俊敏に飛び出したパステルが、玄関にダッシュした。

「ちょっと、待てって！」

南野が追いついたときには、沓脱場《くつぬぎば》に下りたパステルがドアに向かって激しく吠えていた。さすがに南野も、外が気になった。もしかしたら、不審者がうろついているのかもしれない。

南野はサンダルに足を乗せ、解錠してドアを開けた。

「やっぱり、誰も……おい！」

ドアの隙間を擦り抜けたパステルが、道路に飛び出した。

「外はだめだ！　危ないから戻ってこい！」

南野は裸足《はだし》でパステルを追った。

四、五メートルほど走ったところで、急にパステルが止まり後ろ足で立つと通行人の女性にじゃれついた。

「こら、パステル、やめなさい。すみません……」

パステルを抱っこした南野は、顔を上げて息を呑んだ。

通行人の女性は、奏だった。デニムパンツに肉球のイラストが描かれた白のパーカーという格好だった。

「南野さん、裸足ですよ！　どうしたんですか⁉」

南野の足元を見た奏が、驚いた顔で訊ねてきた。

スーツ姿に裸足の南野がいきなり目の前に現れたのだから、奏のリアクションも無理はない。

「突然、パステルが吠え始めてドアを開けたら脱走したんです。それでパニクって……」

南野は、耳朶まで赤くして事情を説明した。

「ああ、なるほど。だから、裸足で追いかけてきたんですね。パステルちゃん、パパの寿命を縮めちゃだめよ。それに、お外は車が一杯だから危ないしね」

奏がおかしそうに笑い、パステルに諭し聞かせるように言った。

「こんなこと、初めてです。もしかしたら、白井さんの気配を察して飛び出したのかもしれません」

「まあ、そうだとしたら、私にも責任がありますね」

「いえいえ、そういう意味で言ったんじゃありませんから。それより、このへんに、なにか用事があったんですか？」

慌てて否定した南野は、奏に訊ねた。

「常連のお客様が昨日お買い上げになったリードを忘れて帰られたので、お困りだと思って出勤前に届けにきたんです」

奏が笑顔で言った。

「そんなこともやるんですか？」

「いつもではないんですけど、お客様がお年寄りだったので。家も徒歩で十五分くらいのところですし。それに、今回は別の目的もあったので……はい、これ」

奏が、南野に封筒を差し出した。

「なんですか？　これは？」

南野はパステルを片腕で抱え、空いている手で封筒を受け取った。

「先週、夕方のお散歩でご一緒になったときに、お仕事の電話がかかってきて慌てて帰られましたよね？　あとから気づいたんですけど、南野さん、整体店の会員カードとウチのペットショップのポイントカードを落としていらしたんですよ。すぐにお散歩で会えると思って持ち歩いていたんですけど……早くお返ししないと整体に行かれるときに困ると思いまして。南野さんのお宅の場所はだいたい聞いていましたし、ポストに入れておこうと思ったんです。まさか、パステルちゃんと裸足の南野さんに出迎えられるとは驚きでした」

奏が悪戯《いたずら》っぽい顔で笑った。

彼女の言う先週の散歩中にかかってきた電話は、「刑事一直線」の続編を「桜テレビ」に奪われたという篠宮からの衝撃的な内容だった。

恐らく、デニムパンツのヒップポケットに入ったままになっていたカード類が、スマートフォンを引き抜いたときに落ちたのだろう。

「あ……そうだったんですね。申し訳ありませんでした。あの……よかったら、ちょっとウチに寄りませんか？　お礼に、コーヒーでも淹れますよ。あ、コーヒーは大丈夫な人ですか？」

無意識に出た自分の言葉に、南野は驚いていた。これから「港南制作」に行って藤城やスタッフを追い出そうとしているときに奏を自宅に誘うなど、信じられなかった。

「コーヒーは好きですよ。でも、お出かけなんですよね？　私のほうは三十分くらいなら大丈夫ですけど」

奏が、南野のスーツに眼をやりながら言った。

「じゃあ、三十分ほど……」

南野は、奏を自宅に促した。

いまだに、なぜ奏を自宅に招く気になったのかわからなかった。ほかの誰かが落とし物を届けてくれたとしても、そうはしなかっただろう。

また、視線を感じた。抱っこされたパステルが尻尾を振りながら、笑顔で南野をみつめていた。


「素敵なお部屋ですね」

リビングに足を踏み入れた奏が、オフホワイトの家具で統一された室内に視線を巡らせた。

「パステルがきてから、ボロボロですよ。ここか、ここか、ここか」

南野は、パステルが齧った白革のソファの脚の傷やサイドボードのペンキが剝がれた箇所を指差した。

「ワンニャンの飼い主あるあるですよね。かわいい我が子の元気な証だと思って、喜びましょう」

奏が明るく言いながら破顔した。

パステルは、来客がよほど嬉しいのか奏の足元でウサギのように飛び跳ねていた。

「たしかに、そうですよね。座っててください。コーヒーと紅茶、どちらがいいですか？」

「ありがとうございます。コーヒーも紅茶も好きですけど、家を出る前に飲んできたばかりなので大丈夫です。これもありますから」

ソファに腰を下ろした奏が、トートバッグから取り出したミネラルウォーターのペットボトルを掲げて見せた。

南野は、奏の飾らない性格に好印象を抱いていた。

「じゃあ、僕も簡素に」

南野は、テーブルに載ったた飲みかけのコーヒーが入ったマグカップを手にして微笑んだ。

「ガーデニングをされていたんですか？」

空のプランターが転がる中庭に視線をやりながら、奏が訊ねてきた。

敷き詰められた人工芝も手入れをしていないので、落ち葉や泥で汚れていた。

「ああ……元妻の趣味です」

「南野さん、結婚していたのですね！」

　奏が、驚いた表情で言った。

「僕をいくつだと思っています？　三十六歳ですよ。白井さんとは、一回りくらい違いますから」

　南野は、苦笑いした。

「全然、ジェネレーションギャップを感じませんでした」

「僕の精神年齢が低いとも言えますね」

「いえいえ！　そういう意味じゃありません！」

　南野が冗談めかして言うと、奏が慌てて顔の前で手を振った。

　奏の声のトーンにテンションが上がったパステルが、リビングを駆け回り始めた。

「私のほうに問題があると思います」

「問題？　それはどういう意味ですか？」

　パステルがソファに乗り、南野の膝上を飛び越し奏の座るソファにジャンプした。

「おい、お客さんに迷惑だから静かにしなさい」

　南野の声など聞こえないかのように、パステルが奏の膝を越えてソファから飛び下りるとスピードスケートの選手さながらに、四肢を滑らせつつフローリング床を駆け回った。

「私なら、職業柄慣れていますから大丈夫ですよ」

　奏が、柔和に細めた眼でパステルを追いながら言った。

「私、学生時代から同年代の子達とは話が合わなくて。好きなアイドルとか俳優の話より犬猫の話が好きでしたし、ＹｏｕＴｕｂｅとかインスタをやる時間があったら読書や美術館巡りをしていたいタイプなんです」

「それを聞いて、救われました」

とりとめのない会話に、心地よさを感じている自分がいた。少し前までの南野なら、不毛な会話だとイラついていただろう。

「あの、奥様は今どちらにいらっしゃるんですか？」

「一年前に家を出て行かれてから連絡は取っていません」

奏を遮るように、南野は言った。

「あ……余計なことを訊いてすみませんでした」

バツが悪そうな顔で、奏が頭を下げた。

「いやいや、別に隠そうとしていたわけじゃないですから気にしないでください。ついでに言えば、僕が悪いんですよ。仕事ばかりで家庭を顧みずに、妻の心も社員の心も踏《ふ》み躙《にじ》ってきましたから」

言った端から、南野は後悔した。

出会って間もない歳《とし》の離れた女性に、自分の内情を話すなどどうかしている。

「私は結婚したこともないし、お二人がどんな夫婦生活を送っていたかも知りません。でも、南野さんが悪い人じゃないことはわかります」

奏が遠慮がちに、しかしきっぱりと言い切った。

「どうして、そんなことわかるんですか？」

思わず、南野は訊ねていた。

ほかの人間から言われたのなら、歯牙にもかけなかったに違いない。

「見てください」

奏が、南野に見せつけるようにスリッパをくわえては放り投げることを繰り返しているパステルに視線を移した。

「パステルがなにか？」

「駆け回っていても、悪戯していても、南野さんの眼を意識しています。パステルの行動はすべて、南野さんの注意を引くためなんです」

「そこら中にうんちするのも、大事な書類をビリビリに引き裂くのも、前みたいにペットショップで暴れ回ってお客さんに迷惑をかけるのもですか？」

南野はパステルに振り回された数々の場面を、脳裏に思い浮かべつつ訊ねた。

「はい。もちろんパステルちゃんには、大事な書類を台無しにしてやろうとかお客さんに迷惑をかけてやろうとか、そういうつもりはありません。ただ、南野さんに気にかけて貰いたい一心でやっていることです。パステルちゃんは、南野さんが大好きなんですよ」

奏が眼を細め、スリッパをくわえたまま仔馬《こうま》のように飛び跳ねるパステルをみつめた。

「そういうものですか。ところで、その話と僕が悪人じゃないという話とどんな関係があるんですか？」

南野は、素朴な疑問を口にした。

「犬は、愛情のない人には懐かないものです」

奏が、パステルをみつめたまま言った。

「でも、犬は飼い主が犯罪者であっても愛し続けるとなにかのサイトで読んだことがありますよ」

「犯罪者でも、愛情を注いでくれたら犬は愛します。でも、世間から善人と言われている人でも愛情がなければ犬は懐きません」

「つまり、僕は悪人だけどパステルへの愛情はある……そういうことですか？」

「南野さんが、奥様や社員さんになにをしたかは知りません。でも、奥様や社員さんにはひどい仕打ちに思えても、その仕打ちの裏には南野さんなりの愛情があったはずです。南野さんが根っからの悪人じゃないってことは、パステルちゃんが証明してくれていますから。人間より、ワンコの洞察力のほうがよほど信用できますよ」

奏が、パステルから南野に視線を戻して微笑んだ。

彼女の笑顔と言葉が、切っ先鋭い矢尻のように南野の良心を貫いた。

「学生時代からの親友であり、ともに会社を立ち上げた同志と僕の会社をここまで大きくしてくれた社員を解雇する……これから、僕がやろうとしていることです」

南野の唇が、無意識に動いた。奏は、無言で南野の瞳をみつめていた。

正気か？　誰になにを言っている？

自責の声が頭の中で鳴り響いた。

「どうです？　これでも僕が、悪人じゃないと言えますか？」

また、勝手に唇が動いた。

まだ人生経験の浅い娘に、そんなことを訊いてなにになる？

ふたたび、自責の声が聞こえた。

それはわかっていたが、彼女の言葉を聴きたいと思っている自分がいた。不思議と、奏が語ることはすっと胸に入ってきた。彼女に好感を持っているとか魅力的な女性とか、そういうことではない。南野がパステルにそうするように、奏の南野にたいしての言動からは友情や恋愛感情を超えた無償の愛を感じた。

「中学生の頃、実家にはシロというマルチーズとトラという仔猫がいました」

唐突に、奏が語り始めた。

「家族は共働きで家を留守にしていて、私は縁側でシロとトラと遊んでいました。両親が働いているときは、私が彼らの世話をすることになっていたんです。ある日、シロが駆けずり回っているときに、壁に立てかけてあったお琴を倒して右の後ろ足を怪我しました。血に染まった被毛を見た私はパニックになって縁側から飛び出し、シロを抱いて近所の動物病院に駆け込みました。幸い骨には異常はなく、裂傷と軽い打撲で済みました」

宙をみつめていた奏の瞳が、暗く翳《かげ》りを帯びた。

「胸を撫で下ろして家に帰った私は、トラがいないことに気づきました。そして、開けっ放しになっていた縁側のガラス戸から外に出たということにも……」

奏の瞳の翳りが、色濃くなったような気がした。

「トラちゃんは、見つかったんですか？」

南野は訊ねた。

そのまま行方知れずになったという結末だけは、聞きたくなかった。

「はい……家の前の通りで二羽のカラスに襲われていて……。すぐに追い払いましたが身体中傷だらけで、私が抱き上げるとか細い声でミャアって鳴いてそのまま……」

奏が、声を詰まらせた。

黒目がちな瞳は、うっすらと涙に濡れていた。

「ごめんなさい。もう、昔の話なのにトラの最期を思い出すといまでも胸が張り裂けそうになってしまって……」

「いや、当然です。話を聞いているだけで、僕も胸が痛くなりました。でも、僕にどうしてそんなつらい思い出を話してくれたんです？」

「トラを死なせたのは私です。シロの怪我で動転したからと言っても、縁側のガラス戸を閉め忘れなければカラスに襲われることもなかったわけですから。南野さん、私は悪人ですか？」

不意に奏が、思い詰めた表情で訊ねてきた。

「悪人なんかじゃないですよ！　トラちゃんの件は残念でしたが、白井さんはシロを病院に連れて行くのに必死だったし、なにより故意ではなかったんですからね。これは、仕方のないことですよ。自分を責めないでください」

「ありがとうございます。でも、私の過失でトラの小さな命が奪われたのは事実です。私は一生、罪の意識を忘れることはありません。私がこの話をしたのは、南野さんにわかって貰いたかったからです」

「僕に……ですか？」

「ええ。いま、南野さんが私にかけてくれた言葉をそのままお返しします」

「え？」

「南野さんにも考えや目的があって、その結果、社員さんや奥様を傷つけたとしても悪人ではないということです」

奏が、一言一言嚙み締めるように言った。

「もしかして、それを僕に伝えるためにトラちゃんの話をしてくれたんですか？」

南野の問いかけに、奏が小さく顎を引いた。

返す言葉が見当たらなかった。

他人の心を救うために、思い出したくもない過去をたとえに出したというのか？

「僕のために、つらいことを思い出させてしまいすみません。でも、僕の場合は白井さんと違ってそんなに立派なものではないんです。僕は、ドラマの制作会社を経営しています。会社を軌道に乗せようと連日深夜まで働き、映画やドラマの撮影が始まれば徹夜はザラで、家にはシャワーを浴びるためだけに帰り妻との会話もなくなりました。僕だけでなく、社員にも仕事以外の家庭や趣味を犠牲にさせました。結果、妻に家を出て行かれ親友や社員から会社を追われました。その復讐として、これからみんなのクビを切りに行くってわけです。白井さんの場合とは違いますよ」

南野は、自嘲的に笑った。

「同じです。シロの命を救うためにトラを死なせた私、奥様と社員さんの生活を守るために心を傷つけた南野さん。悪意なく取り返しのつかない罪を犯したという点ではなにも変わりません。南野さん。過去の過ちはなかったことにはできません。でも、未来の過ちを犯さないようにはできます」

奏の言葉が、南野の頑なに閉じた心をノックした。

「ごめんなさい、勝手なことばかり言ってしまって。私には、南野さんがどれだけ悔しい思いをしたかはわかりません。けれど、一つだけわかるのは……」

　奏が、パステルに視線を移した。

　いつの間にか、パステルはフローリング床でヘソ天と言われる仰向けの体勢で眠っていた。

「あの子達なら、人間からもっとひどい目にあわされても許すだろうなってことです。そして、パステルちゃんも大好きな南野さんにそうしてほしいと願っているはずです。私も……」

　奏がなにかを言いかけて、思い直したように口を噤《つぐ》んだ。

「あ……私、そろそろ行きますね！」

　スマートフォンのディスプレイに視線をやった奏が、慌てて腰を上げた。

「僕のくだらない話のために、時間を取らせてすみませんでした。タクシーを拾ってください。通りまで送ります」

　南野も財布を手に取り立ち上がった。

「お金なんて受け取れません。大切な話をしてくださって、嬉しかったです。私も、トラの話を家族以外にしたのは初めてです。じゃあ、また、夕方のパトロールで。ここで大丈夫ですから」

　奏は早口で言うと、リビングをあとにした。

　跳ね起きたパステルが寝ぼけ眼で、キョロキョロと首を巡らせた。

「お見送りはいらないって」

ようやく状況を把握し、奏を追いかけようとするパステルを南野は抱き上げた。

「いまから僕が『港南制作』に行くことに反対か？」

南野が語りかけると、パステルがみつめた。

「お前は、僕を止めるために外に飛び出して白井さんと引き合わせたのか？」

もしかしたら本当かもしれない、と思う自分がいた。

あんなに吠えていきなり外に飛び出すなど、さっきのパステルの行動は尋常ではなかった。だが、奏に会って家に招き入れたのも、藤城と社員のクビを切るという話をしたのも自分だ。

まさか、パステルがそこまで予期して南野と奏を会わせるのは不可能だ。ファンタジー映画のワンシーンのような話を信じるほど、南野は非現実的な人間ではない。

むしろ驚くべきことは、奏を自宅に上げた挙句に会社の揉め事や聖との離婚の話まで喋ったことだ。

本来の南野はなんでも自分で解決するタイプで、聖や藤城との関係が良好なときでも悩みを相談したり愚痴を言ったりした記憶はなかった。

出会ってから日の浅い奏に、なぜ……。

南野は、思考を止めた。これ以上、奏のことを考えるのはやめた。彼女の話が胸に響いたのは事実だが、だからといって藤城を許す気にはなれなかった。

相変わらず、パステルは南野をみつめていた。その瞳は、心なしか哀しげに見えた。

「僕を会社から追い出した人間を、許せって言うのか？」

パステルは、南野から視線を逸らさずみつめ続けていた。

「そんなこと、考えるわけないよな。さあ、しばらくいい子に留守番しててくれ」

南野は、パステルをケージに戻した。

「心配するな。僕は悪いことをするわけじゃない。奪われたものを、取り返しに行くだけだよ」

ケージの中――心配そうな顔のパステルに言い残し、南野は足を洗うためにシャワールームに向かった。

☆

南野はドアの前で立ち止まり、「港南制作」のネームプレートをみつめた。

――ネームプレートをステンレス製にしようと思っているんだけど、どう思う？

オフィス備品が揃う前のなにもないフロアの床に胡坐《あぐら》をかいて座った南野は、カタログのページを指差した。

――お前は相変わらずセンスがないな～。俺は、こっちがいいと思うけどな。

呆れたように言うと、藤城はアクリル製のネームプレートを指差した。

――センスがどうこうの問題じゃない。ネームプレートは会社の顔だ。来客が真っ先に眼にするものだからな。それに、アクリルなんて軽薄な会社だと思われるよ。

南野は、眉を顰《ひそ》めてダメ出しした。

――あちゃ～、考えが古い古い。いまは昭和じゃないんだぞ？　アクリル製が軽薄なんて思う人はいないさ。南野、お前、年齢サバ読んでいるだろ？

藤城がからかうように言った。

――馬鹿。ステンレス製のどこが古臭いんだ？　威厳があって、お洒落《しゃれ》じゃないか。

――おいおい、そんなこと俺以外に言うなよ。威厳はまだしもステンレス製のネームプレートがお洒落だなんて、理解してあげられるのは俺だけだからな。

藤城がクスクスと笑いながら言った。

――チャラついたイメージのアクリルより……。

――わかった、わかった。社長のお前に花を持たせてダサいネームプレートで我慢するよ。その代わり、今晩、酒を奢《おご》れよ。ビールじゃないぞ、グラスで二千円以上の高級シャンパンな。

藤城の学生時代と変わらぬ無邪気な顔が、南野の脳裏に昨日のことのように蘇った。

南野は、ステンレス製のネームプレートを指先でなぞった。

あの頃は憎まれ口を叩き合っていたが、二人の絆は強かった。互いの性格の違いを尊重し、会社の成長のためにそれぞれの役割を果たした。南野の手柄を藤城は喜び、藤城の手柄を南野は喜んだ。

二人は志をともに、共通の夢を叶《かな》えるために突き進んだ。

いつから、歯車が狂い始めたのだろうか？

いつから、藤城は変わってしまったのだろうか？

それとも、変わったのは自分なのか？

南野は考えるのをやめた。


――あの子達なら、人間からもっとひどい目にあわされても許すだろうなってことです。そして、パステルちゃんも大好きな南野さんにそうしてほしいと願っているはずです。私も……。


記憶の中の奏の声が、南野の心に訴えかけた。

どちらが変わったかが問題ではない。重要なことは、二人の関係修復が可能かどうかだ……と。器に罅《ひび》が入っただけなら、まだ間に合うかもしれない。粉々に割れてしまっては、許しても元通りにはならないのだから……。

「おはよう！」

南野はインターホンを鳴らさずに、明るく大きな声で言いながらドアを開けた。

「あ……お疲れ様です」

各々のデスクに座りパソコンに向かっていたチーフプロデューサーの黒岩とディレクターの佐野が弾かれたように振り返り、硬い表情で頭を下げた。

フロアには、彼ら二人しかいなかった。

「藤城はいるか？」

南野は、黒岩に訊ねた。

あと十分で、午前十一時になる。立ち寄りがなければ、出社していてもいい時間だ。

「はい。応接室にいらっしゃいます」

相変わらず硬い表情のまま、黒岩が言った。

「そうか。藤城と今後のことを話してくるよ。できれば、お前達とまた仕事をしたいと思っている」

南野は黒岩と佐野に言うと、応接室に向かった。

「お疲れ」

南野がドアを開けると、ソファに座っていた藤城が無言で正面の席を促した。

「少なくとも、荷造りしている気配はなさそうだな」

南野は室内に首を巡らせつつ、ソファに腰を下ろした。

「悪いが、『港南制作』を辞める気はない」

藤城が南野を見据えて言った。

「僕もあれから、いろいろと考えた。条件次第で、お前にもう一度チャンスを与えてもいいと思っている」

南野も藤城を見据えた。

ここにくる車内で、そうしようと決めた。昨日までは、有無を言わさずに取締役会を招集して藤城を解任するつもりだった。この一週間で、取締役への根回しは済んでいた。広告代理店「白進社《はくしんしゃ》」の和田《わだ》専務と「大陽堂《たいようどう》」の新島《にいじま》専務、メインバンク「三星《みつぼし》銀行」赤坂支店の津山《つやま》副支店長、出版社「集学館《しゅうがくかん》」の三井《みつい》社長……四人は、藤城解任に賛成票を入れると約束してくれた。

気が変わったのは、奏の影響だ。自分のために胸が張り裂けそうなつらい過去まで話してくれた彼女の気持ちに、心を動かされた。奏の善意を、無駄にしたくなかった。そういうふうに思えるようになったのは、パステルと暮らすようになってからだ。

「条件ってなんだ？」

藤城が訊ねてきた。

「条件は二つ。一つは、『刑事一直線』の放映権は『日東テレビ』に戻す。二つ目は、いままでのことは水に流す。取締役会を招集することもしない」

『刑事一直線』の制作には一切口を挟まないでくれ。この二つを呑んでくれれば、

藤城を許すにしても、これだけは譲れなかった。もともと、近江明人を説得して「刑事一直線」の続編の出演を決めたのは南野だ。そして、それは「日東テレビ」の篠宮と交わした約束だ。「港南制作」を取り戻しても、不義理をした男になりたくはない。

篠宮にたいしての義理立てだけが理由ではなかった。

「桜テレビ」の山神は藤城に付き、南野を排除しようとした。人間性はさておき、少なくとも篠宮は条件付きながら南野に手を差し伸べてくれた。

南野の要求を呑むことで解任が回避されるのだから、藤城が拒否するはずがない。

「悪いが、それは呑めない」

「なに⁉」

藤城の予想外の返答に、南野は耳を疑った。

「お前と昔みたいに一緒に仕事できるのは嬉しいが、その条件は呑めないよ。『刑事一直線』を『日東テレビ』に渡せば、『桜テレビ』はウチと絶縁する。そんなことくらい、お前だってわかっているだろう？」

「もちろん、わかっているさ。『桜テレビ』の山神が僕を切った信用ならない男だっていうことをな。お前のことは許しても、彼は無理だ。それに、『日東テレビ』と制作委託契約を結べば『港南制作』は安泰だ。わかったか？『桜テレビ』が必要じゃない理由が」

「お前は誤解している。山神さんは、お家騒動でガタガタになった『港南制作』を見捨てなかった。いま初めて言うことだが、『ラストオネエ』の撮影が終わるまでお前を外して俺が指揮を執ることを、制作委託契約を継続する条件として山神さんから出された。撮影が終わり社員と和解したら、お前が『港南制作』に戻ってもいいと言ってくれた。テレビ局なんてドライなところだ。普通なら、制作委託契約を継続する条件としてお前を解任して僕が代表の座に就くことを要求しても不思議じゃない。『桜テレビ』からすれば、お前はお家騒動の元凶だからな。事実、社員の心が離れたのはお前の責任だ。南野、いい加減、意固地にならずこっちの事情も汲《く》み取ってくれないか？　お前が改心してくれたら、俺は喜んで支えるから。な？」

藤城が、懇願するような口調で言った。

「『桜テレビ』が黒幕か。まあ、察しはついていたけどな」

南野は吐き捨てるように言うと眼を閉じた。

込み上げる怒りの感情を静めるように、パステルのことを考えた。

いま頃、おとなしく寝ているだろうか？　それとも、体力を持て余してケージの中で暴れているかもしれない。

「港南制作」に復帰するこれからは、いままでのようにべったり一緒にはいられないので留守番にも慣れて貰う必要があった。

だが、いままでのような仕事中心の生活を送る気はなかった。急を要する仕事がないかぎり、十九時くらいまでには帰宅できるようにしたかった。そうすれば、社員も楽になる。自分の時間を持てるようになり、以前のような不満が溜まることもない。

藤城と山神のやりかたは納得できないが、南野が社員を追い詰めたのは事実だ。

「とにかく、二つの条件を呑んでくれ。これからは、社員の話にも耳を傾けるようにするよ」

眼を開け、南野は藤城に言った。

「どうしても、条件を呑めないと言ったらどうする？」

藤城が訊ねてきた。

「そのときは、取締役会を招集するしかない」

思いを込めた瞳で、南野は藤城をみつめた。

これがラストチャンスだ。

藤城が拒めば、彼と会うことは二度とないだろう。

「頼むから、やめてくれ」

藤城が、悲痛な表情で言った。

「お前が条件さえ呑めば……」

「お前を、追い出したくはない」

南野を遮り、藤城が言った。

「藤城。まだ、自分の置かれた状況を認識してないのか？　『港南制作』の取締役は七人。僕とお前を除いた取締役は五人。そのうち、『桜テレビ』の専務以外の四人はお前の解任に賛成票を入れると同意を得ている。取締役会を招集すれば、結果は火を見るより明らかだ」

南野が言うと、藤城が小さく首を横に振った。

「観念して条件を……」

藤城が足元に置いていたアタッシュケースを膝上に載せ開けると、書類封筒を南野の前に置いた。

「なんだ、これは？」

「いいから、見てみろ」

藤城に促され、南野は書類封筒からＢ５の用紙の束を取り出した。

「委任状？　え……」

文章を追う南野の視線が凍てついた。


甲は乙を代理人と定め、下記の議決権を委任する。

一　甲は、本状作成日以降に開催された最初の取締役会において、株式会社港南制作の代表取締役である南野誠二氏の解任に賛成する件。

甲の署名欄――会社名と氏名を見た南野の脳内が白く染まった。

「まさか……」

我に返った南野は、二枚目、三枚目、四枚目の委任状の署名欄をチェックした。

四通の委任状には、南野が取締役会を招集した際に藤城を解任することを約束した四人の取締役の署名と捺印がされていた。

「こんなの、お前の捏造《ねつぞう》だ！　僕は彼らに、取締役会でお前を解任するのに賛成票を投じることを、三日前に電話で確認を取っているんだぞ！　こんな委任状に、署名捺印するわけがない！」

南野は声を荒らげ、鷲掴みにした委任状を藤城の鼻先に突きつけた。

「捏造なんかじゃない。日付を見てみろ」

南野とは対照的に冷静な声音で、藤城が言った。

委任状の日付は、昨日になっていた。

「実は、四人から確認の連絡が入ったんだ。南野社長から取締役会で俺を解任すると電話があったとな。俺は、二つの事実を伝えた。『桜テレビ』は反対票を投じること。そして、俺が解任された場合、『桜テレビ』は『港南制作』との制作委託契約を解除すること。四人は『桜テレビ』の宮内《みやうち》専務に確認を取ったあとに、俺が作成した委任状に署名捺印をしてくれたのさ」

藤城の淡々と説明する言葉が、南野の耳を素通りした。

「彼らを責めるのはやめてくれ。『桜テレビ』が手を引くと聞けば、誰だって翻意するさ。

この委任状を出す気はなかった。出さないで、お前を説得するつもりだった。お前が『桜テレビ』で『刑事一直線』の続編を制作すると言ってくれれば、取締役に説明して昔のようにお前が舵を取る船に乗るつもりだった。だが、頑なに拒むお前を見て悟ったよ。もう、昔には戻れない……お前が舵を取る船には社員を乗せられないってことをな」

藤城が哀しげな声で言うと、暗鬱な眼で南野を見据えた。

相変わらず、藤城の言葉は耳を素通りしていた。

南野が全身全霊を捧《ささ》げて築き上げた「港南制作」に、味方は一人もいなかった。

毛穴から魂が蒸発したように、南野の全身に脱力感が広がった。怒る気力も、悔しがる気力も……哀しむ気力もなかった。ただ、力が入らなかった。身体だけでなく、心にも……。

「もう、これ以上は、お前を庇えない。お前を船に乗せたままだと、沈んでしまうことがはっきりした。お前と二人なら、それでもいいよ。南野、お前となら、俺は海に投げ出され溺れてもいいと思っている。だが……あいつらはだめだ。俺達のいざこざに巻き込んじゃだめなんだ。悪いな。南野。俺の力不足だ」

藤城がなにかを言っている。

聞こえない……耳に、藤城の言葉は入ってこない。

藤城が眼に涙を浮かべている。

感じない……心に、藤城の涙が響かない。

藤城が頭を下げている。

見えない……瞳に、藤城の顔が映らない。

南野は無言で立ち上がった。

「おい、まだ話が……」

呼び止めようとする藤城に、南野は背を向けた。

色を失った景色がゆっくりと流れた。

「南野、ちょっと待ってくれ」

南野は足を止めることなく、逃げるようにフロアをあとにした。

☆

南野の息は上がり、脇腹に鋭く差し込む痛みを感じた。

池尻大橋《いけじりおおはし》の遊歩道を、南野とは対照的にパステルは軽快な足取りで走っていた。まもなく生後半年を迎えるパステルは体重も二十キロを超え、骨格もしっかりとし体力も増していた。

夕方のパトロールは、いつもの並木道とは違う別のルートを選んだ。

今日は、奏に会いたくはなかった。彼女に会えば、「港南制作」でのことを訊かれるだろう。

味方の取締役が藤城に寝返り、代表取締役を解任されることが決定的になった。

三十秒かからないで説明できる出来事だった。だが、南野の中でその出来事は三十時間たっても消化できそうになかった。いや、三百時間……それ以上の月日が流れても消化できるかどうかわからない。それほどまでに、南野が心に受けた傷は深かった。

奏の助言もあり、藤城とやり直してみようという気持ちになった。

条件はつけたものの、南野は藤城に手を差し伸べた。藤城が手を取ってくれると信じていた。藤城も手を差し出してきた。だが、藤城は南野の手を握らなかった。

代わりに、藤城の手にはナイフが握られていた――南野は、寝首を掻かれた。

荒い呼吸音が、耳奥でこだました。もう、二キロ近くは走っている。パステルは加減して走っているが、南野はついていくのが精一杯だった。

「ちょっと、休憩しよう……」

南野が足を止めようとしたが、パステルは走るのをやめなかった。

こんなことは、初めてだった。いつもなら、南野がリードを引けばパステルはすぐに従った。

ランナーズハイ――南野は高揚感に包まれた。

ワイヤーで吊られているかのように、南野の身体はふわふわと浮遊しているように感じた。頭の中が空っぽになり、十数秒前まで南野の心を支配していたネガティヴな感情が霧散した。

もしかして、お前がずっと走っているのは……。

南野は、想いを込めてパステルの背中をみつめた。不意に振り返ったパステルは、笑っていた。

第二章

1

「もうすぐ本番だけど、緊張しないでいいから。いつものように、自然体でやってくれよ」

南野は、キャスト達をリラックスさせるために声をかけて回った。

三軒茶屋のハウススタジオの待機スペース――サークルの中には、フレンチブルドッグ、柴犬、トイプードル、ミニチュアシュナウザー、シーズーの五頭がスタンバイしていた。彼らの視線は一方向――三メートル先にセッティングされたステンレスボウルに釘付けになっていた。

彼らは動物プロダクションに所属しているタレント犬だ。

それぞれ過去には映画、ドラマに出演経験があり、訓練も受けているので普通のペット犬よりは我慢も利く。

とはいえ、食べ物が絡む撮影になると本能が刺激されるのでNG率も高くなる。

「もうちょっとだからね、リラックス、リラックス」

一際荒いパンティングをしている食いしん坊のフレンチブルドッグの背後に屈み、背中を擦りながら優しく声をかける女性——四つの黒い肉球のロゴが背中に入った白のスタッフジャンパーを着ているのは、奏だった。

南野と棚橋《たなはし》がセッティングしている間に吠えたり鳴いたりするタレント犬がいないのは、奏の存在が大きかった。

四年前までペットショップに勤めていた奏は犬や猫の扱いに長《た》けており、動物専門の制作プロダクション……「アニマルスターダム」には欠かせない人物だ。

「社長、こんなもんでいいですか？」

ドライフードを盛りつけていたＡＤの棚橋が、南野に確認を取った。

南野はサークルから離れ、スタジオの中央に置かれた直径三十五センチの超大型犬用のステンレスボウルに歩み寄った。ステンレスボウルの背後には、クロマキーと言われる合成映像用のグリーンバックが設置されていた。

五頭の犬達がガツガツとドッグフードを食べている背景には、浜辺の映像を使用する予定だった。

本当の浜辺で撮影するよりは楽だが、人間のタレントと違って彼らは動きが予測できないので、通常より広範囲にクロマキーを設置していた。

「もうちょっと、漫画のご飯みたいな感じがいいな」

「漫画のご飯って、なんですか？」

南野が言うと、棚橋が怪訝そうな顔で訊ねてきた。

「なんだ、漫画のご飯を知らないのか？」

「社長、棚橋君は二十一歳ですから、漫画のご飯なんて言われてもわかりませんよ」

サークルの中から、奏が呆れたように言った。

「そうなの？」

「同年代の友人は知りませんよ。私の場合は周りから、感覚が昭和だってからかわれているくらいなので通じますけど」

奏が笑いながら言った。

「専務って、社長と同年代なんですか⁉」

棚橋が素頓狂な声を上げた。

からかっているわけでも悪乗りしているわけでもなく、天然な棚橋は至って真剣に驚きの言葉を口にしたのだ。

「そんなわけないでしょう。私が四十に見える？」

奏が棚橋を軽く睨んだ。もちろん、本気で怒っているわけではない。それは、奏が棚橋の人柄を知っているからだ。

もともと棚橋は獣医師を目指していたが、動物の身体にメスを入れることができずに断念したという心優しい男だ。次にペットショップに勤務しようとしたらしいが、三ヵ月を過ぎて売り時を逃した子犬達を処分する店があるとネットニュースで見て思い直したという。

棚橋はよく言えば純粋、悪く言えば気弱な性格をしている。

「アニマルスターダム」の求人広告を見て応募してきた棚橋を、南野は最終的に採用した。ほかにも制作会社で勤務経験のある応募者もいたが、未経験者の棚橋を採用したのは志望動機が決め手となった。

勤務経験者の男性の志望動機は、自分をリストラした制作会社を「アニマルスターダム」さんで業績を上げて見返してやりたい、というものだったのに対し、棚橋の志望動機は、動物に触れ合う仕事で動物を傷つけない仕事をしたい、というものだった。

「港南制作」のときの面接ならば、間違いなく勤務経験のある男性を採用しただろう。

南野は新しく立ち上げる会社は、業績を追い求めるよりも思いやりに満ちた職場環境にしようと決めていたからだ。

パステルとともに過ごした四年の歳月が、南野の考えかたを根本的に変えた。

「え？　じゃあ、社長は四十代なんですか⁉」

棚橋が、驚いた顔を向けた。

「なんだお前、社長の歳をいくつだと思っていたんだ？」

照明の須崎《すざき》が、呆れた顔で棚橋に訊ねた。

須崎は中野のハウススタジオ専属の照明スタッフだったが、不況で倒産の煽りを喰らい失業し、「アニマルスターダム」の求人広告を見て応募してきたのだ。

年齢は三十五歳だが、コワモテの老け顔なので南野より年上に見える。犬に話しかけるときには、いかつい容姿からは想像のできない赤ちゃん言葉になる。

「三十くらいかなって」

きょとんとした表情で答える棚橋に、南野、奏、須崎は顔を見合わせ同時に噴き出した。カメラアングルを確認していた国村《くにむら》も、スタジオの隅でタレント犬達を見守っている動物プロダクションのスタッフも口もとを綻ばせていた。

「港南制作」のときと違って、「アニマルスターダム」の現場には和やかな空気が流れていた。

動物が主役の現場だということも理由の一つだが、奏の存在も大きかった。犬や猫は人間の役者と違い、演技をするつもりでスタジオにきていない。動物達からすれば慣れない環境に連れてこられ、見知らぬ人間達に囲まれる環境はストレス以外のなにものでもない。

当然、一発OKということは皆無に等しく、テイクを十数回重ねるのはザラだ。ストレスがかかるのは動物だけでなく、制作スタッフにも相当な忍耐力が求められる。

撮影が長時間に亘《わた》るとイラ立ちも募り、顔から笑みが消えてゆく。

——動物は、人間の感情を読み取る天才です。だから、現場ではイラつかない、焦らない、怒らない、嘆かないの四つを心がけてくださいね。

初めての撮影の前日に、奏に言われた言葉が「アニマルスターダム」のスローガンとなり事務所のドアや壁に貼り付けてあった。

「港南制作」の時代には、少し撮影が押しただけで南野はスタッフを叱責していた。

それは自分の感情をぶつけたわけではなく、役者のリズムが崩れないようにするためやスタッフの気を引き締めるためだったが、現場の空気が悪くなることも多かった。

その点、奏のおかげで、いまはたとえ思い通りに撮影が進まなくても泰然自若としていられた。

連日、パステルに鍛えられている経験も大きかった。

パステルは今年四歳になったが、やんちゃぶりは相変わらずだった。

南野が帰宅するとハイテンションになって部屋中を駆け回り、小型の竜巻が吹き荒れたような騒ぎになる。

体高は六十センチ、体重は三十四キロになっていたので子犬時代よりもパステルトルネードの破壊力も増していた。

先月、落としたペットボトルを拾おうと屈んだときに背後からパステルに体当たりをされた勢いで、前のめりに倒れた南野は顔面を痛打して鼻血を出してしまった。

ほかには、南野が歩くときにパンツの裾に嚙みつき引っ張る遊びがパステルのお気に入りだが、力が強くなったので転倒したことは一度や二度ではなかった。

だが、部屋がひどい状態になり生傷が絶えないのは苦痛ではなく、むしろ、パステルが健康であることが証明されているようで嬉しかった。

「さあ、大御所さん達が痺れを切らして涎《よだれ》塗れになるから、セッティングを急ごうか」

南野は冗談めかして言いながら、棚橋から受け取ったドッグフードをステンレスボウルに注ぎ足した。

「漫画のご飯って、こんな感じの山盛りに描かれていることが多いだろ？　CM的にも、このほうが見栄えがいいからさ」

南野はドッグフードの袋を棚橋に渡すと、スタジオの隅に移動した。

サークルから五頭の犬が飛び出す、五頭は三メートル離れたステンレスボウルまで一直線に駆け寄る、柴犬、トイプードル、ミニチュアシュナウザー、フレンチブルドッグの四頭はほぼ横並びで、少し遅れてシーズーが続く、四頭がステンレスボウルに勢いよく鼻づらを突っ込み、もたもたしていたシーズーが隙間に頭を捩《ね》じ込みフードにありつく——南野は演出の流れをシミュレーションした。

あくまでも南野の予想なので、その通りの展開になるとはかぎらない。むしろ、違う展開になる可能性のほうが高い。

南野が理想とする画《え》は、鼻ペチャで愛嬌《あいきょう》のある顔立ちのシーズーかフレンチブルドッグが出遅れて、とことこ追いかけてくるというものだ。

その展開を期待してシーズーとフレンチブルドッグをキャスティングしたわけだが、意に反して二頭が先頭を走り、素早そうなトイプードルが遅れをとるかもしれない。

それはそれで、面白い画になるだろう。動物相手の撮影は、予測不能な展開やアクシデントさえもプランの一つに追加するくらいの臨機応変さがなければ務まらない。

CMのオファーをかけてきたクライアントの「ワンニャンライフ」の担当者からも、提出した絵コンテとは違う流れになっても、犬達が生き生きと美味しそうにドッグフードを食べている画《え》が撮れればいいという許可を得ていた。

ただし、立ち止まって動かない個体がいたりドッグフードの場所と違う方向に向かう個体がいたら撮り直しとなる。

また、そうなる可能性は高い。彼らには、絵コンテも台本も通用しないのだから。

「国さん、出遅れた犬がいたらクローズアップしてください。慌てている表情とかあれば最高ですね。ガツガツ食べている画は、引きと個体ごとの寄りをそれぞれお願いします。配分とかは国さんの感覚にお任せします。毎度のことながら人間のように一筋縄では行きませんが、よろしくお願いします」

南野はスタジオの中央で撮影機材の調整をしている国村のもとに歩み寄り、プランの念押しをすると頭を下げた。

「社長、俺の前職がなんだか忘れた？　スズメバチやムカデに比べれば、哺乳類は意思の疎通ができて楽なもんだよ」

国村が豪快に笑った。

国村は「アニマルスターダム」の最年長スタッフで、五十六歳だ。昆虫や節足動物のドキュメンタリー番組を専門に作る制作会社に勤務していたが、スズメバチの生態の特集番組の素材撮影をしているときに、全身を十数ヵ所刺されて瀕死《ひんし》の重傷を負ったことがきっかけで転職を決意したという。

「たしかに。じゃあ、そろそろ行きますか！」

南野はスタジオの隅に戻り、カチンコを手に取った。

カチンコは「港南制作」の時代に使っていたもので、制作タイトル、シーンナンバー、テイクナンバー、監督名、撮影日などを書き込む欄がある。

南野はカチンコを手に、国村の背後に移動した。右サイド……四、五メートル離れた位置でサークルの扉に手をかけスタンバイする奏と眼が合った。

奏がサークルの扉を開くと五頭のタレント犬が飛び出し、右手からクロマキーの前に置いてあるステンレスボウルまで駆け寄り競い合うようにドッグフードを食べる。

どの位置でどの角度で食べるのか予測がつかないので、国村が移動しながらアングルを探る撮影法だ。

南野は、国村の構えるカメラの前にカチンコを差し出した。編集のときにテイクナンバーがわかりやすいようにするためだ。

「五秒前！」

カチンコをカメラの前から引き、南野はカウントを始めた。

「四、三、二……スタート！」

カチンコの音がスタジオに鳴り響くのと同時に、奏がサークルの扉を開けた。

南野は祈るような気持ちで五頭のタレント犬の初動を視線で追った。

柴犬とトイプードルが先頭を走り、少し遅れてフレンチブルドッグとシーズーが続いた。

「その調子……え！」

ミニチュアシュナウザーが、真逆の方向に走り出した。

「カーット！　棚橋、フードを頼む！」

南野に命じられた棚橋が、タレント犬が鼻づらを突っ込む寸前のところでステンレスボウルを取り上げた。

目の前からドッグフードが消え、柴犬とトイプードルがきょとんとした顔で首を巡らせた。

かわいそうだが、タレント犬のお腹が一杯になってしまえば撮影ができなくなる。

「すみません。私のほうにきちゃって……」

動物プロダクションの男性スタッフ――川島《かわしま》が、逸走したミニチュアシュナウザーを抱えて歩み寄ってきた。

「気にしないでください。川島さんに、懐いているんですね」

南野は、笑顔で言った。

昔の南野なら、外部のスタッフであっても説教しているところだ。

「このコはなぜか私に懐いていまして……。サークルに戻したら、スタジオの外に出ていますから」

川島が頭を下げると、サークルに足を向けた。

「はいはい、じゃあ、みんなも戻ろうね～」

明るい声で言いながら、奏が右手にトイプードル、左手にシーズーを抱えサークルに運んだ。

「川島さーん、ドンマイです！」

表情の冴《さ》えない川島を、奏が弾ける笑顔で励ました。

南野は、一番重いフレンチブルドッグと柴犬を抱え奏のあとに続いた。

「あと5テイクはいきそうですね」

棚橋が、のんびりとした口調で言った。

「甘い甘い、二桁は覚悟したほうがいい」

すかさず、須崎が口を挟んだ。

「おいおい、勘弁してくれ。俺はお前らと違って還暦の足音が聞こえてるんだから、身体が持たないよ」

国村が、腰を叩きながら顔を顰めてみせた。

和気あいあいとした空気感に、南野は確信した。「港南制作」を手放し、新しい一歩を踏み出してよかったと……。

「さあ、みんな、仕切り直しだ。テイク2行こうか!」

南野はカチンコを手に、溌溂とした声で言った。

2

いつもの並木道。

銀杏の黄色が、物凄いスピードで視界の端を流れてゆく。

鼓膜でこだまする荒い呼吸、強張るふくらはぎ、痛みが差し込む脇腹――息の上がった南野とは対照的に、パステルは耳を後ろに倒して気持ちよさそうに走っていた。

もう百メートル以上、パステルは走っていた。これでもパステルは本気ではなく、軽く流している程度だ。

パステルが笑いながら振り返り、駆け足を止めた。

「ちょっと、休もう……」

息も切れ切れに言うと、南野はベンチに腰を下ろした。

パステルがお座りし、心配そうに南野を見上げた。

「ちょっと休めば大丈夫だから……」

南野は、ペットボトルのミネラルウォーターで喉を湿らせた。

本当はガブ飲みしたかったが、脇腹の疼痛に拍車がかかり走れなくなってしまう。

「飲むか？」

南野が犬用の給水ボトルのノズルをパステルに向けると、口角で器用にくわえて飲み始めた。

「お前がきたばかりのときより四つ年を取っているから、多少の衰えは大目にみてくれ」

南野は、美味しそうに水を飲むパステルの首筋を撫でながら冗談めかして言った。

「お前は四歳だから、人間の年齢で言うと……」

南野はスマートフォンを取り出し、ゴールデンレトリーバーの人間年齢早見表のアプリを開いた。

「三十三歳か。僕は四十だから、まだ先輩だな。五歳で四十歳、六歳で四十七……再来年、僕よりおやじになるのか。敬語使わなきゃな」

南野は微笑んだ。

「お前には、感謝だな」

南野が語りかけると、パステルがノズルから口を離して不思議そうな顔で見上げた。

パステルがいなかったら、こうして穏やかな生活を送ることはできなかっただろう。

あれから、藤城とは会っていなかった。わだかまりがあるからではなかった。むしろ、逆だった。藤城にたいして、合わせる顔がなかった。

ずいぶんと遠回りしたが、ようやく南野は気づいた。

藤城は南野を追い出そうとしていたのではなく、言葉通りに体制を整えてふたたび「港南制作」の代表として迎え入れようとしていたことを。

あの頃の南野は疑心暗鬼の塊で、親友が差し延べてくれた手を信じることができなかった。その手を掴もうとした瞬間に、崖下に突き落とされるのではないかと思った。

何度も差し延べてくれた手を払い除《の》けるだけではなく、掴んで引き摺り落とそうともした。

すべてを失ったときに、初めて気づいた。南野は会社を奪われたわけでも追放されたわけでもなく、自らの手で壊してしまったということを。

「港南制作」という城は、いまでも存在している。だが、それは南野と藤城が心を通わせ同じ方向を見ていたときに作った城とは違う。

残された社員が路頭に迷わないために、藤城が断腸の思いで作り直した城なのだ。

南野が壊した城は「港南制作」だけではなかった。家庭という城……聖との夫婦生活を壊したのも自分だ。

パステルの無償の愛と純粋さに触れているうちに、自分の考えが卑屈になり、心が荒《すさ》んでいたことに気づかされた。

酒とギャンブルに溺れ堕落し、病床に伏すほどに母に心労をかけ、息子に金を無心する父。金の貸し借りで父と揉み合いになっているときに、傍らでひっそりと息を引き取った母に気づかなかった息子。

子供時代に心に刻まれた強烈なトラウマが、南野の人間不信の一因になっているのは間違いなかった。

人間を信用することも信用されることも怖かった。親しくなった相手に裏切られ、また、裏切るかもしれないことが。

南野はきっと、自分自身のことが一番信用できないのかもしれない。母を死に追い込んだ父の血が流れる自分のことが……母を孤独のうちに死なせてしまった自分のことが。

そんな南野に、少しずつ人を……自分を信じることを教えてくれたのが物言えぬ一頭の子犬だった。

どれだけ迷惑がられても、パステルは疑うことを知らない愛に満ちた瞳で南野をみつめた。スタッフの信頼を失った南野を庇い会社を守ろうとしていた藤城への復讐心に燃えていたときも、パステルは同じ瞳でみつめてくれた。

どんなに堕落しても、たとえ犯罪者になったとしてもパステルが南野をみつめる瞳は変わらないだろう。

それに気づいたときに、パステルの瞳に映るに相応《ふさわ》しい人間でありたい……南野は生まれ変わることを誓った。

「社長！」

　並木道を、奏が手を振りながら茶太郎とともに駆けてきた。

「待っていてくれたんですか？」

　息を弾ませながら奏が、悪戯っぽく言った。

　一緒に仕事を始めてからは、早朝パトロールのときに週に三、四回は奏と茶太郎に会うようになった。

「残念ながら、息が切れて休んでいただけだよ」

「なーんだ。慌てて走って損しました」

　奏が唇を尖らせ、南野の隣に腰かけた。

　パステルと茶太郎は互いに尻尾をぶんぶん振り、肛門の匂いを嗅ぎ合い挨拶を交わしていた。

　南野と奏は申し合わせたように、パステルと茶太郎のリードを伸縮タイプに付け替えた。

　五メートルの範囲なら、二頭は自由に戯れることができる。

　南野は普段のパトロールのときには、伸縮タイプのリードは使わない。

　急に車道に飛び出し車に撥ねられる危険性、ほかの犬と接触して喧嘩に発展する危険性……ロングリードでパトロールしないのは、加害者や被害者にならないためだ。

　それは、奏から教えて貰ったことだった。

四年前に二頭が出会った頃はパステルが茶太郎より一回り大きい程度だったが、いまはかなりの体格差になっていた。

激しく取っ組み合っているように見えるが、パステルは加減していた。

「パステルちゃんが子供の頃に茶太郎と遊んでいるときも、こうして二人で眺めていましたね」

「うん、僕もそのときのことを思い出していたよ」

「今日はオーガニックのコーヒーです」

奏がタンブラーを差し出してきた。

「ありがとう。いつも悪いね」

南野はタンブラーを受け取ると、親指で蓋を開けた。飲み口から、挽《ひ》き立てのコーヒー豆特有の香ばしい匂いが立ち上ってきた。

コーヒー好きな南野のために、奏は毎朝コーヒーを淹れてきてくれるのだ。

「それにしても、不思議な縁ですよね。最初はペットショップの店員とお客さんだったのに、四年経ってもこうして一緒にこの子達が戯れるのを眺めているなんて。しかも、いまや社長と専務の関係ですよ」

奏が、南野に微笑みを向けた。

「そうだね。僕も、まさか君とこんなに長い付き合いになるとは思わなかったよ。でも、君が僕の誘いを受けてくれて本当によかった。専務がいなければ、『アニマルスターダム』がこんなに早く軌道に乗ることはなかったよ」

お世辞ではなかった。

犬猫はもちろん、エキゾチックアニマルの知識も豊富で扱いに長けている上に、奏は人の心を摑むのがうまかった。

だからといって、弁が立つわけではない。

奏の動物にたいしての熱意と愛情……真摯に取り組む姿勢がスポンサーの心に訴えかけるのだった。

「そんなに褒めないでください。社長が大きな心で見守ってくれているので、のびのびと仕事ができる環境のおかげです」

奏がまっすぐな瞳で南野をみつめた。偽りも駆け引きもない彼女の純粋な瞳は、犬の瞳を彷彿《ほうふつ》させる。

「それなら、僕のおかげじゃないよ」

南野は柔和な眼差しを、茶太郎を追い回すパステルに向けた。

「社長、知ってました?」

「なにを?」

南野は質問を返し、タンブラーを口元に運んだ。芳醇《ほうじゅん》な味わいが、心地よく口の中に広がった。

「スタッフのみんなが、私と社長が付き合っているとと噂していることです」

さらっと言う奏の言葉に、南野は激しく噎せた。

「大丈夫ですか!?」

慌てて奏が、南野の背中を擦った。

パステルも茶太郎との戯れ合いを中断し、南野のもとに駆け寄ってきた。

「急に、変なこと言うから……」

南野は、涙目を奏に向けた。

「すみません。そんなに驚くと思わなかったので」

奏が、バツが悪そうに言った。

「驚くよ。君は驚かなかったの？」

「だって、二人で会社を立ち上げて、いつも一緒に行動しているんですから関係を疑わないほうが不思議ですよ」

「そんなものかな？」

「社長はそう思われるのは迷惑ですか？」

奏の口調はなにげない感じだったが、南野をみつめる瞳からは緊張が伝わってきた。

「迷惑じゃないけど……」

南野は言葉を濁した。

奏を女性として意識したことがないと言えば嘘になる。むしろ、魅力的過ぎる彼女を意識しないように努めてきた。

「けど……なんですか？　私は、嬉しいです。社長とそういうふうに思われるのは……」

「こら、タイソン！　戻ってこい！」

奏の言葉を、男性の切迫した声が遮った。

茶太郎のほうを見た奏の顔が強張った。

路面にリードを引き摺る超大型犬——マスチフが巨体を揺らしながら、茶太郎に突進してきた。

「茶太郎！」

奏は慌ててリードを引いたが、五メートルの長さにしていたのですぐには手繰り寄せられなかった。

百キロはありそうな飼い主の足は遅く、マスチフの二十メートルほど背後だった。

マスチフと茶太郎の距離は十メートルを切っていた。

咄嗟に、南野はダッシュしていた。

南野が茶太郎を抱き上げたときには、マスチフとの距離は五メートルもなかった。

足が竦んだ——金縛りにあったように、南野の身体は動かなかった。南野は眼を閉じ、茶太郎を庇うようにマスチフに背を向けた。

「社長ーっ！」

奏の絶叫に、南野に襲いかかるマスチフの唸り声が重なった。

3

背中に物凄い衝撃――咄嗟に南野は、茶太郎を抱きしめている腕を離した。景色が流れ、南野は俯《うつぶ》せに倒れた。視界の端で、茶太郎が奏のもとへ駆けて行くのが見えた。

大きな岩に押し潰されたように息が詰まった。南野の耳元で獰猛《どうもう》な唸り声がした。

このままでは殺される……。

南野は仰向けになろうとしたが、百キロ近い体重のマスチフに伸《の》しかかられて身体が動かなかった。

「社長ーっ！」

奏の叫喚が、マスチフの唸り声に掻き消された。

マスチフの唸り声に、別の唸り声が重なった。

背中が軽くなり、肺に大量の空気が流れ込んだ。

仰向けになった南野の瞳が凍てついた。視線の先――四、五メートル離れたところで、パステルとマスチフが相撲のように揉み合っていた。

マスチフの飼い主は、傍らで動転しておろおろするばかりだった。

パステルも大型犬で三十キロほどあるが、相手は超大型犬だ。格闘技未経験の一般男性が、ヘビー級ボクサーに向かって行くようなものだ。

「パステル！　だめだ！　戻ってこい！　パステル！」

南野はすっくと起き上がりながら、パステルの名を呼んだ。

二頭は激しく唸り合いながら、取っ組み合いを続けていた。ほかの犬に吠えたことのない穏やかなパステルが、南野のために必死に戦っていた。

「あなた、なにをやってるんですか！　飼い犬を止めてください！」

南野は、蒼白な顔で固まっているマスチフの飼い主に叫んだ。

マスチフがパステルの首筋に噛みつき、左右に振り回した。

「や……やめろ……パステル！」

南野は駆け出していた──マスチフに体当たりし、弛んだ口吻《こうふん》を鷲摑みにした。

南野はマスチフの口の中に両手を突っ込み、こじ開けようとしたがビクともしなかった。マスチフは、南野ごとパステルを振り回した。

「おい、あれを見ろ！　ばかでかい犬が人間と犬を襲ってるぞ！」

「止めなきゃ、あの人死んでしまうよ！　こっちが殺されちゃうって！」

「どうやって止めるんだよ！」

「こういうときは、警察でいいのか⁉」

「保健所でしょう！」

野次馬達が騒いでいるのはわかっていたが、会話の内容は耳に入らなかった。

マスチフの長く太い犬歯が、パステルの首筋に食い込んでいた——クリーム色の被毛が赤く染まった。

「誰か……誰か止めてください！」

奏の涙声が、耳を素通りした。

身体が浮いた——景色が流れた。南野はパステルとともに、地面に放り出された。

マスチフが、倒れている南野とパステルに向かって突進してきた。すかさず起き上がり、マスチフに立ち向かって行こうとするパステルを南野は抱き止めた。

「だめだ！　お前を死なせるわけにはいかない！」

南野はパステルを抱いた腕に力を込め、マスチフの盾になった。

咬まれることを覚悟した。

パステルがマスチフにたいしてとは一変した甲高い声で吠え、訴えかけるような瞳で南野をみつめた。

「今度は……僕がお前を護《まも》る番だよ……」

南野はパステルを抱きしめながら言った。

たとえ致命傷を負ったとしても、この腕を離すつもりはなかった。

南野は眼を閉じ、歯を食い縛った。だが、いつまで経っても背中に激痛は走らなかった。

南野は眼を開け、恐る恐る背後を振り返った。

「タイソン！　落ち着け！　頼む……落ち着いてくれ！」

マスチフの飼い主と二人の男性が、チェーンのリードを綱引きのように三人がかりで引いていた。

「社長っ、大丈夫ですか!?」

駆け寄ってきた奏が、半泣きの顔で訊ねてきた。

「僕は大丈夫だから……それより、パステルを病院に連れて行かなきゃ！」

パステルの頸部《けいぶ》の皮膚はパックリと傷口が開き、周囲の被毛が鮮血で赤く染まっていた。

抱き締めている南野の腕も、パステルの血で濡れていた。

パステルが、心配そうに南野の頬を舐めた。

「僕の心配なんてしなくていいから……お前のほうがこんな大怪我を……」

南野は言い終わらないうちに、パステルを抱いたまま立ち上がった。

「僕はパステルを病院に連れて行く。君は、マスチフの飼い主さんの連絡先を訊いといてくれ」

南野は奏に言い残し、パステルを抱いたまま並木道を走った。

「パステル、いま、病院に連れて行ってやるからな！　大丈夫……大丈夫だから」

南野は自らにも言い聞かせるようにパステルを励まし、大通りに出た。

すぐに空車のタクシーが現れた。

「ちょっと、我慢してくれよ」

南野はパステルを地面に横たえ、右手を上げた。

スローダウンしたタクシーが、パステルの姿を認めると加速して走り去った。

「おい、ちょっと！」

すぐに、次の空車のタクシーが現れた。

ふたたび、南野は右手を上げた。

停車したタクシーの運転手が、窓から顔を出した。

「悪いけど、犬はケースに入ってないと乗せられないんですよ」

「そんなこと言わないでください！　パステルは怪我をしているんです！　このままだと死んでしまいますっ。お願いですから、乗せてください！」

南野は懸命に訴えた。

「無理を言わないでくださいよ。シートが汚れると仕事にならないし……」

運転手が窓を閉め、タクシーを発進させた。

「おいっ、待ってくれ、おい！　パステル、大丈夫か？　すぐに、タクシーを拾うから」

南野は腰を屈め、パステルに語りかけた。

パステルは顔を上げ、ゆっくりと尻尾を振った。南野を心配させないようにしているのだろうパステルの健気さに、胸が張り裂けそうだった。

傷口からの出血は止まらず、被毛を染める赤い面積が広がっていた。

三台目、四台目のタクシーも乗車拒否された。小型犬ならまだしも、三十キロの血塗れの犬を乗せたくない気持ちはわかる。犬が苦手な運転手ならなおさらだ。

もう既に十分が過ぎていた。

二十四時間診療をしている富ヶ谷の動物病院までは、歩けば三十分はかかってしまう。それに、抱いたまま歩くと振動や腕の力でパステルに負担がかかる。

空車の赤いランプが近づいてきた。南野は咄嗟に道路に飛び出し、頭上で大きく両手を振った。

タクシーが急ブレーキで停車した。

「おいっ、なにやってんだ！　危ないだろっ、馬鹿野郎！」

角刈りの人相の悪い運転手が窓から上半身を乗り出し、物凄い形相で怒鳴りつけてきた。

「すみません！　パステル……ウチの犬が大怪我しているんです！　早く病院に連れて行かなければ死んでしまいます！　お願いします！　乗車料金とは別にご迷惑料をお支払いしますから、この子を乗せて貰えませんか⁉　お願いします！」

南野はパステルの傍らに跪《ひざまず》き、運転手に懇願した。

「おっ……血塗れじゃねえか！」

パステルに視線を移した運転手が叫んだ。

「クリーニング代を一万円お支払いしますから……」

「馬鹿野郎！　そんなものいらねえよ！　それより、早くワンコを車に乗せろ！」

「え……いいんですか⁉」

てっきり断られると思っていた南野は、拍子抜けした表情で言った。

「あたりめえだろ！　こんなに血を流してるんだ。もたもたしてると、死んじまうぞ！

ほら、早く乗せねえか！」

タクシーの後部座席のドアが開いた。

「ありがとうございます！」

南野はパステルを抱き上げ、後部座席に乗り込んだ。

「どこの病院だ⁉」

運転手が振り返り訊ねた。

「富ヶ谷の交差点に向かってください！　頑張れ、もう少しの辛抱だからな」

南野は運転手に告げると、パステルの傷口に汗拭き用のタオルを押し当てた。

白地のタオルはすぐに鮮血を吸い、赤く染まった。

パステルが、上目遣いで南野をみつめた。

僕は大丈夫。あなたが無事でよかった。

パステルの声が聞こえたような気がした。

パステルの澄んだ瞳を見ていると、幻聴とは思えなかった。

「その言葉、そっくりお前に返すよ」

南野は涙声で言うと、無理やり微笑みを作った。

☆

待合室の椅子に座った南野は、テーブルの上に置いたスマートフォンの時計を見た。

パステルが手術室に運び込まれて、十分が過ぎた。午前八時を回ったばかりなので、待合室には南野しかいなかった。

リラクゼーションミュージックが流れる十坪ほどの室内はオフホワイトの壁紙と調度品で統一され、ところどころに観葉植物が配置されていた。

奏からは、タクシーに乗っているときに連絡が入った。

茶太郎を家に連れ帰ってからすぐに駆け付けると言っていたので、まもなく到着するはずだ。

電話で奏は、マスチフの飼い主を訴えるべきだと憤っていたが、いまはパステルの無事を祈ること以外に考える余裕はなかった。

ルーツが闘犬のマスチフの咬む力は凄まじく、パステルの傷は相当に深かった。

タクシーを拾うのにかなり手間取ったので、パステルの出血の量が心配だった。グレイのウォームアップジャケットの両腕を染める血を見ると、南野の胸は張り裂けそうになった。

茶太郎を救出しようとしてマスチフに襲われた南野を、パステルは命を擲《なげう》ち助けてくれた。

咬まれた傷口や出血はもちろんだが、心配はほかにもあった。

——出血よりも、眼に見えないダメージのほうが心配です。

南野は、パステルの触診をしていたときの獣医師の言葉を思い浮かべた。

——どういう意味ですか？

——人間でたとえるなら、一般的な体格の男性が力士やプロレスラーに振り回されアスファルトに叩きつけられたようなものです。骨折や内臓の損傷があった場合は、厄介なことになります。

「お疲れ様です。パステルは、大丈夫ですか⁉」

奏の声が、回想の中の獣医師の声に重なった。

「いま、手術中だよ」

言いながら、南野は空いている椅子を奏に勧めた。

「無事だといいんですけど……」

奏が、硬い表情で南野の正面の椅子に腰を下ろした。

「出血よりも、骨や内臓に損傷がないかが心配だと言っていたよ」

南野は、獣医師に言われたことを奏に伝えた。

「ごめんなさい……私のせいでこんなことに……」

奏が、涙声で言った。

「どうして君が謝るんだ？」

「だって、社長が茶太郎を助けようとしてくれたからパステルちゃんが……」

奏の声が嗚咽に呑み込まれた。

「茶太郎ちゃんも君も悪くないよ。襲ってきたマスチフだって悪くない。悪いのは、リードを離してしまった飼い主さ。犬、とくに大型犬は大きな事故を起こす可能性があるから飼い主がコントロールしなければならない。愛犬が猛獣に変貌する可能性があるからね。あの飼い主は、猛獣に変貌した愛犬を見て恐怖に身体が竦んでいた。かわいそうなのは、咬まれたパステルと咬んだマスチフだよ。だから、君は自分を責めたりしないで」

南野は涙に潤む奏の瞳をみつめて頷き、備え付けのティッシュの箱を差し出した。

「社長が一番つらいときなのに、気を遣わせてしまいすみません……」

奏はティッシュで涙を拭きながら頭を下げた。

「大丈夫だよ。パステルはそんなにやわじゃないから。手術が終わって、元気な姿で戻ってくるさ」

南野は奏に言うのと同時に、自らにも言い聞かせた。

脳内に浮かぶネガティヴな可能性を、片端から打ち消した。

「あ、そうだ。いま、マスチフの飼い主さんの連絡先をＬＩＮＥしますね。中目黒で飲食店を経営している方のようです」

奏が、思い出したように言うとスマートフォンを取り出した。

ほどなくして、ＬＩＮＥの着信音が鳴った。

「どうするんですか？」

奏が、複雑な顔で訊ねてきた。南野には、奏の表情の意味がわかった。

犬が人間を襲った場合、東京二十三区では飼い主、被害者、怪我の治療を行った医師より管轄区域の保健所に連絡しなければならない。加えて飼い主には、二十四時間以内に飼い犬の「事故発生届出書」を保健所に提出する義務がある。

東京都の保健所の場合、飼い主にヒアリングを行う。

飼い犬が咬みついたのは事実か？　咬傷《こうしょう》事件はどのような状況で発生したか？　飼い犬の飼育方法に問題はなかったか？

保健所は、飼い主にたいして当日の状況や咬みついたあとの飼い犬の様子など事実の確認を行う。ほかには、檻《おり》の設置や犬小屋の移動など、今後、咬傷事件が起こらないための予防策、飼育環境の改善について指導する。保健所の目的は、咬みついた犬を殺処分にすることではない。

しかも、今回の場合は南野ではなくパステルが咬まれたのだ。状況から察して、マスチフに殺処分の命令が出ることは考えづらい。だが、被害者から飼い主、または保健所に頻繁に殺処分が請求された場合は話が違ってくる。

南野は、マスチフにたいして殺処分を求めるつもりはない。奏にも言った通り、悪いのはマスチフではなく管理を怠った飼い主なのだ。

「正直、迷っている。このままうやむやにすると飼い主も反省しないだろうし、また、今回のような事件が繰り返されるかもしれない。あそこに小さな子供がいたらと思うと、ぞっとするよ。だから、パステルの手術が終わったら保健所には報告するよ。人間が咬まれたわけじゃないから、殺処分にはならないだろうし。ただ……」

南野は言い淀んだ。

「ただ？」

奏が泣き腫らした眼で南野をみつめ、言葉の続きを促した。

「以前にも同じような事件を起こしていた場合は、殺処分の命令が出てしまう可能性があると思ってさ」

南野は、胸奥で燻《くすぶ》っていた思いを口にした。

「あの飼い主さんの感じなら、ないとは言い切れませんね。でも……」

今度は、奏が言い淀んだ。

南野には、彼女が口を噤んだ理由がわかっていた。

「そのときは仕方がない……そう言いたいんだよね？」

南野は、奏の心の声を代弁した。奏が、悲痛な顔で小さく頷いた。待合室に、重苦しい沈黙が広がった。

正直、南野にはマスチフを心配している余裕はなかった。手術中のパステルが、命を落としてしまう可能性があるのだ。だからこそ南野は、愛犬の命を奪われたときの飼い主の心情に共鳴しているのかもしれなかった。

「でも、殺処分になってほしいというわけではありません。私は保健所にたいして、あのマスチフちゃんに一定期間の訓練を受けさせてくれる里親を募ってほしいと、意見を出してみたらどうかと思っています」

奏が、意を決したように言った。

「里親を募ってほしい？」

南野は、奏の言葉を鸚鵡返しにした。

「はい。さっきの対応を見ていると、保健所で指導を受けたとしてもあの飼い主さんでは大型犬を飼うのは無理です。同じような事件を起こしてしまえば、そのときこそ確実にマスチフちゃんは殺処分になってしまいます。お互いのためにも、マスチフちゃんは大型犬を扱い慣れた人に飼われるべきだと思います」

奏が、強い光を宿す瞳で南野をみつめた。

「たしかに、そうだね」

南野は、おろおろするばかりで飼い犬を制御することができなかった飼い主の姿を思い出した。制御どころか、興奮する飼い犬を恐れリードさえ摑めずに固まっていた。

「でも、愛犬を里親に出すなんて飼い主が納得しないだろうな」

「被害者の社長が強く訴え出れば、保健所も受け入れるはずです。トイプードルやチワワと違って、百キロ近い超大型犬ですからね。最終的には、飼い主さんも納得してくれると思います。拒否すれば殺処分になるかもしれないという状況を理解すれば、里親に出すことを選択するはずです」

奏が、きっぱりと言った。

南野は奏のことを、改めて立派な女性だと思った。

里親を募るというのは、一見、非情に思える提案だが、飼い主とマスチフにとって最善の選択だ。

保健所に被害を報告すると、マスチフが殺処分されるのではないかと躊躇っていた南野とは大違いだ。

南野の躊躇いは優しさなんかではなく、無責任な甘さだ。

「わかった。奏ちゃんの言う通りにするよ。だけど気がかりなのは、引き取り手が現れるかどうかだね。小型犬ならまだしも、マスチフの成犬の里親希望者はそう簡単にみつからないいんじゃないかな」

「私のペットショップ時代の知り合いに、保護犬施設をやっている方がいます。そこの施設には秋田犬やグレートデンもいて、大型犬の扱いに慣れているんです。引き取って貰う前に、訓練所に出さなければいけませんけどね」

「それなら安心だな」

南野は言葉とは裏腹に、複雑な心境だった。

危害を加えたマスチフの引き取り先は目途が立ちそうでも、パステルの手術は終わっていないのだ。

いままでの奏とのやり取りは、あくまでもパステルの身になにもなければという前提での話だ。

パステルにもしものことがあったら、自分は飼い主とマスチフを許せるだろうか？

南野は頭を振り、ネガティヴな感情を打ち消した。

「どうしました？」

心配そうに、奏が訊ねてきた。

「いや、なんでもない。それより、時間は大丈夫なの？　パステルは全身麻酔してから傷口の縫合になるので、二時間はかかるそうだ」

パステルが手術室に入って約三十分。獣医師の話では、麻酔の準備や導入に三十分から一時間はかかるらしい。

「私がいたほうが心強いですよね？」

「正直、いろんな意味で助かるよ」

「素直ですね。いつもそうだと助かります」

奏が冗談めかして言うと微笑んだ。

彼女は、少しでも南野の気持ちを軽くしようとしてくれているのだ。

「私、社長についてきてよかったです」

唐突に、奏が言った。

「どうしたの？　急に？」

「茶太郎を命がけで救ってくれたし、私を励ましてくれた。そして、パステルに大怪我をさせた犬の殺処分を心配している。こんなに優しい人のもとで働けて、私は幸せです」

奏が、噛み締めるように言うと南野に微笑んだ。

「君は僕を買い被り過ぎだよ」

南野は奏に、自嘲的な笑みを返した。

「そんなことないですよ。私なりに四年間、社長をそばで見てきて人となりはわかっていますから」

テーブルの上で重ね合わせた南野の手に力が入った——皮膚に爪が食い込んだ。

「僕がマスチフのことを気遣える余裕があるのは、パステルが生きているからだよ。もし、パステルが死んだら……きっと、殺処分を願うに違いない。僕は、そんな男さ」

南野は吐き捨てるように言った。美化されるのが、つらかった。奏は、本当の南野を知らない。

パステルのおかげで、まともな人間に近づけただけ……妻を信じることができずに追い出し、尽くしてくれた社員と救おうとしてくれた親友を地獄に叩き落とそうとしていたようなひとでなしだ。

パステルがいなくなれば、元のひとでなしに戻るだけだ。

奏に幻想を抱かせてはならない——自分は、彼女に好意を寄せられるような男ではない。

「それで、いいじゃないですか」

奏が、場にそぐわない明るい声で言った。

「え？」

「そう思うのが普通だと思いますよ」

「でも、僕は飼い犬に責任はないと言いながらマスチフの殺処分を望んでいるんだよ。単なる偽善者だ」

南野は、本音を口にした。自分のことが、好きになれなかった。病床の母を孤独のうちに死なせた子供時代から……。

「偽善者だって自分を責めるだけ、社長は正直な人ですよ。自分が偽善者かどうか考えもしないで生きている人がほとんどですから。私だって、茶太郎にもしものことがあったら絶対に相手を許せません。いまは、パステルちゃんの無事を祈りましょう」

奏が、慈愛に満ちた瞳で南野をみつめた。

たしかに、奏の言う通りだった。どんなに加害者を恨んだところで、パステルが死んでしまえば生き返りはしないのだ。

「ありがとう……」

南野は絞り出すような声で言うと、眼を閉じた。

瞼の裏に、部屋中を駆け回るパピーの頃の小さな台風のやんちゃな姿が浮かんだ。

☆

「飼い主さんをお連れしました」

看護師は言うと、診療室のドアを開けた。

「お座りください」

デスクチェアに座る青い術衣を着た獣医師が、南野と奏を丸椅子に促した。

「先生っ、パステルの手術はどうでしたか⁉」

南野は腰を下ろしながら訊ねた。

「手術は、無事に成功しました。骨にも内臓にも損傷はなく、傷口を二十五針縫合しました。パステルちゃんはあと二、三十分もすれば麻酔から覚めますが、フラついたりして危ないので半日入院をお勧めします。夕方五時以降であれば、連れて帰っても大丈夫だと思います」

「ありがとうございます！」

南野は獣医師に深々と頭を下げた。

「社長、よかったですね！」

奏が満面の笑みで言った。

「あの、パトロール……いや、散歩なんかはいつ頃からできますか？」

南野は、弾んだ声で訊ねた。

パステルのことだ、家に帰ったら、すぐにパトロールを催促するに違いない。だが、無理をさせて傷口が悪化したら元も子もない。

「一週間後に問題なければ抜糸できますので、それ以降なら散歩できます。軽く近所を歩く程度ならば、三、四日経てば抜糸前でも大丈夫ですよ。ただ、ほかにお話ししなければならないことがあります」

獣医師の改まった口調に、南野の胸に不吉な予感が広がった。

「悪いことですか？」

南野は、恐る恐る訊ねた。

「まずは、こちらを見てください」

獣医師が、シャウカステンに留められたレントゲンフィルムに視線を移した。

「これは、パステルちゃんのCT画像です。内臓に損傷がないかを調べるために撮ったものですが、ここの灰色っぽい影が見えますか？」

獣医師がCT画像をペンの先端で指した。ペンの先端――CT画像には、獣医師の言うように灰色の塊のようなものが写っていた。

「はい。それは、なんですか？」

訊ねながら、南野はとてつもない胸騒ぎに襲われていた。

「ここは膀胱《ぼうこう》なのですが、恐らく腫瘍だと思われます」

獣医師の言葉に、南野の思考が停止した。

「しゅ、腫瘍って……癌《がん》のことですか？」

南野は、掠れた声で訊ねた。

「いえ、癌と決まったわけではありません。良性の腫瘍の可能性もあります。ただ、この画像で見るかぎり腫瘍はかなりの大きさです。一般的な例で言えば、良性でこれだけ大きな腫瘍は考えづらいです。現状では移行上皮癌が疑われます」

「移行上皮癌？」

南野は、聞き慣れない病名を震える声で繰り返した。

「膀胱癌の一種で、犬の癌の中では発生率が二パーセントにも満たない悪性腫瘍です」

「悪性腫瘍……」

南野は、言葉の続きを失った。

脳内が白く染まり、一切の思考が停止した。

「社長？　社長⁉」

幻聴は消えなかった。

「社長っ、しっかりしてください！」

身体が揺れた。

南野の視界に、心配そうな奏の顔が現れた。

「先生っ、手術で癌を切除すれば治りますよね⁉」

現実に引き戻された南野は、身を乗り出し獣医師に訊ねた。

「この影が悪性腫瘍だと仮定した上での見解をお話しします。影の大きさから察して、癌はかなり進行しています。くわえて、こちらを見てください」

獣医師が、ペンの先端で別のＣＴ画像を指した。

「肝臓の画像ですが、細かな薄い斑点がいくつかあるでしょう？　断定はできませんが、移行上皮癌が肝臓に転移した可能性があります。外科的治療で完治が見込めるのは、小さな腫瘍が一ヵ所に留《とど》まっている場合です。パステルちゃんのように、ここまで進行した上に転移していたとなると手術ではどうしようもありません」

「肝臓に転移……手術が無理でも、ほかに方法はあるんでしょう!?」

南野は、縋るような思いで獣医師に訊ねた。

「ええ、内科的治療……抗癌剤治療があります。詳しく検査をしてみないとなんとも言えませんが、パステルちゃんの場合は悪性リンパ腫の可能性も考えておかなければなりません」

「えっ、移行なんとかっていう癌ではないのですか？」

「もちろん、単独の移行上皮癌の可能性もあります。ですが、移行上皮癌は発生率が二パーセントしかない珍しい癌です。たいていの場合は悪性リンパ腫が原因です。悪性リンパ腫というのは、血液の癌に分類される全身性の癌です。悪性リンパ腫とほかの癌との一番の違いは、リンパ腫は全身を巡る血液の細胞である白血球の一種であるリンパ球が癌化するため、身体のほぼすべての組織に発生する可能性があります。リンパ球は全身を循環するため様々な臓器に浸潤してゆくということです。これは、転移というよりも最初から拡散する性質を持った種類の癌が、物凄いスピードで各臓器に癌細胞を増やすと表現したほうが正しいと思います。なので、一ヵ所に留まるほかの癌みたいに手術で切除すれば完治するというものではないのです」

獣医師の説明に、南野の鼓動が早鐘を打ち始めた。

彼は、いったい、なにを言っている？　これではまるで、パステルが……。

南野は、脳内に浮かびかけた悍《おぞ》ましい思いを打ち消した。

「手術で完治しないのはわかりました。じゃあ、抗癌剤治療なら完治するんですよね⁉　パステルは、いままで通り元気でいられるんですよね⁉」

無理やり作った微笑みで、南野は獣医師をみつめた。

一生分の祈りを込めた瞳——この願いが叶うなら、生涯、ほかの願いは叶わなくてもいい。

南野は、心で祈りの言葉を繰り返した。

「パステルちゃんが悪性リンパ腫だった場合、抗癌剤治療をすることで寛解を目指します」

「つまり、完治ですね⁉」

すかさず、南野は言った。

「いえ、寛解は完治とは違います。検査によって腫瘍が見えなくなる状態を寛解と言います」

獣医師が、南野の言葉を否定した。

「腫瘍がなくなるんだから、完治じゃないですか」

南野は、怪訝な顔で言った。

「寛解とは腫瘍がなくなるのではなく、抗癌剤治療で一時的に見えなくなることを言います。見えなくなっても、癌細胞は潜んでいます。なので、いつかは必ず再発します。早い場合で一週間、遅くて一年から二年で悪性リンパ腫は再発します」

獣医師が、静かな口調ながら断言した。

「先生は、パステルの病気を治す気はないんですか！」

南野は思わず大声で獣医師を問い詰めた。

「社長……」

奏が南野の腕に手を置き、ゆっくりと頷いた。

落ち着いて、大丈夫だから……奏の瞳は、そう語っているようだった。

「南野さん。いまから、パステルちゃんのために大切なお話をしますので冷静に聞いてください。これからパステルちゃんが各種検査を受けて悪性リンパ腫だと特定されれば、腫瘍の大きさや転移具合からしてかぎりなくステージ5に近いステージ4に相当します。つまり、末期の癌です」

「末期の癌……」

南野は、末期癌という言葉の衝撃に二の句が継げなかった。

「そんな……マスチフに咬まれるまでパステルちゃんは元気だったんですよ⁉　何キロも歩いて、ウチの茶太郎とじゃれ合って……末期の癌だったら、社長が異変に気づいているはずですっ」

奏が、悲痛な声で訴えた。

「南野さん。パステルちゃんに血尿、頻尿、出し渋りなどの症状は見られなかったですか？」

獣医師が、奏から南野に視線を移した。

「いえ、血尿はもちろん、排尿と排便はパピーの頃から異変はありません。ということは、良性の可能性はありますよね？」

南野は、藁にも縋る思いで訊ねた。

「悪性でも腫瘍の場所により症状が出ない場合がありますので、そうとは言えません。先ほども申しましたように、悪性リンパ腫は血液の癌なので驚くほど進行が速いのです。くわえてパステルちゃんは四歳と若いので、なおさらです。朝は走り回っていた愛犬が午後に運び込まれて入院というパターンは珍しくありません。犬は我慢強い生き物で飼い主にわからないように振る舞うので、人間よりも早期発見が難しいのです。抗癌剤治療は完治のためではなく、延命と生活の質を上げる緩和目的だということをご理解ください」

獣医師の淡々とした口調から告げられる言葉の一つ一つが、南野の胸に突き刺さった。

「延命って……パステルは、抗癌剤治療して完治……いや、寛解すれば長生きできるんですよね？」

南野の口内はからからに干上がり、声がうわずっていた。

「悪性リンパ腫は不治の病です。治療を受けなかった場合は一ヵ月から二ヵ月、抗癌剤投与で寛解した場合でも一年から二年の延命が限界だと思ってください」

「一年から二年……」

南野の視界が色を失った。

「しかし、犬の一年は人間の四年に相当します。二年の延命は、人間だと八年間大切な人達と過ごせたことになります」

獣医師の声が、南野の鼓膜からフェードアウトした。

4

動物病院へと続く初台の歩道——パステルは、ときおり笑顔で南野を見上げながら歩いていた。

パステルの力強くしっかりした足取りを確認するたびに、南野は安堵していた。

首に包帯が巻かれていなければ、怪我をしていることを忘れてしまいそうな元気さだった。

獣医師から言われていたのは、日に一度は包帯を外して患部の状態をチェックし、処方された消毒液をコットンに浸して拭くことだった。

一週間前にマスチフに咬まれた後遺症はなく、傷口も化膿《かのう》せずにきれいに塞がっていた。

「今日は、多分、抜糸できるからな。よく頑張ったな」

南野は、笑顔でパステルに語りかけた。

尻尾を振り、ダッシュするパステルのリードを南野は引いた。

「まだ、走るのはだめだ。傷口が開いたら抜糸できなくなるぞ」

パステルが後ろ足で立ち上がり、南野に飛びついてきた。

この一週間、ルーティンのパトロールの距離も三分の一に短縮していたのでエネルギーが有り余っているのだ。

「わかった、わかった。予約の時間に遅れるから早く行こう」

南野はパステルの頭を撫で、前足を支えて地面にゆっくりと戻した。首の傷口に与える衝撃を、少しでも吸収したかった。

傷口も順調に治癒し、パステルも元気を取り戻し……幸せなはずなのに、南野の心は暗鬱な感情に支配されていた。


——悪性リンパ腫は不治の病です。治療を受けなかった場合は一ヵ月から二ヵ月、抗癌剤投与で寛解した場合でも一年から二年の延命が限界だと思ってください。


脳内に蘇る獣医師の言葉に、南野の胸は押し潰されそうになった。

衝撃の宣告を受けてからの一週間、パステルは首に大怪我を負ったとは思えないほど元気で食欲もあった。

治療を受けなければ余命が一、二ヵ月の不治の病を患っているとは、とても思えなかった。

尤も、パステルが悪性リンパ腫と確定したわけではない。あくまでも、CT画像の影と触診で判断した獣医師の予想だった。

獣医師も人間だ。間違えることもあるはずだ。

南野がインターネットで調べた中には、人間の悪性リンパ腫と違い犬や猫の臨床例は数千分の一なので、獣医師の診断は外れることが多いという記事もあった。

南野は、確たる根拠もなく匿名の記事に縋った。

獣医師の言う通りの余命しかない病にパステルが罹《かか》っているのなら、こんなに元気で食欲があるはずはない。

嘔吐や血尿もないし、きっと良性の腫瘍に違いなかった。


——これからパステルちゃんが各種検査を受けて悪性リンパ腫だと特定されれば、腫瘍の大きさや転移具合からしてかぎりなくステージ5に近いステージ4に相当します。

つまり、末期の癌です。


「まだ、決まったわけじゃないさ」

ふたたび蘇る獣医師の声を打ち消すように、南野は否定した。

あと二、三時間後には結果が出る。

――パステルちゃんの手術をしたときに採取した腫瘍の細胞を、外部の機関に検査に出しています。なので、抜糸のときに結果をお伝えできると思います。悪性腫瘍と確定したら、積極的治療か生活の質を上げる治療かの判断をしなければなりません。検査結果が出るまでの一週間で、パステルちゃんの今後の治療法を考えていてください。とはいえ、腫瘍が悪性だった場合になにもしなければ進行してしまうので、応急処置としてプレドニゾロンというステロイド剤を処方しておきます。抗炎症作用と免疫抑制作用があるので、短期間ならば腫瘍の進行を遅らせる効果があります。

――腫瘍が良性だった場合に、副作用とかは出ないんですか？

――良性腫瘍であっても、短期間の投与なら悪影響はありません。ただ、副作用というわけではないですが、ステロイド剤を服用中に食欲が増進したり頻尿になったりするケースが多く見られます。

悪性腫瘍だと認めるようで嫌だったが、南野は万が一の保険だと自分に言い聞かせて粉末状にしたステロイドの錠剤をドッグフードに混ぜてパステルに与えた。

食欲はいつも通りで、尿の回数も特別に増えたとは思えなかった。

「さあ、もうすぐ到着だ」

南野は、軽やかに歩くパステルに言った。

約十メートル先――「東日本動物医療センター」の建物が見えてきた。

急に、心音がアップテンポのリズムを取り始めた。

「こんなに元気なパステルが、悪性リンパ腫なわけがない」

南野は、自らを落ち着かせるように口にした。

「病院でいい子にしていたら、茶太郎に会わせてやるからな」

南野は無理やり作った笑顔を、パステルに向けた。

☆

五坪ほどの空間――診察室の丸椅子に座った南野は、青のスクラブスーツのネームタグを見て、獣医師の名前が黒崎《くろさき》ということを初めて知った。

前回はマスチフに咬まれた動揺と悪性リンパ腫である可能性が高いと聞かされたショックで、獣医師の名前を気に留めている余裕はなかった。

パステルは南野の足元で寝そべり、リラックスした様子でハミガキボーンを齧っていた。

パステルの傷口は塞がっており、無事に抜糸が終わった。

「その後、パステルちゃんの体調になにか変化はありましたか?」

黒崎が、カルテを書きながら訊ねてきた。

「いいえ、いつもと変わらず元気で食欲がありました。それより先生……あの、検査の結果は出たんですか？」

南野は、思い切って訊ねた。

「はい。出ました。こちらをどうぞ」

黒崎が、二枚のB5サイズの用紙を南野に手渡してきた。用紙は表になっていて、白血球数、赤血球数、リンパ球、ヘモグロビンなどの項目が並んでおり数値が書き込まれていた。

「これはパステルちゃんの血液検査の結果です。白血球、赤血球、血小板の数値が平均値よりも異常に高くなっていますよね？」

黒崎が赤ペンで囲んだクロスの数値は、平均値の倍以上になっていた。

「この高い数値は、血液細胞が分化する過程で異常が発生し、正常ではない細胞がどんどん生み出されている証です」

「それは……どういうことですか？」

南野は、うわずった声で訊ねた。

「つまり、悪性リンパ腫を患っている可能性が非常に高いということを示しています。この数値をみるかぎり、パステルちゃんの腫瘍が良性である可能性は皆無と言ってもいいでしょう」

前回と同じ、黒崎は淡々とした口調で説明した。

「皆無……」

南野は、二の句が継げなかった。

「二枚目の書類は、パステルちゃんの細胞診の検査結果です。残念ですが、採取した腫瘍の細胞が悪性であるという結果が出ました」

黒崎の言葉に、南野の頭の中が真っ白になった。

「パステルちゃんの悪性リンパ腫のステージは4強です。積極的治療、生活の質を向上させる治療……どちらを選択するにも急ぐ必要があります。パステルちゃんのリンパ腫は、膀胱だけではなく肝臓や腎臓にも転移しています。このまま放置すれば、前回お話しした通りパステルちゃんの余命は一ヵ月から二ヵ月と思われます」

黒崎の言葉が、耳を素通りした。

パステルが、あと一ヵ月か二ヵ月で死んでしまう……。

信じられなかった。

これは、現実ではない。そう、夢だ。悪い夢に違いない。

膝になにかが触れた。いつの間にかお座りしたパステルが、右の前足を南野の膝に乗せて心配そうに見上げていた。

夢ではなく現実……パステルの愛と信頼に満ちた瞳がそう告げていた。しかし、こんなに生き生きした瞳のパステルが一、二ヵ月で死ぬはずがない。

「南野さん。どうなさいますか？」

黒崎の声で、南野は我に返った。

「もう一度、検査をやり直して頂けますか?」

南野は、悲痛な表情で言った。

「と言いますと?」

黒崎が、訝しげに訊ね返してきた。

「パステルが本当に悪性リンパ腫かどうか、もう一度、検査をし直してほしいんです」

南野は、パステルの頭を撫でながら言った。

「それはお勧めできません」

黒崎が、にべもなく言った。

「どうしてですか⁉　先生を疑っているわけではありません。でも、こんなに元気なパステルが余命一、二ヵ月の病を患っているなんて、どうしても信じられないんですっ」

「お気持ちはわかります。人間と違って犬は、遥かに我慢強い生き物です。痛みや苦しみを、極限になるまで表に出しません。弱っているところを見せたら狙われるという野生動物の本能もありますし、飼い主を心配させたくないという思いもあります。痛い、苦しい、つらいと言動に出す人間とは違い、見た目にはいつもと変わらなく映ってしまうのです。だから、病が発見されたときはかなり進行した状態であるケースがほとんどです。検査には全身麻酔が必要になりますし、病魔に冒されているパステルちゃんにはかなりの負担になります。加えて、検査を繰り返しているうちに病も進行してしまいます。もし、どうしても不安ならば、セカンドオピニオンにこの検査結果を見せて判断を仰いでいただいても構いません。どこの動物病院でも、パステルちゃんが悪性リンパ腫だと診断を下すはずです」

黒崎が、平板な口調で言った。

たしかに、黒崎の言うことにも一理あった。もしパステルが検査結果通りの病を患っているのなら、一刻の猶予もなかった。

「南野さん。いまのパステルちゃんに必要なのは再検査で時間を浪費することではなく治療を開始することです。どうなさいますか？」

黒崎の言葉が、南野の胸を貫いた。

「わかりました。積極的治療とは、どういったことをやるのですか？」

南野は、パステルの首筋を撫でながら訊ねた。

不安と恐怖から目を逸らすのはやめた。現実逃避することでパステルを死なせてしまったら、南野は一生立ち直ることができない。

医療の世界は日進月歩している。悪性リンパ腫が難病であっても、必ず治るはずだ。

「悪性リンパ腫の場合は切除すれば根治できる腫瘍ではないので、外科的治療ではなく内科的治療……つまり、抗癌剤治療が効果的だと言われています。ただし悪性リンパ腫にも種類がありますから、必ずしもすべての個体に有効とはかぎりません。具体的には、多剤化学療法という、複数の抗癌剤を組み合わせた治療を行います」

「え、抗癌剤って一種類じゃないんですか?」

「はい。当院では異なる四種類の抗癌剤のローテーションを決めて、一週間ごとに点滴投与します。一種類の抗癌剤を打ち続けると腫瘍に耐性がついて効果が薄れるというのが、最大の理由です。四種類の抗癌剤を投与しているうちに、効果の大きな薬剤と小さな薬剤、副作用の出る薬剤と出ない薬剤が見えてきます。パステルちゃんの容態を観察しながら、四種類の抗癌剤の分量を決めます。休薬期間を挟み、同じローテーションの抗癌剤投与を四回繰り返します。ただし、いつでも抗癌剤を投与できるわけではありません。投薬の前には血液検査やエコー検査を行い、身体の状態や薬の効果を確認します。検査の数値が悪かったり、下痢や嘔吐があったりすれば抗癌剤の投与は一週間延期します。このサイクルで、十二週続けます。ここまでで、なにか質問はありますか?」

黒崎が、南野に確認した。

「副作用は、かなりつらいんですよね?」

髪が抜け、断続的な吐き気に襲われ、食欲がなくなり、痛々しく痩せ細り……抗癌剤の副作用にたいする南野の持つイメージは壮絶なものだった。

「一般的に、人間に比べれば犬や猫の抗癌剤の副作用は軽いと言われています。ただ、それでも個体差はありますので楽観は禁物です。抗癌剤を投与して三、四日後からが症状が出やすいと言われていますので、南野さんはパステルちゃんの様子を注意深く観察してあげてください。嘔吐、下痢、食欲不振がよく見られる症状です。人間の副作用と違い、脱毛はそれほど見られません。副作用が強く出た薬剤は次回から量を減らします」

「副作用が強く出た抗癌剤はやめないんですか？」

南野は、素朴な疑問を口にした。

「プロトコールは……治療計画のことですが、四種類の抗癌剤の相乗効果を計算して投与しています。副作用が出るたびに使用を中止するわけにはいきません」

「パステルが苦しい思いをしているのを、先生は黙って見ていろというんですか⁉」

南野が思わず大声を出すと、パステルが膝上に両前足を乗せてみつめてきた。

「ごめんな。もう大丈夫だから」

南野は、パステルの首を擦りつつ言った。

パステルは、安心したように前足を床に戻した。重病を患っているパステルに、気を遣わせるわけにはいかない。

「すみませんでした。つい、興奮してしまって」

南野は、黒崎に素直に詫びた。

正確に言えば、パステルのために詫びた。

職業柄、動物の死に慣れているとはいえ、表情や言葉からは情が感じられない黒崎を南野はどうしても好きになれなかった。

「いいえ、気にしないでください。それより、積極的治療にはリスクがつきものだということをご理解ください。パステルちゃんの全身に広がっている腫瘍を寛解させるには、強い薬剤での治療が不可欠です。当然、パステルちゃんの身体にも負担がかかります。そもそも抗癌剤は、悪性の細胞だけではなく良性の細胞まで攻撃するので免疫力が低下して体調不良になるのは当然なのです」

相変わらず、黒崎の物言いは淡々としていた。

「抗癌剤治療以外に、悪性リンパ腫に効果的な治療法はないのでしょうか？」

南野は、縋る思いで訊ねた。

「免疫療法の一つに、活性化Tリンパ球療法というものがあります。人間も動物も、毎日癌細胞が生まれ続けています。癌にならない人は、活発なリンパ球が癌細胞を退治しているからです。一方で癌になる人は、リンパ球が弱って癌細胞の増殖を抑えきれないからです。人間も犬も免疫力が下がると、リンパ球の働きが弱くなります。そうなると癌細胞が全身を蝕《むしば》みます。Tリンパ球療法は動物自身の活《い》きのいいリンパ球を採血し、二週間培養して千倍まで増やしたTリンパ球を静脈点滴にて注入します。採血、培養、点滴注入を二週間ごとに繰り返します。抗癌剤治療との大きな違いは、薬剤を使わずに採血した自らのTリンパ球を増殖させて体内に戻すという治療なので副作用の心配がありません」

「じゃあ、いいことずくめじゃないですか！　抗癌剤治療じゃなく、免疫療法にしましょうよ！」

南野は、弾む声で言った。

闇黒に染まった心に、一筋の光が差し込んだ気分だった。

「南野さんが積極的治療を望むのであれば、Tリンパ球療法はお勧めできません」

予想に反して、黒崎がにべもなく言った。

「え？　なぜですか？　副作用もなくて癌細胞を退治できる治療法なんて、最高じゃないですか」

「第一に、Tリンパ球療法は元気なリンパ球を培養するというのが絶対条件です。パステルちゃんはステージ4の悪性リンパ腫なので、Tリンパ球療法で使用する活きのいいリンパ球を採血できる可能性はほぼ望めません。第二に、犬猫においてTリンパ球療法は大規模な臨床データが出ていません。時間との戦いでもある悪性リンパ腫の治療に相応しいとは思えません。ですが、生活の質の向上……自分でご飯が食べられる、散歩ができる、飼い主と遊べるという当たり前の生活を一時的にでも送らせてあげる目的ならば相応しいと思います」

「要するに、当てにならない治療ということですか？」

南野は訊ねた。

「さきほども言いましたが、末期の癌の治療に選択するには、臨床データが少ないから相応しくないという意味です」

黒崎が抑揚のない口調で言った。

「先生は、積極的治療を希望するならリスクが高くても抗癌剤治療を選択するべきだと言っているんですね？」

南野は念を押した。

「南野さん。ＱＯＬ維持の治療をお考えにはなりませんか？」

黒崎が、南野を見据えた。

いままでと違い、黒崎獣医師の瞳に微かながら感情の動きが見えたような気がした。

「先生はどうして、消極的な選択を勧めるんですか⁉　パステルに長生きしてほしいと願うのが、そんなにいけないことですか⁉」

ふたたび、南野の語気が強くなった。

「私は消極的な選択を勧めているのではなく、寿命を一年、二年延ばすことでパステルちゃんが副作用や検査で苦しむ時間が多くなるよりは、残された時間を快適に過ごさせてあげることを考える気はありませんか？　ということをお訊ねしたのです。抗癌剤治療を開始すれば臓器や細胞にダメージを与えるので、個体差はありますが食欲不振、下痢、嘔吐などの症状が現れる可能性が高いです。犬は、苦しかったり、痛かったりしても言葉にできません。ＱＯＬ維持の治療で、パステルちゃんの身体に負担をかけずに、ごはんを美味しいと感じ、散歩が楽しいと感じ、南野さんとたくさん遊べる……犬にとっては、元気な頃の生活に近い一日、一日を送らせてあげることが幸せなのかもしれません」

「私は可能性があるなら、一日でもパステルに長く生きてほしいと……」

「すみません。もう少し、辛抱して聞いてください」

たまらず口を挟もうとした南野を、遠慮がちに黒崎が遮った。

「積極的な治療をしないからと言って、なにもしないわけではありません。さきほど説明したTリンパ球療法とステロイド剤投薬を軸に、パステルちゃんの癌細胞の増殖をできるだけ遅くします。活発なリンパ球は少ないので癌細胞を完全に叩くことはできませんが、一、二ヵ月の寿命を半年くらいまで延ばすことは十分に可能です。苦痛や不快感から解放されるように、痛み止めも処方します。生きている間、パステルちゃんは……」

「だから、残りの一年半の寿命を諦めろというわけですか？」

今度は、南野が黒崎を遮った。

「先生は多くの動物を見てきたかもしれませんが、パートナーとしての動物と出会ったことがないからそんなふうに事務的に言えるんですよ」

南野は椅子から下り、屈むとパステルを抱き寄せた。

たとえ一日でも長く、パステルの温かみを感じていたかった。

たとえ一時間でも長く、パステルの鼓動を感じていたかった。

たとえ一分でも長く、パステルの笑顔を見ていたかった。

「去年まで、ミニというメスのチワワを飼っていました」

不意に、黒崎が言った。

「いまは、飼ってないんですか？」

「七歳の春に、パステルちゃんと同じ悪性リンパ腫で亡くなりました。ステージ4でした。腫瘍が発見されたときには、腎臓と肝臓に転移した状態でした」

「QOL維持の治療を選んだのですか？」

南野は、パステルを抱き締めたまま訊ねた。

「いいえ、積極的治療を選択しました。これでも獣医師なので、ミニの病気が完治しないことはわかっていましたが、少しでも長く生きてほしくて。一度目の抗癌剤を投与したときに劇的に症状がよくなりました。1サイクル目までは順調に腫瘍が減り、食欲も活力も出てきて、寛解まで行けるという確信を得ました。ですが、2サイクル目あたりから副作用らしき症状が見られるようになりました。まず、食欲がなくなり、嘔吐するようになりました。体力が落ちると抗癌剤の投与ができなくなるので、無理やり流動食を流し込みました。嘔吐もしていたので、気持ち悪かったのでしょう。食べる気になれないところを、無理やり食道に流動食を流し込むわけですから苦しかったと思います。抗癌剤を投与したから、副作用で食欲が減退した。抗癌剤治療を続けるために、無理やり流動食を流し込む。すべては、私の選択でした。いいえ、私の都合といったほうがいいでしょう」

黒崎は言葉を切り、眼を閉じた。

なにかを悔やんでいるような黒崎の悲痛な表情に、南野は驚きを隠せなかった。終始無感情で事務的な対応しかしない男だと思っていたが、違ったようだ。

「ミニの抗癌剤治療は中断することなく続けました」

おもむろに眼を開けた黒崎が、話を再開した。

「リンパ腫は順調に減っていましたが、反比例するように身体は衰弱していきました。免疫力が下がっているので風邪を引きやすく、しょっちゅう下痢をしていました。肝機能と腎機能も低下し、ついには流動食も受け付けなくなりました。体重は減り続け、もともと三キロしかなかったのに一・五キロを切ってミイラのように痩せ細りました。立ち上がる体力もなく一日中横たわっていて、トイレにも行けないので紙おむつをつけていました。床ずれで身体のあちこちの皮膚が捲《めく》れ、脂肪が見える状態でした。その頃には抗癌剤の投与もできなくなっていたので、減っていたリンパ腫が増殖しミニの衰弱に拍車がかかりました。それでも私が声をかけると、力を振り絞って尻尾を振ってくれました。結局、余命二ヵ月のところを十ヵ月間頑張ってくれました。でも、元気に過ごせていたのは二ヵ月くらいで、残りの八ヵ月間は病魔に苦しみ寝たきりの生活でした……」

黒崎が言葉を切り、悔恨の表情で唇を噛み締めた。

「いまでも思います。あれは、最善の選択だったのだろうか？　ご飯も食べることができず、散歩に行くこともできず、自分で排泄《はいせつ》することもできず……私のエゴのためだけにミニを苦しめてしまったのではないか、と」

南野をみつめる黒崎の瞳が、潤んでいるような気がした。黒崎のエピソードは、南野の胸を鷲摑みにした。

誤解していた。

動物を研究材料にしか見ていない、情のない男だと思っていた。

違った。

事務的に淡々と話していたのは、愛するパートナーとの悲痛な思い出を蘇らせないためなのだろう。

獣医師という仕事柄、冷静でいなければならないと自己を律していたに違いない。

黒崎がなぜ、南野にたいして生活の質を高める治療を勧めていたかの理由がわかった。

自らのつらい体験を南野にもパステルにもさせたくない……善意からくる忠告だからこそ南野を苦しめた。

「QOL維持の治療に専念すれば、四ヵ月から六ヵ月は元気な頃と大差のない生活を送れる可能性はあります」

黒崎が、物静かな口調で切り出した。

「でも、余命は半年が限界だということですよね？」

南野は、掠れた声で訊ねた。膝が震えていた、唇が震えていた……心が震えていた。

「南野さん。積極的治療でパステルちゃんの余命が二年になったとしても、元気に生活できるのが半年だとしたならば、それは果たして彼にとって幸せな犬生と言えるでしょうか?」

黒崎の問いかけが、南野の胸を貫いた。

思わず、南野のパステルを抱き締める腕に力が入った。

パステルが消えてしまわないように……。

「あ、すみません。つい、私情を交えてしまいました。いまの発言は、獣医師としては適切ではなかったかもしれません。その犬が感じる幸せの種類は、飼い主さんとの関係の数だけあるはずですから。一概に決めつけられるものではありません。さっきのは、あくまでも私とミニの話です。南野さんとパステルちゃんの話ではありませんからね。忘れてください」

黒崎の詫びの言葉は、南野の胸を貫いた哀しみの剣を抜くことはできなかった。

南野には、わかっていた。彼の語った言葉が、紛れもない真実だということを。

一日でも長く、パステルに生きてほしい。

その思いにばかり囚われ、パステルを襲う痛みや苦しみまで考えていなかった。

「ですが、ステージ4の積極的治療がパステルちゃんの臓器や細胞にダメージを与えるのは事実です。逆を言えば、ダメージを与えなければパステルちゃんを苦しめるリンパ腫を退治することはできません。決めるのは南野さんです。今日一日考えて結論をください。どういう結論になっても、一刻を争う状態なので明日から治療を開始します」

黒崎が、本来の冷静な口調で言った。

南野は、パステルを抱き締める腕にさらに力を込めた。

☆

緑のはずの観葉植物が色を失っていた。

流れているはずのリラクゼーションミュージックも聴こえなかった。

診察が始まる前と同じ離れの待合スペース——同じベンチに座る南野は、彫像のように動かなかった。

パステルはいま、黒崎が採血をしていた。明日から積極的治療を始めるにしてもQOL維持のためのTリンパ球療法を始めるにしても、血液検査の必要があるらしい。

十数分前に到着した奏が、パステルに付き添ってくれている。

いまの南野には、好都合だった。

パステルの前で、平静を装える自信がなかった。南野の哀しみ、不安、動揺はパステルにも伝わってしまう。

治療をしなければ、パステルの余命は一、二ヵ月。QOL維持の治療ならば、長くて半年。積極的治療で抗癌剤投与をすれば一年から二年。抗癌剤治療によって延命効果は望めるがパステルにダメージを与える。

黒崎から聞かされた悪夢の数々が、南野の頭の中を飛び交った。

半年間だけでも、パステルにいまのままに近い生活を送らせてあげるべきか？

パステルにつらい思いをさせてしまうが、リンパ腫の寛解を目指すべきか？

黒崎も言っていた通り、ミニの副作用がひどかったからと言ってパステルも同じとはかぎらない。

——先生は抗癌剤治療で延命しても一、二年が限界だと言いますが、なぜ、そう言い切れるのですか？

——抗癌剤を投与して、ＣＴ画像やエコー画像で腫瘍が見えなくなることを寛解と言います。以前も言いましたが、寛解と根治は違います。リンパ腫は見えなくなっただけで、全身のリンパ節に浸潤しています。そして、どこかのタイミングで再発します。早い場合で寛解から一週間後、遅くても二年後です。悪性リンパ腫の一年生存率は五十パーセント、二年生存率は二十パーセントから二十五パーセント……極まれに五年以上生存しているケースもありますが奇跡と言っていいでしょう。

黒崎とのやり取りが、南野の脳裏に蘇った。思い出しただけで、鼓動が早鐘を打ち始めた。

パステルとは、長くてあと二年しか一緒にいられないというのか？　二年どころか一年……いや、半年かもしれない。

小刻みに震え始めた膝を、南野は両手で押さえた。思考が、ネガティヴなほうへと引っ張られていた。

「そんな顔、パステルちゃんに見せる気ですか？」

弾かれたように、南野は声のほうを向いた。出入口に、茶太郎を連れた奏が立っていた。どうやら、検査が終わったようだ。

「パステルは？」

普通に喋ったつもりだったが、薄く掠れた声しか出なかった。

「もう少しで終わるんですけど、社長が心配で私は先に出てきちゃいました」

奏が歩み寄りながら言うと、南野の隣に座った。

「悪いね、忙しいのに」

「いまは私のことより、自分のことを気遣ってください。黒崎先生から、パステルちゃんのこと聞きました。社長、大丈夫ですか？」

奏が、心配そうに南野の顔を覗き込んできた。

足元で茶太郎が、どこからか迷い込んだ蟻《あり》の周りを跳ねながら吠えていた。潑溂とした茶太郎を見るのが、いまの南野にはつらかった。

「混乱してるよ。パステルが癌だという事実さえも受け入れられていないのに、明日までに治療法を決めなければならないなんて……」

南野は、正直な胸の内を吐露した。

情けない男と思われてもいい。奏の前で取り繕う精神的余裕が、南野にはなかった。

「積極的治療かＱＯＬ維持の治療か？　ですよね？」

南野は力なく頷いた。

「二つの治療についても、説明を聞きました。延命を取るか生活の質の向上を取るか？　ですよね？」

ふたたび、南野は頷いた。

「どっちを選択するつもりですか？」

「もちろん、積極的治療だよ。だけど、迷っている。君も聞いたと思うけど、抗癌剤治療はパステルに相当な負担がかかるらしいからね。先生は、余命が短くなってもパステルが元気なときと変わらない生活を送れるような選択をしたほうがいいと言っていたよ」

南野は長いため息を吐いた。

身体から魂が抜け出していくような錯覚に、南野は襲われた。

「じゃあ、ＱＯＬ維持の治療を選ぶのですか？」

すかさず奏が訊ねてきた。

「つらい思いはしないかもしれないけど、でもパステルは半年しか生きることができない……」

南野は、天を仰いだ。

明日までに答えを出すには、あまりにも難しい選択だった。

「どっちの治療を選んでも後悔が残るような気がして、僕には選べないよ」

本音だった。

一日が一ヵ月でも、答えは出せそうになかった。

「じゃあ、両方選べばいいじゃないですか」

奏が、明るい口調で言った。

「え？　両方って……どういう意味？」

奏の言っている意味がわからず、南野は訊ねた。

「積極的治療を受けながら、パステルちゃんに幸せな日々を送らせるんですよ」

「先生から説明を受けたんだろう？　抗癌剤治療の副作用でパステルは……」

「社長は、パステルちゃんともっと一緒にいたいんですよね？」

南野を遮り、奏が訊ねてきた。

「あたりまえじゃないか」

「パステルちゃんも同じだと思います。社長の望みを叶えるのが、パステルちゃんの一番の喜びです。たとえどんなに副作用がつらくても、大好きな社長と一緒にいられることがパステルちゃんにとっての幸せなんです」

奏が、うっすらと瞳に涙を浮かべた笑顔で南野をみつめた。

5

アラームが鳴る前に目覚めた南野は、ベッドに横になったまま枕元に置いていたスマートフォンのデジタル時計を見た。

ＡＭ６：55

アラームをセットした時間の五分前だった。

昨日、病院から戻ってきた南野は、いつも以上にパステルのそばにいるようにした。容態が急変することを心配していたのもあったが、無意識にパステルに残された時間を考えていた。

もし、黒崎獣医師の言う通りなら長くても二年……。

南野は頭を振り、ネガティヴな思考を打ち消した。

――社長の望みを叶えるのが、パステルちゃんの一番の喜びです。たとえどんなに副作用がつらくても、大好きな社長と一緒にいられることがパステルちゃんにとっての幸せなんです。

奏の言葉に背を押され、積極的治療を行うと決めたではないか？

自分が迷っていたら、パステルが混乱してしまう。弱気になる自分を、南野は叱咤《しった》した。

今日は、パステルの一回目の抗癌剤投与の日だ。予約は九時からで、まずは抗癌剤治療を受けられるかどうかの血液検査を行う。検査結果と体調に問題がなければ、午後一時から抗癌剤を投与する。

パステルの容態に異変がない場合、夕方には家に連れて帰れることになっていた。

「朝ご飯を作ってあげないとな。病魔と闘うにも体力が必要だ」

南野はベッドから下り、パステルのケージのあるリビングルームに向かった。

「おはよう！」

明るく言いながらリビングルームに入った南野は、足を止めた。

いつもなら、早く出せとでもいうように縦長のケージの中を行ったり来たりしているパステルが身体を丸めて蹲っていた。

「どうした？　昨日の検査で疲れたか？」

南野がケージに歩み寄り声をかけると、パステルはゆっくりと首を擡げた。気のせいか、パステルの表情に覇気がなかった。瞳にいつもの輝きがなく、鼻も乾いていた。

「不安か？　僕がついているから大丈夫だ。いま、ご飯を作るから待ってて」

南野はパステルに言い残し、キッチンに移動した。

計量したドライフードと茹でた鶏の胸肉の細切れをステンレスボウルの中で和え、南野はリビングルームに戻った。

「さあ、召し上がれ」

南野はケージの扉を開け、相変わらず蹲ったままのパステルの鼻先にステンレスボウルを置いた。

パステルは頭を上げ、鼻をヒクヒクとさせたがすぐに前足に顔を埋めた。

いつものパステルなら、ステンレスボウルを床に置くと一分以内に完食する。

「なんだ、早食いチャンピオンのお前が珍しいな。ほら、食べな」

南野は努めて陽気な口調で言いながら、ステンレスボウルをパステルの鼻に押しつけた。

内心、不安が芽生えていたが意識を向けないようにしていた。

人間にだって、食べたくないときもある。蒸し暑い日が続いているので、食欲が落ちても不思議ではない。

南野は、自らに言い聞かせた。

パステルがドッグフードから逃げるように顔を背けた。

「今日一日くらい、仕方ないか。もう少し時間があるから、お腹が減ったら食べな」

南野は懸念から意識を逸らし、シャワールームに向かった。

☆

南野は腰にバスタオルを巻いただけの格好でリビングルームに戻った。

ケージの中——パステルはシャワーを浴びる前と同じ姿勢で蹲り、ステンレスボウルのドッグフードにも鶏の胸肉にも口がつけられた気配はなかった。

「パステル、寝ているのか？」

南野はパステルの注意を引くために手を叩いた。

パステルは耳をピクピクと動かし、上目遣いで南野を見た。

「なんだなんだ、顔も上げないで横着なやつだな」

南野はケージの前に腰を屈め、無理やり笑顔を作った。

鼓動は騙せず、早鐘を打っていた。

南野は腰を上げ、ガラステーブルに置いていたスマートフォンを手に取った。

「もしもし？　私、そちらでパステルがお世話になっている南野と申しますが……黒崎先生はいらっしゃいますか？」

南野は、電話に出た受付の女性に訊ねた。

『ただいま黒崎先生は診療中なので、ご用件を伺ってもよろしいですか？』

「今日からパステルの抗癌剤治療が始まるのですが、珍しく朝ご飯を食べずに元気がないので心配になりまして。いつもなら名前を呼んだらすぐに反応するのですが、少し耳を動かすだけでずっと寝たままなんです」

南野はケージの中でぬいぐるみのように動かないパステルに視線をやりながら、状況を説明した。

『嘔吐とか下痢はしていませんか?』

「はい、それはないです」

『呼吸が荒いとか苦しそうにしているとかはないですか?』

「見ているかぎり、じっと寝ているだけで呼吸が荒い感じはしません。苦しいかどうかは傍目《はため》からではちょっと……」

南野の胸が痛んだ。

パステルは言葉を話せない。どんなに苦しくても、痛くても、怖くても、不安でも、南野に言葉で伝えることができないのだ。

『いま、黒崎先生に訊いてきますのでこのまましばらくお待ちください』

受話口から、保留のメロディが流れてきた。

南野はケージの前に屈み、扉を開けた。

「どこか痛いのか?」

南野は語りかけながら、そっとパステルの鼻先に手を置いた。

犬は飼い主の匂いを嗅ぐと安心する。苦しんでいるパステルを前に無力な自分にできるのは、そばにいてあげることくらいだ。

パステルがおもむろに眼を開け、南野の手の甲を舐め始めた。

「僕の皮膚は栄養ないから、ご飯のほうがいいぞ」

南野は場を明るくしようと冗談を口にしたが、声はうわずっていた。

昨夜まではパピーの頃のように部屋の中を駆け回っていたパステルが、急にこんなに元気がなくなるなど信じられなかった。

人間にも調子が悪い日があるように、たまたまであってほしかった。

「病院に行って、診て貰おうな。すぐに楽になるから」

相変わらず手を舐め続けるパステルに、南野は笑顔を向けた。

犬に偽りは通じない。

南野が心の底から危惧や懸念を払拭《ふっしょく》しなければ、不安はパステルに伝染する。病魔は撃退できると強く信じることが、パステルの闘う力の後押しになるのだ。

『お電話代わりました』

保留のメロディが途切れ、黒崎が電話に出た。

『パステルちゃんの状態は聞きました。体調不良だと抗癌剤は投与できないと思いますが、とりあえず予定通りに来院してください。脱水症状にならないように点滴を投与します。因みに、パステルちゃんは水を飲んでいますか？』

黒崎の質問に、南野はケージに取り付けられているペットボトルの給水器に視線を移した。

昨夜就寝前に満タンに入っていた水が、五分の一ほど減っていた。

「水は飲んでいるようです」

『よかったです。食欲がなくなると、水も飲まなくなる子がいますからね』

「昨日まで食欲もあり元気だったのに、急にどうしたのでしょうか?」

南野は一番の疑問を訊ねた。

『犬は我慢強いので、人間なら寝込むような病気でも普段通りに動き回り餌を食べます。これまで南野さんがパステルちゃんの体調の変化に気づかなかったのは、我慢できる苦痛だったからです。逆に言えば、食欲がなくずっと寝ているのは我慢できないほどに症状が悪化しているからでしょう。犬は具合が悪くなったら本能が働き、食べないでひたすら睡眠を取って自然治癒力を高めようとします。ですが、ステージ4の悪性リンパ腫は自然治癒力では治りません』

黒崎の言葉が、南野の胸を抉った。

パステルは元気に振る舞っている裏で、密《ひそ》かに苦しみや痛みに耐えていたのか?

マスチフに咬まれる事故がなかったら、いまでもパステルの病に気づけていないかも……考えただけでゾッとした。

「抗癌剤を投与できないと、癌が進行しますよね? 体調が悪くても抗癌剤を投与できる方法はないのですか?」

南野は不安を口にした。

パステルの悪性リンパ腫がこれ以上進行したら、相当に深刻な状況になるのは南野にもわかる。

『一応、血液検査をしてパステルちゃんの状態をチェックしますが、無理はしないほうがいいでしょう。抗癌剤はかなり強い薬剤なので、体調が悪いときに投与すると取り返しのつかないことになる危険性があります。数日ならステロイド剤で腫瘍の増殖を抑えられますので』

「そうですか……わかりました。では、後ほどよろしくお願いします」

南野は言うと、電話を切った。

「用意してくるからね」

南野はケージの扉を閉めると、洗面所に向かった。


身支度を終えた南野がリードとハーネスを手にケージに近づくと、パステルがゆっくりと立ち上がった。

昨日まで走り回っていたパステルが立っただけなのに、南野は歓喜に鳥肌が立った。

パトロールが大好きなパステルは、南野がリードとハーネスを手にするだけで仔馬のように跳ね回りハイテンションになる。

もし、リードとハーネスを見てもパステルが蹲ったままだったらどうしようと、内心は不安でたまらなかった。

「歩けるか？」

ケージから出てきたパステルに訊ねつつ、南野はハーネスを装着した。

力強い足取りで歩き始めるパステルを見て、南野は胸を撫で下ろした。やはり、ハーネスを身につけると気合が入るのだろう。

玄関を出ると、待機していたアルファードのスライドドアが開いた。パステルはアルファードに小走りに駆け寄り、セカンドシートに飛び乗るとドライバーズシートに座る奏の顔をペロペロと舐めた。

「悪いね、車を出して貰って」

南野もパステルに続いて車内に乗り込んだ。

「いえ、私もパステルちゃんの容態が気になっていましたから。でも、思ったより元気そうですね」

奏がパステルのキスの嵐を受けながら言った。

「そうなんだよ。さっきまでご飯も食べないでぐったり寝ていたのに、ハーネスをつけた途端に元気になってさ。これなら、車を出して貰わなくてもパトロールしながら行けたよ」

困ったふうに言いながらも、南野の心は弾んでいた。

「たしかに。でも、無理はしないほうがいいです。いまはパトロールが嬉しくて気が張っているんだと思います。わかった、わかったから〜。もう、ペロペロはおしまい。はしゃぎ過ぎないようにね。早く病気を治して、茶太郎と一杯遊ぼうね」

奏はパステルの頬を両手で挟み、鼻面にキスをした。

「そろそろ出発しないと遅刻するから、僕達は後ろに行こう」

南野はパステルを促し、ラゲッジスペースに移動した。

パステルが南野を嬉しそうな顔で見上げ、弾む足取りでついてきた。

自分の足で歩くというあたりまえの姿を見ただけで、南野の胸は熱くなった。

「こっちにおいで」

南野がクッションを叩くと、パステルが駆け寄ってきた。

ラゲッジスペースにはトイレ用シートを敷き詰めてあるので排泄の心配もなく、広々とした環境でストレスなく長時間の移動もできる。

ストレスは癌の大好物だ。いまのパステルには、少しの負担もかけたくなかった。

「元気になったのは嬉しいが、しばらく静かにしていてくれ。早く治療ができるように、体力を温存しておかないとな」

南野は動き回りたそうにしているパステルを抱き寄せ、クッションに座らせた。

不満そうな顔でみつめるパステルの鼻を、南野は指先で軽く弾いた。

「血液検査の結果、数値の変化は見られませんでした」
診療室――デスクチェアを回転させた黒崎が検査結果の表を診察台に置きながら言った。

☆

パステルは入院室で点滴の投与を受けていた。

「では、病状は悪化していないということですね⁉」

丸椅子に座った南野は声を弾ませた。

「いえ」

黒崎がデスクのほうに椅子を戻し、シャウカステンにかけられたレントゲンフィルムをペン先で指した。

「今日撮影したCT画像です。胃に昨日は見られなかった薄く小さな影が写っています。恐らくリンパ腫が浸潤したものと思われます」

「浸潤……つまり、癌が胃に転移したということですか？」

南野は掠れた声で確認した。

「前にもご説明しましたが、リンパ腫は血液の癌なので全身を巡ります。なので、転移というよりも全身に広がっているというほうが正しいのです。抗癌剤で癌を叩かなければどんどん進行します。パステルちゃんの容態に変化がなければ、午後から一回目の抗癌剤を投与します」

「え？　でも、今日は体調が悪いから抗癌剤は投与しないほうがいいと言ってませんでしたか？」

「はい、そのつもりでした。予定を変えたのは、パステルちゃんの血液検査の数値が昨日と変動していないこと、そしてもう一つは思った以上に腫瘍の進行が速いことです。体調を憂慮して抗癌剤を投与しないほうのリスクが遥かに高いと判断しました」

黒崎は淡々とした口調で説明しているが、要するに一刻を争うほどにパステルの病状が悪化しているということなのだ。

「体調が優れないパステルに抗癌剤を投与して危険はないですか？」

南野は念を押した。

血液検査の数値が昨日と変わらないからという理由はあるにしても、朝の電話の段階では抗癌剤の投与を見送ると言われたのだ。悪性リンパ腫の進行を止めるためとはいえ、パステルの身になにかあったら元も子もない。

「抗癌剤を投与したことで命を落とす可能性はほぼゼロですが、治療が遅れて癌が臓器中に広がり死に至る可能性は高いです」

「わかりました。お願いします」

南野は即答した。黒崎を信用するしかなかった。

「容態が急変しないかぎり夕方にはパステルちゃんは帰れますが、何時頃お迎えにいらっしゃいますか？　お仕事が忙しいようであれば、夜間料金はかかりますが夜でも大丈夫ですよ」

「いえ、五時までには迎えにきます。先生、パステルをよろしくお願いします」

南野は黒崎に頭を下げると、腰を上げた。

抗癌剤治療をすると決まれば、一分でも早いほうがいい。

南野は診療室を出た。

「社長、どうでした？」

待合室のロビーチェアに座っていた奏が弾かれたように立ち上がった。

「これから抗癌剤を投与することになったよ」

南野は黒崎から受けた説明を奏に聞かせた。

「そうですか。先生がそう判断したなら、大丈夫ですよ」

奏が笑顔で力強く頷いた。

いつでも前向きな奏に、南野は何度も救われてきた。

「じゃあ、お迎えは夕方ですね？　会社に行きますか？」

奏が訊ねてきた。

「ああ。頼む……」

ヒップポケットの中でスマートフォンが震えた。

スマートフォンのディスプレイに表示されているのは、見知らぬ携帯番号だった。

「もしもし？」

『俺だ。久しぶりだな』

受話口から流れてきたのは、意外な人物の懐かしい声だった。

☆

「ありがとう、そこのカフェの前でいいよ」

南野が言うと、奏がアルファードをスローダウンさせた。

「パステルちゃんの退院は何時でしたっけ？」

アルファードを停車させると、奏が訊ねてきた。

「五時だよ」

「そしたら、四時半にご自宅に迎えに行きます。それから、会社にドッグフードが何種類かあるので適当に持って行きますよ。人間と同じで、味変で食欲が復活するかもしれませんからね」

奏が笑顔で言った。

「アニマルスターダム」の事務所には、以前にテレビCMを撮影したときにクライアントのペットショップのオーナーから貰ったドッグフードがストックされていた。

「ありがとう。君がいてくれて、本当に助かっているよ」

南野は、心からの感謝を口にした。

「もう、水臭いこと言わないでくださいよ。私達、戦友じゃないですか」

「戦友？」

南野は奏の言葉を鸚鵡返しにした。

「はい。パステルちゃんを苦しめる悪性リンパ腫という敵を、ともにやっつける戦友です」

奏が微笑みながら力こぶを作った。不意に、目頭が熱くなった。

「じゃあ、僕は行くから」

奏に涙を見せたくなくて、南野は逃げるようにパッセンジャーシートのドアを開けて車を降りた。

「社長、私達三人は絶対に勝ちますから！」

南野は背を向けたまま奏に手を上げると、待ち合わせのカフェに向かった。

☆

「何年振りかな？」

南野は言いながら、カフェのテラス席で手を上げる男性のもとに歩み寄った。

「悪いな、急に呼び出したりして」

男性――スリーピースのスーツに身を包んだ藤城が、南野を正面の席に促した。

「しばらく会わないうちに、貫禄《かんろく》がついたな」

お世辞でも皮肉でもなかった。

昔からファッションセンスのいい男だったが、どちらかと言えばカジュアルで鮮やかな色のスーツを好んでいた。

いまの藤城は、ダークグレイのスーツにワインレッドのネクタイ、髪形もツーブロックではなく普通の七三分けにしていた。

派手な業界人風のイメージだった藤城が、すっかり実業家風になっていた。

見た目だけでなく藤城体制になってからの「港南制作」はヒット作を連発し、渋谷と青山に支社を設立していた。

「貫禄がついたのか老けたのかわからないけどな」

藤城が白い歯を覗かせ、無邪気に笑った。陽気で少年っぽいところは、昔のままだった。

「僕も彼と同じアイスコーヒーをください」

南野は注文を取りにきた女性スタッフに告げた。

「動物プロダクションのほうは順調か？」

藤城が茶化すように言った。

「お前は相変わらずだな。動物プロダクションじゃなくて、動物専門の制作会社だって知っているだろう?」

南野は苦笑した。

「バレたか?」

藤城が悪戯っぽい表情で言った。

「お陰様で、順調だよ。飛ぶ鳥を落とす勢いの『港南制作』に比べたら、たいしたことないけどな」

「なんだ、皮肉か?」

「皮肉だよ」

南野は、すかさず言葉を返した。

こんなことが言えるようになったのも、藤城とのわだかまりがなくなった証だ。

「戻ってきてくれと頼んだのに、断ったのはお前じゃないか」

呆れたように、藤城が言った。

「ああ。経営者にはお前のほうが向いてるよ。いまの『港南制作』の経営状態が、それを物語っている。これは、皮肉じゃなく本音だ」

言葉通り、南野の本心だった。

「その件なんだが、もう一度、『港南制作』に復帰することを考え直してみないか? 二人で、『港南制作』の舵を取るんだ。俺は喜んで、お前をサポートするよ」

藤城が南野をみつめた。

「前にも言ったけど、僕にその気はない。お前が立派に会社をグレードアップさせているじゃないか？　たとえ僕にその気があったとしても、出る幕はないよ」

「『港南制作』が勢いづいたのは、『刑事一直線』の続編を手がけてからだ。あの作品は、続編の出演を断り続けていた主演の近江明人を説得したお前の手柄があってのものだ。つまり、『港南制作』が飛躍したのはお前の功績だよ」

屈託なく笑う藤城を見て、あのときの自分はどうかしていた、と改めて南野は思った。

こんなに邪気のない友人思いの男を疑い、恨み、破滅させようとしていたのだ。

パステルと出会わなければ……。

心が一瞬で、パステルに奪われた。いま頃、抗癌剤の投与を受けている時間だ。パステルに異変は起こっていないだろうか？　なにかあれば、病院から電話が入るはずだ。

南野は着信履歴を確認した。

「南野、俺の話を聞いてるか？」

心ここにあらずの南野に、藤城が怪訝な表情で訊ねてきた。

「ああ、聞いてるよ。ひどいことをした僕にこんなによくしてくれるお前には、本当に感謝している。でも、僕にその気はないよ」

南野は、きっぱりと言った。

「あのときのことは、お互い様だ。俺だって誤解されるようなことをしたからな。だから、変な気を遣わないでくれ。昔みたいに、面白おかしくやっていこうじゃないか？さあ、改めて俺らの今後に乾杯だ」

藤城がアイスコーヒーのグラスを宙に掲げた。南野もアイスコーヒーのグラスを手に取り、藤城のグラスに触れ合わせた。

「ありがとう。また、南野とやり直せるなんて……」

「そうじゃない。僕は『港南制作』に戻る気はないよ」

遮る南野の言葉が、藤城の顔から笑みを消した。

「でも、それは藤城……お前に遠慮しているからじゃない。いまが幸せなんだ」

「いまが幸せ？」

藤城が南野の言葉を繰り返した。

南野は頷いた。

「動物達は言葉が通じないし言うことを聞いてくれないし、人間の撮影の三倍も四倍も労力がかかる。利益は『港南制作』の五分の一程度。でも、僕はいまの仕事にやりがいを感じる。駆け引きも足の引っ張り合いもない、野心も邪心もない動物達の相手をしているのが、幸せでたまらないのさ」

南野の口元は、自然と綻んでいた。

「お前、変わったたな」

藤城が南野をみつめ、しみじみと言った。

「それに、いまはパステルのために時間を使いたいんだ」

南野は遠い眼差しで独り言のように呟いた。

パステルが、あとどれくらい生きられるかわからない。ともに過ごせる日が数ヵ月であっても十数年であっても、パステルとの一日一日を大切にしたかった。

「パステル？　ああ、隣人から預かったとかいうワンコか？」

藤城が思い出したように訊ねてきた。

「うん。僕のいまの……そしてこれからのパートナーだ。だから、悪いがお前とは組めない」

南野は、藤城の眼をまっすぐに見据えた。

「ワンコと組むから俺とは組めない……それ、真面目に言ってるのか？」

素頓狂な声で訊ねる藤城に、南野は真剣な顔で頷いた。

束の間の沈黙。

不意に、藤城が噴き出した。

「俺よりワンコを選んだってことか？　わけがわからない理由だな」

藤城が苦笑しながら言った。

「ふざけたような理由だが、僕は真面目に言っているんだ。南野もついに焼きが回ったと思ってもいいぞ」

本気とも冗談ともつかない口調で、南野は言った。

「いや、無茶苦茶な言いぶんだが、なんとなく理解できるよ。少なくとも、お前が『港南制作』を離れてからの四年間で変わったことはわかるよ」

藤城が、南野をしげしげと見ながら言った。

「がっかりさせたか？　『港南制作』のときと比べて、牙を抜かれたみたいになって」

今度は、南野が苦笑した。

「全然。むしろ、あのときより太く頑丈な牙が生えたように見えるよ。俺はいまのお前のほうが好きだけどな」

藤城がウインクした。

「裏を返せば、『港南制作』のときの僕は嫌いだってことか？」

南野は、冗談めかして言いながら藤城を軽く睨みつけた。

「ああ、嫌いだね。いつも顰め面して、ピリピリして、心が渇いてて。でも、いつか本当のお前に戻ってくれると思っていたよ。パステルってワンコは、お前のパートナーであると同時に救世主だな」

藤城の言葉が、南野の心の琴線に触れた。

パステルが救世主……。

たしかに、そうなのかもしれない。深い闇の底で喘《あえ》いでいた南野に、パステルは光を当ててくれた。

「よかったよ」

唐突に、南野は言った。

「なにが？」

アイスコーヒーをストローで吸い上げていた藤城が、怪訝な顔を南野に向けた。

「お前と仲直りできたことさ」

「なんだよ、改まって。そんなこと面と向かって言われると、居心地悪いだろ」

藤城が照れくさそうに顔を背けた。いつも冗談ばかり言っているが、素の藤城はシャイな男だ。

「本当に、そう思ってるよ。いろいろあったが、お前は無二の親友だ」

南野は、感謝の気持ちを込めて言った。

「そう言ってくれて、ありがとう。だが、無二の親友って表現はちょっと違うな」

藤城が意味深に言った。

「なにが違うんだ？」

「しょせん俺は共同経営の申し出を断られた、パステルってワンコの次の親友だ」

藤城が拗《す》ねたふりをして見せた。

南野と藤城はしばしみつめ合い、ほぼ同時に噴き出した。テラス席に、学生時代に戻ったような二人の朗らかな笑い声が響き渡った。

☆

「東日本動物医療センター」の待合室。各種検査と抗癌剤治療の会計も終わり、南野と奏はロビーチェアに座りパステルが戻ってくるのを待っていた。

南野は右足の踵《かかと》で床を刻みつつ、入院室に続くエレベーターに何度も視線をやった。抗癌剤投与後の犬猫は異変がないかを確認するために、入院室のケージで一時間ほど休ませて様子を見るという。

「社長、落ち着いてください。もうすぐ、パステルちゃんと会えますから。病院で待たされるのは人間も犬も同じですよ」

奏が南野の右の太腿をそっと押さえながら笑った。

「ああ、ごめん。なんだか、気が急いちゃってね」

南野は奏を心配させないように、無理に微笑んで見せた。

「でも、気持ちはわかります。私も茶太郎が同じようになったら、社長みたいになると思います」

奏が神妙な面持ちで言った。

「自分の予定とか大丈夫？　パステルの件で僕があまり会社に顔を出せてないから、君にずいぶんと負担をかけちゃってるよね？」

「負担なんて全然。優秀なスタッフが揃って……」

奏の言葉を遮るように、エレベーターの扉が開いた。反射的に南野はロビーチェアから立ち上がった。

パステルがリードを持つ黒崎をグイグイと引っ張るように駆け寄ってきた。予想を超える力強く潑溂としたパステルの姿に、緊張していた南野の全身から力が抜けた。

「お帰り！　元気になったな」

南野は屈んでパステルを抱き留め、首筋や背中を撫でた。

「これから緊急の手術があるので、ここで失礼します」

黒崎が言いながら、背後に立つ看護師からタブレットＰＣを受け取り腰を屈めた。

「左が抗癌剤投与前、右が投与後のパステルちゃんの肝臓のＣＴ画像です。たくさんあった黒く小さな影が、こちらでは見えなくなっています」

黒崎が画像を指すペン先を、南野と奏は視線で追った。

左の画像で肝臓に散らばっていた黒い影は、右の画像にはまったく見当たらなかった。

「次は胃です。こちらも肝臓ほどではありませんが、腫瘍の影はほぼ見えなくなっています。原発巣と思われる膀胱の腫瘍にこそ変化はありませんが、全体の約四割の腫瘍が消えています。一回目に使用する抗癌剤は一番強い薬剤を使うので、どの子も効果が出やすいものですが、これだけの腫瘍が消えるのはレアケースです」

黒崎がいつものポーカーフェイスで説明した。

「ありがとうございます！　先生！」

　南野は思わず黒崎の右手を両手で握っていた。

「あ……すみません。嬉しくて、つい」

　困惑した表情の黒崎を見て、南野は慌てて手を離した。

「一回目の投与で劇的な効果が見られたのは事実ですが、大切なのはこれからです。それだけの腫瘍を消滅させたということは、裏を返せば健全な細胞にもダメージを与えているということです。副作用が出やすいと言われているのは、投与後の三日目から四日目です。今回の薬剤は消化器に影響が出やすいので、嘔吐や下痢には気をつけてあげてください」

「必ず副作用は出るんですか？」

「いえ、個体差があるのでそうとはかぎりません。ですが、効果が出るということは副作用が出る確率も高いということです。それから、パステルちゃんの排泄物には抗癌剤が含まれているので、直接手で触れないようにしてください」

「わかりました。三日目から四日目ですね。先生、この調子ならパステルの完治……いや、寛解も夢ではありませんよね⁉」

　南野は、弾む声で訊ねた。

「可能性としてはありますが、結果を急がないでください。二回目からの抗癌剤投与は一回目のように劇的な効果は望めません。腫瘍を四割から五割、六割、七割と地道に消滅させていくには、抗癌剤を投与し続けることになります。体調を崩せば抗癌剤の投与を中断しなければなりませんし、中断すれば腫瘍が盛り返します。腫瘍が寛解するのが先か、パステルちゃんの身体が悲鳴を上げるのが先か。つらい闘いになることを覚悟してください」

黒崎が珍しく強い光を宿した眼で南野をみつめた。

以前なら、どうして脅すようなことを言うのか？　と憤りを感じたかもしれない。

黒崎が本当は情に深い男だと知ったいまは、敢えて嫌な言葉を口にするのは南野とともに闘う覚悟を決めた証に思えた。

「わかってます。でも、パステルは必ず勝ちます。子犬の頃からつらい目にあっても明るく強く生きてきた子です。病気なんかに、絶対に負けませんよ」

南野は黒崎からパステルに顔を向けた。

パステルが南野の両肩に前足を置き立ち上がると、力強く尻尾を振った。

「癌なんて、咬みちぎってやれ！」

南野はパステルにハッパをかけると同時に、自らを鼓舞した。

6

「この食べっぷりを見ていると、とても病気だとは思えませんね」

ＡＤの棚橋が、ステンレスボウルに顔を突っ込み勢いよくドッグフードを食べるパステルの背中を撫でながら眼を細めた。

南野はデスクチェアに座り、メールチェックをしていた。半年前に制作したドッグフードのＣＭの評判がよく、「アニマルスターダム」にオファーが殺到していた。

「社長、最近の医学は凄いんですね。この身体つきは、抗癌剤治療を受けているワンコには見えませんよ」

照明係の須崎が、パステルを凝視しながら南野に言った。

「正直、僕も驚いているよ。あまりに順調過ぎて怖いくらいだ」

南野はクライアントに返信していた手を止め、パステルに視線を移した。

朝食を食べ終えたパステルが、南野に顔を向けた。

「なんだ、お土産つける癖はパピーの頃と変わらないな」

南野はデスクチェアから腰を上げサークルの扉を開けると、パステルの口元に付着したドッグフードの滓《かす》をウエットティッシュで拭き取った。

留守番させているときにパステルに異変があると怖いので、抗癌剤の副作用が出やすいと言われている投与後三日目から事務所に連れてきていた。

幸いなことにいまは撮影の仕事は入っておらずデスクワークが中心なので、パステルのそばにいてあげられる。「港南制作」のときなら、こうはいかない。「アニマルスターダム」は動物専門の制作プロダクションなので、事務所にサークル、ドッグフード、トイレシートなどが常備されており、パステルを連れてくるだけで済んだ。

なにより、スタッフがみな動物好きであるのが助かった。たかが犬のために……と思うスタッフはいない。

――君はなにか思い違いをしてないか？　吉永の犬が入院しているのはかわいそうだと思うが、それを仕事のせいにするのは違うだろう？

不意に四年前の記憶が、南野の脳裏に蘇った。

「港南制作」のプロデューサー――吉永の飼い犬の具合が悪いので早く帰らせてあげてほしいと頼んできたADのそらにたいして、南野が冷たく突き放した言葉だった。

あのときは、百パーセント自分が正しいと思っていた。

大切な仕事より犬の具合を優先するなど、当時の南野には一パーセントも理解できなかった。

もちろん、いまは違う。大事なパートナーの命に勝る仕事などあるはずがない。それを教えてくれたのが……。

「よし、きれいになった。お腹一杯になったら、少し休みなさい。病気を退治するには、免疫力を高めるのが一番だ」

南野はパステルをサークルに促した。

「あとでパトロールに連れて行くから、しばらくいい子にな」

渋々とサークルに戻り恨めしそうな顔で見上げるパステルに、南野は諭すように言った。

抗癌剤治療の2サイクルを終えたが、危惧していた副作用はいまのところ見られなかった。棚橋や須崎が言うように、パステルの食欲は旺盛で身体にはしっかり筋肉がついていた。

悪性リンパ腫のステージ4を宣告されたときには、希望が闇に呑み込まれた。だが、抗癌剤治療が順調に進んでいるいまは希望の光が闇を取り払っていた。

現実に二度目の抗癌剤投与後のパステルの身体から、およそ七割の腫瘍が消えていた。

――相変わらず原発巣の膀胱の腫瘍はしぶとく残っていますが、2サイクル目でここまできたのは嬉しい誤算です。なにより、パステルちゃんに副作用が出ていないことが幸いです。体調を崩すと抗癌剤治療ができなくなりますからね。いままでのようなペースで腫瘍を消すことは難しいですけれど、寛解を目指せる効果は出ています。

黒崎獣医師の言葉は、南野を勇気づけた。

一番つらいはずのパステルがこれだけ頑張っているのだから、南野が弱音を吐くわけにはいかない。

「それにしても、社長がこんなに犬愛に溢《あふ》れた人とは思わなかったな」

コーヒーの入ったプラスティックのカップを傾けながら、国村が自身のデスクに座った。前職が昆虫や節足動物のドキュメンタリー番組を専門に作る制作会社勤務だった国村は五十六歳で、部下ではあるがプライベートでは人生の先輩だ。

「いまみたいになったのは、パステルと出会ってからですよ。それまでは、自己中心的で欠点だらけの人間でした」

自嘲ではなく、本心だった。

「まあ、人間なんてみんなそんなもんだ。完璧だったら、こんな俗世間に生まれてこないよ。だから、家族だったり友達だったり欠けている部分を補い合って生きるのさ」

国村の言葉には、深みがあった。

「さすが、経験豊富な人はいいこと言いますね〜。僕も女優さんみたいな素敵な女性と、人生を補い合いたいですよ」

棚橋がうっとりした表情で言った。

「お前は、女より先に仕事を覚えろ！」

「たしかに！」

国村が突っこむと、合いの手を入れた須崎が大笑いした。

笑い声に反応したパステルが、サークルの縁に前足を乗せてぶんぶんと尻尾を振っていた。

活発なパステルを見ているのが、いまの南野にはなによりも幸せだった。

「あれ？　女と言えば、社長は独身だったっけ？」

国村が思い出したように訊ねてきた。

「ええ、バツが一つあります」

南野は苦笑いしながら言うと、コーヒーカップを口元に運んだ。

「社長はまだ四十だろう？　再婚とか考えないの？」

「専務と再婚すればいいじゃないですか」

予想外の棚橋の言葉に南野は噎せて、コーヒーを噴き出しそうになった。

「馬鹿っ、お前、なにを言ってるんだよ」

須崎が棚橋を睨みつけた。

「だって、須崎さんも二人が付き合ってるみたいって言ってたじゃ……」

慌てて立ち上がった須崎が、棚橋のデスクに駆け寄り口を掌で塞いだ。

「社長っ、信じちゃだめですよ。俺、そんなこと言ってませんからね！」

棚橋の口を塞いだまま、須崎が懸命に訴えた。

「え？　え？　社長は専務と、そういう仲だったのかい⁉」

国村が驚いた顔で南野に訊ねた。

「だから、棚橋の悪い冗談ですって！　でたらめ、でたらめです！」

滑稽なほどに動転した須崎が、慌てふためき否定した。

「私と社長の仲が怪しいって、須崎さんと棚橋君で噂していたじゃないですか？」

みなが、弾かれたように出入口に顔を向けた。

奏が悪戯っぽい表情で言いながら、南野のデスクの前に立った。

「いや、あれは、その……」

須崎がしどろもどろに言葉を濁し、棚橋から離れると自分の席に戻った。

「もう、須崎さん、認めましょう！　はい。噂してました！　で、ついでに訊きますけど、社長と専務は付き合っているんですか？」

棚橋が潔く認めると、すかさず奏に訊ねた。

「残念ながら、社長とはそういう関係じゃないわ。私は、そういう関係になってもいいと思っているけど」

奏が冗談めかして言った。南野は平静を装っていたが、内心、動揺していた。

「えー！　ということは、専務は社長を好きなんですね！」

棚橋がハイテンションに言った。

「こらこら、ジョークに決まってるだろう。専務も、棚橋をからかっちゃだめだ」

奏の気持ちは聞かされていたが、南野は冗談で片づけた。

奏も告白しようとしたわけではなく、天然の棚橋をからかってみたくなったのだろう。

「『グッドテイスト』さんから、来年のカレンダーを頂きました」

奏がなに事もなかったように、デスク越しに紙袋を手渡してきた。

「グッドテイスト」はペットフードのメーカーで、奏は来月の撮影の打ち合わせをするために出社前に立ち寄ってきたのだ。

「お礼のメールを入れておくよ」

「お願いします。あら、パステルちゃん、元気そうね。ご飯を完食したの？　偉いね～」

奏が高い声で褒めながらサークルに近づくと、ふたたびパステルが縁に前足をかけ二本足立ちになった。

「たくさん食べて、病気なんて退治しちゃおうね」

奏が両手でパステルの頬を挟み込み、鼻にキスをした。お返しとばかりに、奏の頬を舐めるパステル。

可能なら時を止めたい……南野は真剣に願った。

南野は紙袋から、スタンド式のカレンダーを取り出した。

ついこのあいだまで夏の暑さに辟易していたのに、いつの間にかクリスマスの足音が聞こえる季節になっていた。

棚橋と須崎はひそひそ話をしながら、南野と奏をちらちらと見ていた。

「さあ、撮影ミーティングだ」

南野が手を叩くと、棚橋と須崎がほとんど同時にデスクチェアから立ち上がった。

☆

「『グッドテイスト』さんの商品、『ヘルシーパーフェクト』の特色は低糖質、低カロリーでありながら、しっかりした食べ応えがあるということです」

フロアをパーティション壁で仕切った十坪ほどのスペース——ミーティングルームに置かれた円卓に座る奏が、南野、国村、須崎、棚橋にドライフードのパッケージを掲げながら説明した。

「みなさん、糖質オフのお菓子を食べたことがある人は手を挙げてください」

奏が言うと、国村以外の三人が手を挙げた。

「なんだ、食ったことないのは俺だけか。そもそも、甘いものが苦手だからな」

国村が苦笑いした。

「国村さんは、糖質オフのビールとか飲んだことありますか？」

奏が質問を変えた。

「ああ、それならあるよ」

「糖質オフのお菓子やビールって、健康にはいいですけど味気ないですよね？」

奏が四人の顔を見渡した。

「たしかに、シュークリームとかエクレアとかいろいろ出てますけど物足りないですね」

棚橋が不満げに言った。

「そうですよね？　ドッグフードも同じです。これまでも低糖質、低カロリーを謳《うた》うドッグフードはありましたが、正直、味のほうは犠牲になっていました。だから犬も食いつきが悪くて、どこの社のヘルシー製品も売れ行きは芳しくありませんでした。糖質とカロリーを大幅にカットするには、どうしても犬の好む嗜好《しこう》成分を犠牲にすることになってしまいます」

「つまり、うまい食べ物は身体に悪いってことだよね？　人間と同じだ」

須崎が言うと、奏が頷いた。

「どうしたら低糖質、低カロリーでありながら犬の食いつきを保てるかを徹底研究した『グッドテイスト』さんの開発チームは、味ではなく匂いに着目しました」

「匂い？」

国村が怪訝な顔で繰り返した。

「そうです。犬は『鼻で考える動物』と言われるほどに嗅覚が発達していて、人間の三千倍から一万倍と言われています。だからドッグフードも、味よりも匂いで食いつきが違ってきます。私、以前はペットショップに勤めていたんですけど、食欲のない犬にドッグフードをレンジで少し温めてからあげると、別犬みたいに食欲が旺盛になることが多かったんです」

「え？　なぜですか？」

棚橋が疑問符の浮かんだ顔を奏に向けた。

「温めることで香りが出るからよ」

「なるほど！　そういうことですか！」

棚橋が手を叩き、大声を張り上げた。

「うるさいな。そんなに驚くことか？」

隣に座る須崎が耳に指を入れ、顔を顰めた。

「というわけで『ヘルシーパーフェクト』は、ムシャムシャ食べても太らない、をアピールポイントとしてキャッチコピーを作りたいんですけど、みなさんのご意見を聞かせてください」

奏が四人を促した。

「ムシャムシャ食べても太らない！　いいじゃない！　これがキャッチコピーでよくないか？」

国村が感心したように言った。

「モグモグ食べても太らない、はどうですか？」

「お前はワードセンスないな〜。モグモグはちっともうまそうじゃないだろう」

棚橋のアイディアに須崎がダメを出した。

「じゃあ、須崎さんもアイディアを出してみてくださいよ」

「パクパク食べても太らない……どうだ？」

「パクパクだってワードセンスないですよ！」

棚橋が大笑いすると、国村と奏も噴き出した。

南野は、みんなの笑顔に眼を細めた。ピリピリしていた「港南制作」の会議とは真逆の、和気あいあいとした雰囲気が南野には心地よかった。

四年間で、南野は本当に変わった。自分でも、あのときの自分といまの自分は別人に思えた。

「コーヒー淹れてきますね」

「いやいや、専務にそんなことさせられませんよ。一番下っ端で最年少の僕が淹れてきます」

腰を上げる奏に、慌てて棚橋が申し出た。

「いいから、いいから。あなたはキャッチコピーを考えてて」

奏は立ち上がろうとする棚橋の肩を叩き、ミーティングルームを出た。

「さて、僕はムシャムシャに一票だ。犬が食べてる姿で美味しそうに見えるのは、ムシャムシャだと思うんだよ。ガツガツは下品なイメージになるし」

南野は言った。

「たしかに、ガツガツは下品だな。俺もムシャムシャでいいんじゃないかと思う」

国村が南野に賛同した。

「二人は、なにか新しいアイディアは……」

「社長！」

奏の大声が、南野の声を遮った。

嫌な予感に背を押されるように立ち上がり、南野はミーティングルームを飛び出した。

フロアの最奥――サークルの中で、パステルが激しく背中を波打たせていた。

「どうした⁉」

南野はサークルに駆け寄りながら奏に訊ねた。

パステルは、二、三十分前に食べたばかりのドッグフードを嘔吐していた。山盛りになった嘔吐物は、ほとんどが未消化だった。

「私がきたときには普通に立っていたんですけど、急に嘔吐し始めたんです」

「大丈夫か？」

南野はサークルに入り、パステルの背中を撫でた。

パステルは嘔吐を続けていたが、もう胃液しか出ていなかった。しばらくすると嘔吐はおさまり、パステルが力なく伏せた。嘔吐は想像以上に体力を使う。

南野はサークル越しに奏から受け取ったウエットティッシュで、パステルの口の周囲に付着した胃液と嘔吐物を拭いた。

「急いで食べ過ぎちゃったか？」

南野は明るい口調で語りかけていたが、心には暗雲が垂れ込めていた。

パステルは揃えた前足に乗せていた顔を上げ、潤む瞳で南野をみつめた。ついに、副作用の症状が出始めたのかもしれない。考えてみたら今日は、二回目の抗癌剤を投与して三日目だった。

「少し血が混じっているみたいですね」

奏がレジ袋に入れた嘔吐物をチェックしながら言った。

「血？」

南野はレジ袋を覗き込んだ。

「このへんです」

奏の人差し指の先——未消化のドッグフードに、一円硬貨ほどの赤い染みが付着していた。パステルにはドライフードと鶏の胸肉しかあげていないので、嘔吐物に赤い色素が混じる要素はなかった。

「これは、血だね」

平静を装っていたが、南野の声はうわずっていた。頭の中が、一気にネガティヴな思考に支配された。

南野はパステルの腰を擦った。人間は胃腸の調子が悪いとき腰を擦ると心地よいので、犬も同じだと思ったのだ。

「どこか苦しいのか？」

答えることはないとわかっていたが、南野はパステルに話しかけた。パステルは話すことはできなくても言葉は理解できると南野は信じていた。

「具合が悪いんですか？」

ミーティングルームから出てきた棚橋が訊ねてきた。国村と須崎も、心配そうにパステルを見ていた。

「食べたものを戻しちゃって」

奏が言った。

パステルがよろよろと立ち上がると、ゴボッ、ゴボッと音を立てながら背中を波打たせ始めた。

「まだ、気持ち悪いのか？」

南野は悲痛な気持ちでパステルの背中を擦った——擦ることしかできない無力な自分がもどかしかった。背中と脇腹は大きく波打っていたが、二ヵ所に吐いたのは少量の胃液だった。

南野はそむけそうになった視線を胃液に戻した。最初に吐いた胃液は白い泡状だったが、二度目に吐いた胃液は薄桃色をしていた。

南野は顔を近づけた。認めたくないが、薄桃色の原因は吐血の可能性が高かった。

「パステルちゃんのことは私が見てますから、病院に電話したほうがいいと思います」

状況を察した奏に促され、南野はスマートフォンを手にした。

『「東日本動物医療センター」です』

三回目のコールの途中で、受付の女性の声が受話口から流れてきた。

「そちらでパステルがお世話になっている南野です」

『お世話になっております。いかがなさいましたか？』

「黒崎先生はいらっしゃいますでしょうか？」

『先にご用件を伺ってもよろしいですか？』

「パステルが朝ご飯を食べたあとに、消化していないドッグフードを吐いてしまったんです。嘔吐物に血が混じっていました」

『パステルちゃんはいま、どんな状態ですか？』

南野は首を巡らせた。

パステルは俯せになり、前足に顔を埋めるようにして寝ていた。

「寝てます」

『わかりました。そのままお待ちください』

受話口から保留のメロディが流れてきた。

また、パステルが立ち上がった。パステルは立ったまま、頭を下げじっと動かなかった。気持ち悪さを我慢しているようだった。五秒、十秒……静止画像のように、パステルは微動だにしなかった。

嫌な予感は当たった。

みたび、パステルが背中を波打たせ始めた。南野はスマートフォンを耳に当てたままパステルのもとに戻ると、空いているほうの手で背中を擦った。

パステルのゴボッ、ゴボッという嘔吐の音がするたびに南野の胃がキリキリと痛んだ。

頼むからパステルを苦しめないでくれ……。

南野は祈った。祈りは通じることなく、パステルは何度も薄桃色の胃液を吐いた。

『お電話代わりました。パステルちゃん、吐いたのですか？』

受話口から黒崎の声が流れてきた。

「はい、いまも吐いてます。もう胃液しか出てませんが、これで三度目です」

『嘔吐物に血が混じっていると聞きましたが、いまもですか？』

「胃液が薄いピンク色をしているので、血だと思います。先生、どうして血が混じっているのでしょうか？」

南野は一番の不安を口にした。

『検査をしてみないことには正確なことはわかりませんが、可能性としては二つ考えられます。一つは抗癌剤の副作用で、胃腸や気管支が炎症を起こしている可能性です』

「炎症ですか？」

『ええ。抗癌剤の治療中は免疫力が落ちるので、臓器や粘膜に炎症が起こりやすくなるのです。炎症がひどくなると出血しやすくなります』

「もう一つの可能性はなんでしょうか？」

訊くのが怖かった。

だが、眼を逸らすわけにはいかない。たとえその現実がどんなに残酷なことであっても……。いや、残酷な現実だからこそパステルとともに闘いたかった——パステルの盾となって、守りたかった。

『もう一つはリンパ腫が胃腸に浸潤している可能性です』

覚悟はしていたが、実際に言葉に出されるとショックが大きかった。

「でも、二回目の抗癌剤を投与したあとのCT画像で七割の腫瘍が消えていると言っていたじゃないですか⁉」

南野の語気が、思わず強くなった。

『はい、あのときはたしかにそうでした。以前にも言いましたがリンパ腫は血液の癌なので全身を巡り、一般的な癌より進行が速いと言われています。加えてパステルちゃんは四歳とまだ若く、進行速度に拍車がかかります』

「……まだ、そうと決まったわけじゃないですよね？」

自らに言い聞かせるように、南野は訊ねた。

『はい、もちろんです。ですが、炎症であっても安心はできません。検査をしたいので、今日、病院にいらっしゃることはできますか？　午後は予約で埋まっていますが、いまからだとすぐに検査できるのですが』

「いまからですか？　スケジュールを見てみないと……」

頷く奏と国村が南野の視界に入った。

『お仕事のご都合はあるかと思いますが、パステルちゃんの状態を考えると早いほうがいいかと思います』

「社長、ミーティングは私達だけで大丈夫ですから病院に行ってください」

躊躇《ちゅうちょ》する南野を奏が促した。

パステルは嘔吐感がおさまったのか、身体を丸めて寝ていた。

「専務の言う通りです。いいキャッチ案を俺達で考えておきますから」

須崎が奏に賛同した。

「おう、棚橋、社長一人じゃ大変だからお前が運転しろよ」

国村が棚橋に言った。

「僕が抜けてミーティングは大丈夫ですか？」

「ああ、なんにも変わらんね」

国村が即答した。

「なんにも変わらんねって……ひどくないですか？」

棚橋が不満げに言った。

「国村さんの冗談よ。さあ、早く車を回してきて。国村さんも棚橋君をからかわないでください」

奏が棚橋に言うと、国村を注意した。

「ビルの前に車を付けておきます！」

棚橋が言いながらフロアを飛び出した。

「お待たせしました。いまから三十分ほどで到着できると思います」

『わかりました。お待ちしております』

黒崎が電話を切った。

「パステル、立てるか？」

南野はスカイブルーのリードとハーネスを手に、パステルに声をかけた。パステルが小さく尻尾を振りながら立ち上がった。

南野は安堵の吐息を漏らした。なによりもパトロールが大好きなパステルが、リードとハーネスを見ても反応しなくなったらかなり深刻な状態だ。

「やっぱり、パステルちゃんはパトロールが大好きなのね」

奏が屈み、パステルの両耳の下を揉んだ。

南野はパステルに手早くハーネスを装着した。

「みんな、僕の個人的なことでミーティングを抜けて申し訳ない」

南野は頭を下げた。

「社長、やめてくれよ。大事な家族が病気なんだから、あたりまえだよ」

国村が目尻の皺をやさしく刻んだ。

「そうですよ。ミーティングは俺らでなんとかできますけど、パステルちゃんには社長しかいないんですから。ここは、俺らに任せてください」

須崎が分厚い胸を拳で叩いた。

四年前、愛犬の具合が悪いにもかかわらず南野に残業を命じられた吉永の気持ちが蘇り、胸に爪を立てた。

「さあ、早くミーティングを始めたいのでさっさと行ってください」

奏が手を叩きながら、南野を追い立てた。

「本当に、ありがとう」

南野は三人に微笑みを残し、パステルに視線を移した。

「歩けるか？」

南野が訊ねると、出入口に向かってパステルがゆっくりと足を踏み出した。

☆

「揺れは大丈夫ですか？」

ドライバーズシートから、棚橋が気遣いながら声をかけてきた。

「ああ」

南野は心ここにあらずといった感じで返事をし、ラゲッジスペースで横たわるパステルの脇腹を撫でた。

——検査の結果が出ました。これはパステルちゃんの胃のCT画像です。残念ですが、リンパ腫が浸潤しています。

CT画像に映る影をハンドポインターで指しながら説明する黒崎の声が、南野の脳裏に蘇った。


——嘔吐したのも血が混じっていたのも、胃の腫瘍のせいでしょう。

——じゃあ、抗癌剤治療は中断ですか?

——いえ、予定通りのレジメンで続けます。

——でも、この体調では無理なんじゃないですか?


南野は素朴な疑問を口にした。


——正直、高齢の犬なら中断するでしょう。パステルちゃんは若いし体力もあります。しかし、そのぶん癌の進行も速い。リスクを承知で抗癌剤治療を続けるしかありません。

——どんなリスクですか?

——体調が悪い状態で抗癌剤を投与するわけですから、パステルちゃんの身体にはかなりの負担がかかります。つまり、腫瘍が減っても強い副作用に苦しむことになるでしょう。

——そんなに副作用に苦しむのなら、いったん抗癌剤を投与するのは中断しましょう！

——中断している間に、パステルちゃんの全身に腫瘍が広がるでしょう。積極的治療を続けるのであれば、副作用で苦しむリスクがあっても抗癌剤の投与をやめるわけにはいきません。

——抗癌剤治療をやめたら苦しむ、続けても苦しむ……いったい、どうしたらいいんですか⁉

黒崎に責任はないとわかっていたが、南野は行き場のない怒りをぶつけた。

——私がパステルちゃんの飼い主なら、たとえ余命が短くなってもＱＯＬを改善する治療に切り替えます。ですが、積極的治療をすると決めた南野さんにほかの選択肢を言っても仕方ないでしょう？　ＱＯＬを改善する治療に切り替える気がないのなら、副作用で苦しむパステルちゃんから眼を逸らさずに悪性リンパ腫と闘ってください。

「でも、よかったですね。来週、抗癌剤治療を受けられるんですよね？」

棚橋が車内の重い空気を払拭しようと、明るい口調で話しかけてきた。

「そうだな」

力なく、南野は言った。

本当に、自分の選択は間違っていないのだろうか？

パステルに長生きしてほしい……パステルとこれからも一緒にいたい。

そのためにパステルに苦しみを与えるのは、人間のエゴではないのか？


——社長の望みを叶えるのがパステルちゃんの一番の喜びです。たとえどんなに副作用がつらくても、大好きな社長と一緒にいられることがパステルちゃんにとっての幸せなんです。


奏の言葉に、南野は勇気づけられた。

だが、いまとなってはわからない。

副作用に苦しむことが、パステルにとっての幸せなのかが……。

「どうだ？　まだ、気持ち悪いか？」

寝息を立てるパステルに、南野は語りかけた。

パステルは薄目を開け南野を見ると、微かに尻尾を振った。

いつものパステルなら、弾かれたように起き上がっているところだ。

全身で喜びを表現するパステルがこれだけの反応しかしないのだから、相当にしんどいのだろう。

南野はパステルと添い寝するように横たわった。

ごめんな。頼りない飼い主で……。

南野はパステルの背中に腕を回し、心で詫びた。

☆

パステルが南野家にきてからの四年間、早朝パトロールを欠かしたことはなかった。

そのルーティンは、パステルが悪性リンパ腫を患ってからも変わらなかった。唯一の例外は、抗癌剤治療の日の朝だけだ。午前中に検査をするので、早朝パトロールに出ていたら間に合わなくなるのだ。といっても病院に行くときに歩いているので、いつもの並木道とコースが違うだけでパトロールを休んだことにはならない。

掛け布団と毛布ごと、南野はソファから身を起こした。

パステルが吐血して二週間が経った。その後、吐血することはなく三回目の抗癌剤投与を受けた。容態の変化が気になるので、南野はパステルのケージのあるリビングルームで寝ていた。起きてから真っ先にやることは歯を磨くことでもシャワーを浴びることでもなく、パステルの様子を見ることだった。

ベッド代わりのソファから下りると、南野はケージの前に行った。

「おはよう！　パステル」

ケージの中――クッションの上で蹲っていたパステルが首を擡げ、弱々しく尻尾を振った。元気な頃のパステルなら、お座りをして待っているかケージの中をそわそわ往復しているかのどちらかだ。

だが、早朝パトロールは続けていた。パステルは以前のように走ることはなくなったが、自分の足で二キロから三キロは歩いた。ゆっくりとしか歩けなくなったパステルを見るのはつらかったが、パトロールに出られなくなったらもっとつらいだろう。

まだ、動けているだけ幸せだ。

「具合は大丈夫か？」

南野はケージの扉を開け、パステルの背中を撫でた。掌に当たるごつごつした背骨の感触に、南野の胸は痛んだ。脇腹の肋骨も目立つようになった。

いまのところ大きな副作用は見られなかったが、パステルの食欲は明らかに落ちていた。通常の三分の一の量しか食べなくなり、日によってはまったくドッグフードに口をつけないときもあった。

三度目の抗癌剤治療の日に体重を量ったら二十九キロ……ベスト体重より五キロも減っていた。

中型犬の一キロは、六十キロ台の成人男性の約二キロに相当する。パステルは人間にたとえると、およそ一ヵ月で十キロも痩せたことになるのだ。

「歯を磨いたらパトロールだからな」

南野のパトロールという言葉に反応し、パステルの瞳が輝いた。

立ち上がるのもつらいほど病魔に侵されているというのに、南野と散歩に出ることをこれほどまでに愉しみにしているパステルの純真無垢《むく》さに心が震えた。

「よしよし、すぐに戻ってくるから」

パステルの脇腹を撫でた南野は、手を見て息を呑んだ。南野の五指に、クリーム色の飾り毛がごっそりと絡みついていた。パステルのクッションにも、大量の抜け毛が付着していた。

脱毛は抗癌剤の副作用に違いなかった。痩せてきたことばかりに気を取られていたが、注意深く見るとパステルの胸や脇腹の被毛のボリュームがかなりなくなっていた。

「抗癌剤の治療が終わったら、またフサフサになるさ」

南野は努めて明るい口調で言った――パステルにだけでなく自らにも言い聞かせ、洗面所に向かった。

☆

緑も黄色もない十二月の街路樹が、ゆっくりと視界の端を流れてゆく。

トイプードルを連れた女性とウォーキングしている初老の男性がパステルを追い抜い

た。

元気な頃のパステルなら、小型犬や人間の歩度で抜かれることはなかった。パステルが手加減して走っても、南野はすぐに息が上がるほどだった。いまは、南野がパステルの歩くスピードに合わせていた。

正面から走ってくるスポーツウェアに身を包んだ顔見知りの女性が、すれ違い様に訝しげな顔で振り返った。

無理もない。

少し前ならジョギングしている女性と猛スピードですれ違っていたゴールデンレトリーバーが、痩せ細った姿でゆっくりと歩いているのだから。

今度は柴犬が、軽やかな足取りでパステルを追い抜いた。柴犬が誘うように笑顔で振り返った。パステルが、柴犬について行こうと駆け出した。

「おい……無理しちゃだめだ」

南野は慌てて並走した。

十メートルほど走ったところで、パステルが四肢を縺れさせ転倒した。

「大丈夫か！」

南野はパステルを抱き起こし、全身をチェックした。免疫力が落ちているので、掠り傷でも感染症にかかる危険性があった。肉眼で見るかぎり、パステルの身体に傷はなかった。

「痛いところはないか？」

南野は四肢や脇腹を触りながら確認した。

地面にぺたんと座り哀しそうな顔で遠ざかる柴犬を見送るパステルを、南野は背後から抱き締めた。

「哀しいよな……悔しいよな。病気を治せば、すぐに前みたいに走れるようになるから。絶対に、元気な頃に戻れるから。絶対に……」

南野は背中越しにパステルに頬擦りをし、力強く励ました。

僕が治して見せる。

南野は言葉の続きを心で紡いだ。

7

薄桃色の景色が、視界の端をスローモーションのように流れてゆく。

満開のソメイヨシノが咲き誇る早朝の目黒川沿いを、南野はパステルとパトロールしていた。

パステルの気分転換のために、今朝はいつもの並木道とは違うコースを選んだ。景色が変わることで、パステルに刺激を与えられると思ったからだ。

パステルが抗癌剤治療を始めて半年が過ぎた。

季節は四月に入っていた。

抗癌剤の投与も十回目を終え、パステルの悪性リンパ腫の九割近くは消えていた。残る一割は原発巣の膀胱の腫瘍だけだ。膀胱の腫瘍が消失したら、念願の完全寛解を迎える。完全寛解は完治と違い再発の可能性は高いが、それでも夢のようだった。パステルの身体から、一時的でも癌がなくなるのだから。

だが、原発巣だけあって膀胱の腫瘍はしぶとく、抗癌剤の効果がなかなか出なかった。

パステルが立ち止まり、花壇に植えられたパンジーの香りを嗅いでいた。

「春を感じるか？　お前の嗅覚は人間に比べて鋭いから、刺激が強過ぎるんじゃないか？」

南野は腰を屈め、パステルの背中を撫でながら語りかけた。掌に伝わるごつごつとした感触が、南野の口元から笑みを消した。

背中と脇腹に浮く背骨と肋骨、すっかり抜け落ちた飾り毛、筋肉が落ちた太腿、細くなった四肢……パステルの身体は、正視するのがつらいほどに衰えていた。

パステルを衰えさせているのは悪性リンパ腫ではなく、抗癌剤の副作用だった。

パステルの命を救うために投与した抗癌剤が、皮肉にも命をおびやかしている。

体重も健康なときの三十四キロから二十四キロに減っていた。七十キロの成人男性にたとえると、五十キロになったのと同じだ。

二、三ヵ月前……食欲が落ちてからもドッグフードを三分の一は食べていたが、いまは一口、二口が精一杯だった。食欲が落ちただけでなく免疫力が低下しているので、風邪を引きやすく下痢や嘔吐も日常だった。

「よく頑張ってるな。憎たらしい癌は、ボス以外はやっつけている。ラスボスを噛み殺せば、昔みたいにたらふくご飯を食べて、ビュンビュン風を切って走れるぞ」

南野は、明るい口調で言った。パステルが目ヤニに囲まれた瞳で南野をみつめた。鼻孔からは洟《はな》が垂れていた。目ヤニや洟も、免疫力低下のシグナルだった。朝は湯に浸したタオルで、硬くなった目ヤニを拭いてあげるのが日課になっていた。そのままだと、パステルは自力で眼を開けることができなかった。皮膚も弱くなり、身体中に発疹《ほっしん》ができていた。

――お散歩のときも、十分に気をつけてあげてください。恐らく、道端の草に触れたときにかぶれたのでしょう。免疫力が高いときには平気なことでも、パステルちゃんには命取りになります。野外には質《たち》の悪いウィルスが潜んでいますからね。一番怖いのは敗血症です。敗血症になったら、まず命は助かりません。

記憶に蘇る黒崎獣医師の言葉が、南野の胃を鷲掴みにした。

「わかっているけど、お前からパトロールは奪えないよ」

南野はパステルの鼻面にキスをし、腰を上げた。

いまは七時前なのでジョギングやウォーキングをしている人しかいないが、あと三、四時間もすれば花見客で歩けないほどに混雑する。

パステルの歩調はゆっくりだったが、心地よさそうな顔をしていた。瞳も生き生きしているように思えた。やはり、室内にいるときよりは気力が漲《みなぎ》るのだろう。

シリンジで無理やり流動食を口に入れている状態なので体力も落ちており、パトロールを控えたほうがいいとも言われたが南野の考えは違った。

人間も笑っているほうが癌の治癒効果が上がるという検証結果があるように、パステルにも楽しく過ごさせたかった。

パステルにとって幸せを一番感じるのは、南野とパトロールをしているときなのだ。十メートルでも歩ける間は、南野はパステルとのパトロールをやめる気はなかった。

「社長！」

南野は振り返った。四、五メートル後ろから、奏が茶太郎とともに走ってきた。

奏にはＬＩＮＥで、早朝のパトロールコースを伝えていた。仲良しの茶太郎と遊べばパステルの元気が出ると思ったから、合流することにしたのだ。

「パステルちゃん、一週間ぶり！　パトロールしてえらいね～」

奏が屈み、パステルの首筋を撫でた。昔のようにワシャワシャしないのは、パステルの皮膚が刺激に敏感になっていることと被毛が抜けやすくなっているのを気遣ってのことだ。

パステルがゆさゆさと尻尾を振りながら、奏の頬を舐めた。

茶太郎が前足を伸ばしてお尻を高く上げた格好で、甲高く吠えた。

「茶太郎ったら、プレイバウで誘っちゃって。パステルちゃんに無理をさせちゃだめよ」

言葉とは裏腹に、奏が嬉しそうに眼を細めた。

パステルは尻尾を振りながら、茶太郎の動きを眼で追っていた。茶太郎が左右にステップを踏むと、パステルの顔も左右に動いた。みるみるうちに、パステルの全身にエネルギーが漲ってゆくのがわかった。

茶太郎が飛び込んできてパステルの鼻を甘噛みし、さっと離れ、ふたたび飛び込み鼻を甘噛みしては離れることを繰り返した。パステルは茶太郎が飛び込んできた瞬間にカウンターで甘噛みを狙っていたが、動きが遅過ぎて空振りを繰り返していた。

茶太郎が二本足で立ち上がり、パステルに首相撲を挑んだ。

「茶太郎、パステルちゃんは病気なんだから優しくしてあげて」

奏の声など聞こえないとでもいうように、茶太郎は前足でパステルの首を挟み込み身体を左右に捻った。

その姿は、まるでパステルを励ましているようだった。

「いいんだよ。パステルもこうやって元気な頃と変わらずに接してくれたほうが、昔を思い出して細胞が活性化するんじゃないかな」

南野は奏に笑顔で言った。

「そうだといいけど、茶太郎はワチャワチャが止まらなくなるからパステルちゃんの身体が心配だわ」

奏が不安そうな顔で、二頭を見守っていた。

「パステルだって、元々は茶太郎ちゃんに負けないくらいのワチャワチャ王子だったからね」

南野は茶太郎と出会った当時の、パピー時代のパステルを思い出していた。

パステルは生後数ヵ月で、身体能力に優れた成犬の茶太郎を圧倒していた。圧倒するだけでなく、身体の大きさに劣る茶太郎を気遣い手加減する余裕もあった。

「たしかに、そうでしたね。茶太郎とパステルちゃんがワンプロを始めると身体が真っ黒になって、シャンプーが大変でした」

奏が懐かしそうに当時を振り返った。

パステルも茶太郎の首を前足で挟み、二本足で立ち上がった。

「お！　パステルが立ったよ！」

思わず、南野は声を上げた。最近のパステルには見られない活発な動きだった。

「茶太郎、もうだめよ」

奏が茶太郎に命じた。

「大丈夫。ほら、見てごらん」

南野の視線の先——パステルと茶太郎は抱擁するように立ったまま、動かなかった。

パステルも茶太郎も、笑顔で尻尾を振っていた。

「茶太郎ちゃんは、ちゃんとわかっているんだよ。パステルのことを気遣ってくれている」

南野は微笑み交じりに言った。

パステルの身体つきは別犬のように痩せ細りやつれ果てていたが、彼らの気持ちは出会った当時のままだった。


早く元気になって、もっとワチャワチャしよう！

待ってて！　癌を退治するから！


南野には、彼らの会話が聞こえたような気がした。

☆

ソファに座った南野は、パステルを視線で追った。スロー再生の映像を観ているように、ゆったりとした足取りでパステルは一時間以上、リビングルームをグルグルと回り続けていた。頭を下げ、壁伝いに脇腹を擦りつけるようにして、ときどき立ち止まりながら十五畳の広さを一周するのに数分かかっていた。

ここ数日のパステルは頭を下げることが多くなり、南野と眼が合わなくなった。流動食だけでは栄養不足で、頸骨《けいこつ》に力が入らず頭部を支え切れなくなっているのだろうというのが黒崎獣医師の見解だった。

「どうした？　大丈夫か？」

パステルは壁に寄りかかるようにして立ち止まっていた。口からは涎が糸を引いて垂れ落ちていた。

南野はウエットティッシュを手にパステルのもとに向かった。

「きついよな」

南野は涎を拭くために、パステルの頭部に手を添えた。

顔を上げたパステルの瞳……久しぶりに見た瞳は、パピーの頃と変わらずに澄んでいた。

パステルが尻尾を微かに振った。

南野と眼が合ったことが嬉しいとでもいうように……。

「お前は、こんなに苦しいときでも……」

不意に、涙腺が熱を持った。

南野が逆の立場なら、こんなに無垢な瞳で誰かをみつめることはできないだろう。苦しさ、不安、恐怖、苛立《いらだ》ち……自分の不安定な感情をぶつけるような瞳になるに違いない。

パステルの瞳から伝わるのは、南野への信頼と愛情だけだった。

南野は涙を堪えつつ、パステルの口元を濡らす涎をそっと拭き取った。

拭き取る端から、涎が垂れ落ちた。

「どこが苦しい？」

パステルをみつめ、南野は訊ねた。もちろん、パステルが答えるわけがなかった。

パステルは相変わらず、ゆっくりと尻尾を振っていた。

南野の眼を見ることができずに、パステルも寂しかったのかもしれない。

「僕と眼が合うだけでそんなに嬉しいなら、今度からはこうやってちょくちょくみつめ合おうな。さあ、もう歩くのはやめて休めばいい。手を離すよ」

南野はパステルに言い聞かせるように語りかけ、頭部に添えていた手を離した。

ふたたびパステルの頭部が下を向いた。

「座って」

南野はパステルの腰に載せた手を優しく押した。

パステルは素直にお座りした。

「いい子だ。病気に打ち勝つためには、休むことも必要だよ。僕は先生に電話するから」

南野はソファに戻りスマートフォンを手にすると、着信履歴に表示された番号をタップした。

『「東日本動物医療センター」でございます』

聞き慣れた受付の女性の声が、受話口から流れてきた。

「パステルがお世話になっている南野です。黒崎先生をお願いします」

『こんにちは。いかがなさいましたか?』

「今朝から、パステルの様子がおかしいのですが……」

『どのようにおかしいのですか?』

「頭を下げたまま、一時間くらい部屋を回り続けていました」

『一時間もですか?』

受付の女性が、驚いた声で訊ね返した。

「僕が止めなければ、もっと回り続けていたと思います。かなり涎を垂らしていました。嘔吐も下痢も今日はまだありませんが、昨日までは日に一回は嘔吐していました」

一週間前の日曜日に茶太郎と目黒川沿いで遊んでいたときは元気を取り戻したかに見えたパステルだが、その後は体調を崩していた。

『パステルちゃん、いまはどんな様子ですか?』

「いまは……」

南野は首を巡らせた。

パステルはさっきと同じ場所で、壁に頭を押しつけた格好で座っていた。

「壁に頭を押しつけて座ってます」

南野は眼にしたままを伝えた。

『嘔吐しそうな感じですか？』

「いえ、ただ、じっと座ってます」

『このまま、お待ちくださいませ』

保留のメロディが流れた。

南野はパステルのもとに移動した。壁に頭を押しつけるパステルの苦しそうな背中に、南野の胸は押し潰されそうになった。苦痛を懸命に耐えているのだろう。パステルは苦しいとも痛いとも言えずに、ひたすら孤独に耐えている。

「つらいよな……」

南野はパステルの背中を撫でた。

いつもなら身体に触れたら振り返ったり尻尾を振ったりするが、パステルは壁に頭を押しつけたままだった。

「僕がそばにいるから……」

それだけ言うのが精一杯だった。

頑張れとは言えない。

もう、パステルは頑張り過ぎるくらい頑張っているはずだから……。

☆

診療室——黒崎が、パステルの顔の前に立てた人差し指をゆっくりと左右に動かした。

「なにをしているんですか？」

南野は訊ねた。

「脳に異常がある場合は瞳の動きが不規則になりますので、それをたしかめています」

「脳に異常って……どういう意味ですか⁉」

南野は身を乗り出した。

「一時間以上部屋の中を周回したり、涎の量が多くなったりという行動や症状は脳に損傷を受けたり病に冒されたりした場合に多く見られます。瞳の動きは正常ですね」

黒崎が言った。

「脳の病ってなんですか？」

南野の胸内を、危惧と懸念が支配した。

解放されたパステルは、南野の足もとに蹲った。やはり、身体がきついのだろう。

「悪性リンパ腫が脳に浸潤している可能性です」

「脳に……。でも、パステルのリンパ腫は九割がた消えてるんですよね？」

南野の訊ねる声音はうわずっていた。

「はい。しかし、一割……原発巣の膀胱の腫瘍は残っています。血液の流れに乗って脳に転移することは十分にありえます」

黒崎が表情を変えずに説明した。

「もし、そうなったらどうなるんですか？　抗癌剤で消えますよね？」

南野は恐る恐る訊ねた。

「難しいでしょう」

黒崎が即答した。

「どうしてですか!?　いままでの腫瘍は、抗癌剤が効いたじゃないですか!?　脳の腫瘍だけ効かないなんて、おかしいじゃないですか！」

南野は黒崎を問い詰めるように訊ねた。

「抗癌剤の効果がないと言っているわけではありません。新たな部位に腫瘍が増えると、それだけ抗癌剤投与が長引きます。このまま腫瘍が順調に減り続ければ、後二回で安定期に入る予定でした」

黒崎のほうは相変わらず淡々とした口調で説明を始めた。

「安定期？」

南野は聞き慣れない言葉に反応した。

「二週間に一回だった抗癌剤投与の間隔を月に一回に減らして、様子を見る時期のことです。それまで短いスパンで強い薬剤を投与してきたので、内臓にかかる負担を減らす目的もあります。腫瘍が減っているからこそできるプログラムであって、新たな部位にリンパ腫が浸潤していた場合には増殖を抑えきれなくなります。そうなるとこれまで通りのスパンで抗癌剤投与を続けて癌細胞を叩かなければなりませんが、パステルちゃんの身体が持たないでしょう」

黒崎が、床で蹲るパステルに視線を移した。

「そんな……」

南野は言葉の続きを失った。

パステルは南野の足もとでぬいぐるみのように動かなかった。

こんなにボロボロになるまで頑張ってきたというのに、神はまだパステルに試練を与えるつもりなのか？

それとも、神などいないのか？

パステルとの出会い……南野の内面に起きた奇跡によって、一度は神の存在を信じかけた。

神が存在するならば、物言えぬ天使に次々とひどい仕打ちをするだろうか？

「まだ、脳に腫瘍ができたと決まったわけではありませんよね？」

南野は視線を黒崎に戻し、縋る思いで訊ねた。

「はい。パステルちゃんが部屋を徘徊《はいかい》するというお話を聞いて、可能性の一つとして申し上げたまでです。どちらにしても手遅れになると大変なので、念のため脳のＭＲＩ

検査を行います。ほかにも検査を行いたいので半日入院になりますが、よろしいですか？」

「はい、よろしくお願いします」

南野は椅子から腰を上げ、パステルの前に屈んだ。

「少しの間お別れになるけど、不安にならないで。夕方には迎えにくるから」

あたりまえに言葉が通じていると信じ、人間にそうするように南野はパステルに語りかけた。

パステルは蹲った体勢のまま、上目遣いで南野をみつめた。

クッションやスリッパを嚙み散らかしながら部屋中を駆け回っていたパステル、ソファでうたた寝をしていると南野の身体に飛び乗り顔がびしょ濡れになるほどに舐めてきたパステル、名前を呼ぶとゴム毬のように跳ねながら南野の胸に飛び込んできたパステル――記憶の中の元気なパステルに、顔を上げることさえできないほど衰弱したパステルの姿が重なった。

奥歯を嚙み締めた――嗚咽を堪えた。

「なにもできなくて、ごめんな……」

南野はパステルの頭に手を置き、震える声で言った。

床を掃除するように、パステルの尻尾が左右に滑った。

「尻尾を持ち上げることがきつくても、パステルちゃんは伝えています」

不意に黒崎が言った。

「え？」

「そんなことないよ……私には、パステルちゃんがそう言っているように見えます」

「先生……」

南野は驚いた顔を黒崎に向けた。

まさか彼の口から、そんな言葉が出るとは思わなかった。

「南野さん。受け入れることと諦めることは違います」

「どういうことですか？」

掠れた声で南野は訊ねた。

「たとえパステルちゃんの余命があと一週間だとしても、南野さんにしかやれないことがたくさんあります」

「僕にしかやれないこと？」

「ええ。一緒にいてあげてください。それが、パステルちゃんにとって一番の幸せですから」

黒崎の言葉が鋭刀となって南野の胸を貫いた。

パステルの苦しむ姿に心を痛めた。パステルの代わりに自分の寿命をあげたいと願った。二十四時間、パステルのことを考えていた。

しかし南野は、一番大事なことを忘れていたのかもしれない。残された時間から、眼を逸らしていた。直視すれば、パステルが死んでしまうことを認めるようで嫌だった。

だが、もしそういう運命が待っているとすれば、パステルとともにいる時間は刻一刻と少なくなっているのだ。

黒崎の言うように、いまのパステルにとって必要なのは南野との時間だ。不安と恐怖に駆られている南野といたら、パステルの気も塞ぎ込んでしまう。残された時間が十年でも十日でも、一日一日を悔いのないように笑顔で生きること……それがパステルの望む南野の姿だ。

「悪かったな。僕の心のほうが病んでいたみたいだ」

南野はパステルに微笑みかけた。

パステルがゆっくりと顔を上げ、一点の曇りもない瞳で南野をみつめた。

すぐに、パステルが頭を下げた。

「犬って、凄いですよね。大好きな人の笑顔が、私達が処方するどんな薬よりも効きますからね」

黒崎が言った。

「お前、頑張ってくれたんだな……」

パステルの顔が滲んだ。

哀しみではなく、嬉し涙で……。

「さあ、お祝いだ。今夜はグルメなお前のために十五皿用意したぞ。存分に食べてくれ！」

☆

南野はリビングルームに並べた紙皿を見渡しながらおどけた口調で言った。

お座りをしたパステルは、眼の前の紙皿を眺めるだけで近づこうとしなかった。

茹でた鹿肉をドッグフードにトッピングした紙皿、焼いた鹿肉をトッピングした紙皿、茹でた馬肉をトッピングした紙皿、焼いた馬肉をトッピングした紙皿、茹でた牛肉をトッピングした紙皿、焼いた牛肉をトッピングした紙皿、サツマイモをトッピングした紙皿、粉チーズをトッピングした紙皿、ヤギのミルクの紙皿、鹿肉ジャーキーの紙皿、馬肉ジャーキーの紙皿、牛肉ジャーキーの紙皿、缶詰のラム肉の紙皿、缶詰の牛肉の紙皿、缶詰のササミチーズの紙皿……いつもより五皿多く並べていた。

パステルの食欲がなくなった一、二ヵ月ほど前から、朝夕のご飯に十皿ずつ並べるようになった。

茹でた鹿肉を少し食べるときもあれば、焼いた鹿肉を食べるときもあった。

次の日には鹿肉には見向きもせずに茹でた馬肉を少しだけ食べて……という具合に、その日によって口にするものがころころと変わる。

それでも、食べてくれるならまだいい。何皿並べても見向きもしない日のほうが多かった。一日に数千円の食材を捨てることも珍しくはなかった。
「癌は増えてなかったんだぞ？　たくさん食べて体力をつけて、ラスボスも喰い殺してやれ」
南野はパステルを鼓舞し、缶詰のラム肉の入った紙皿をパステルに差し出した。
ラム肉は食欲のないときでも、パステルが一番口にすることが多かったフードだ。
しかしパステルは、興味を示さなかった。

――ＭＲＩ検査の結果、脳に異常は見られませんでした。ほかの部位にも悪性リンパ腫は浸潤していません。

検査結果を報告する黒崎の言葉に、南野は安堵した。

――よかった……じゃあ、パステルはなぜ部屋を徘徊していたのですか？

脳腫瘍ではなく安堵はしたがパステルの具合が悪いことに変わりはないのだから、問題は解決していなかった。

――断定はできませんが、恐らく抗癌剤の副作用によるものだと思います。リンパ腫の浸潤は見られませんでしたが、パステルちゃんの心臓、肝臓、腎臓、膵臓《すいぞう》……各臓器の機能は著しく低下しています。いまパステルちゃんが様々な症状に苦しめられているのも、臓器が機能しなくなっていることと免疫力の低下が原因でしょう。

――パステルは……どうなるんですか？

――現時点のパステルちゃんの状態では、抗癌剤治療に耐えられません。ひとまず抗癌剤の投与を中止し、体力回復に努めましょう。なにはともあれ、食事ですね。口から摂るのがベストですが、難しいようなら流動食で最低限の栄養を確保してください。本当は食道に挿管手術を行い直接胃に流し込んだほうが栄養は摂れるのですが、衰弱した身体に全身麻酔は命取りになります。

「これだけ豪華な食事を用意しているのに、贅沢なやつだな」

南野は蘇る黒崎の声を打ち消し明るく言いながら、シリンジと流動食が入った缶をパステルのもとに運んだ。

「さあ、しっかり栄養をつけなきゃな」

南野は流動食を吸い上げたシリンジを右手に持ち、左手をパステルの顔に添えた。

フローリング床の上で、パステルの臀部が後ろに流れた。パステルは身体を支えることができずに俯せになった。四肢に力が入らないので、滑りやすい床ではお座りもできなくなっているのだ。

パステルは立ち上がろうとしたが、後ろ足が滑りふたたび俯せになってしまった。

「ごめんな。ちょっと待っててくれ」

南野は立ち上がり、クロゼットに向かった。聖が使っていたヨガマットがあるのを思い出したのだ。

パステルの足腰が弱っていることに気遣いができなかった自分に腹が立った。胸が張り裂けそうだった。立ったり座ったりするたびに、弱り切った身体にどれだけの負担がかかったことだろう。

パステルは、つらさ、苦しさを南野に伝えることもできないのだ。

「さあ、これで大丈夫だぞ」

南野はヨガマットをフローリング床に敷き、パステルの胴を抱え上げてお座りさせた。

「栄養つけような」

南野はシリンジの注入口をパステルの口角に挿し、五十ミリリットルの流動食を喉奥に流し込んだ。

黒崎からはパステルに必要な最低限の栄養を摂取させるには、一日に千五百ミリリットルの流動食を与えるように言われていた。それでも通常のドッグフードを食べるほうが、遥かに栄養は摂れるらしい。流動食はあくまで栄養補助食品なのだ。

一度の食事で七百五十ミリリットルを与えなければならないので、十五回に分けて流動食を注入しなければならない。消化器官が弱っているので、一度に多量の流動食を与えたら嘔吐してしまうからだ。

パステルが飲み込んだのを確認し、南野は二度目の流動食を注入した。

「ゆっくりでいいからな」

南野は言いながら、漏れた流動食が付着するパステルの口もとをタオルで拭った。

パステルが眼を細め、南野をみつめた。

「どうした？」

南野は優しく問いかけた。

どこまでも澄んだ瞳……信じることしか知らない瞳が南野をみつめ続けた。

この瞳に、誠実な人間として映りたかった。この瞳を、醜い姿で汚したくなかった。

四年前にパステルと出会わなければ……考えただけでぞっとした。

突然押しつけられた子犬。何度も追い払おうとした子犬。生活リズムを滅茶苦茶《めちゃくちゃ》にした子犬――迷惑な存在でしかなかった子犬が、南野を救ってくれた。

「ありがとうな。お前に恩返しが全然できてないから、まだまだ生きて貰わないと」

南野は笑顔で言うと、三度目の流動食を注入した。

パステルが南野をみつめたまま、流動食を飲み込んだ。

☆

南野はガラステーブルに載ったスマートフォンを手に取った。五時にセットしているアラームが鳴る前に眼が覚めた。

南野はソファから上体を起こして真っ先に、パステルに視線をやった。ソファの傍ら――パステルはヨガマットに置かれたクッションベッドで丸まっていた。

病状が悪化してからは、ケージの外で寝かせていた。少しでも南野のそばにいるほうが、パステルが安心するからだ。

微かに背中が上下しているのを見て、南野はほっと胸を撫で下ろした。毎朝眼が覚めるたびに、パステルが呼吸をしているかどうかを確認するのが日課になっていた。

南野は洗面所に移動すると、洗面器に温水を溜めてタオルを手にリビングルームに戻った。

「おめめを開けないとな」

南野は言いながら、湯で濡らしたタオルを目ヤニで塞がったパステルの右眼に当てた。湯の温度は熱過ぎると火傷するので、人間の体温くらいに調節する。三十秒経ったあたりで濡れタオルを外し、ふやけた目ヤニを丁寧に拭き取った。汚れたタオルを洗面器の湯で洗い、左眼の目ヤニも同じ手順で拭き取った。

「おはよう！　イケメンが見えたか？」

うっすらと眼を開けたパステルに、南野は軽口を叩いた。

目ヤニの掃除が終われば、食事のチェックだ。MRI検査で脳に異常がないとわかってから一週間が過ぎた。相変わらずパステルは南野がバイキング式に並べた紙皿に口をつけようとしなかった。それでもいままでは流動食を千五百ミリリットル摂取していたが、ここ数日は嘔吐の回数が増えて三分の一ほどしか与えることができなかった。

「頼む……」

南野は願いを込めて、昨夜から並べたままにしていた十五種類のフードが入った紙皿をチェックした。一皿、二皿、三皿、四皿、五皿……どれも口がつけられずに硬くなっていた。

「頼むから……」

六皿目から十皿目も、昨夜の状態のままフードが硬くなっていた。

南野は残る五皿を、恐る恐る見た。

願いは届かなかった。

南野は長いため息を吐いた。

「また数千円のフードを無駄にしたな。いまは前の会社ほど儲《もう》けてないから、このままじゃ破産してしまうぞ」

南野は冗談っぽい口調で言いながら笑った。

本当はジョークを飛ばす心の余裕はなかったが、パステルに悟られないように明るく振る舞った。

パステルは栄養不足で体力が持たないので昨日までの六日間、毎朝動物病院に連れてゆき点滴を打って貰っていた。

——とにかくいまはカロリー摂取が最優先です。これは『エネルギーサポート』というペーストタイプの栄養補助食品です。一本のチューブが六百キロカロリーあります。嗜好性のいいペーストなので、食欲のないワンちゃんの食いつきもいいと評判です。ただ、パステルちゃんに一度試してみたときには食べませんでした。なので、食べないときは歯茎に塗り付けてあげてください。

黒崎の説明が脳裏に蘇った。

「今日も朝から病院だから、パトロールの前にご飯にしような」

南野は落胆する気持ちを隠し、パステルに声をかけた。パステルは前足に顔を埋めたまま、上目遣いに南野を見た。

この一週間、パステルが起き上がるのは南野がリードとハーネスを手にしたときだけだった。

南野は紙皿をゴミ袋に捨てるとキッチンに行き、流動食のセットと『エネルギーサポート』を手にリビングルームに戻った。いつの間にかパステルが後をついて回らなくなったことに、慣れてしまっている自分がいた。

「寝たままでいいから飲んでくれ」

南野がシリンジを口元に近づけると、パステルが顔を背けた。

「おいおい、まだ一度も入れてないぞ。ほら」

南野は左手でパステルの顎を支え、シリンジを近づけた。ふたたび、パステルが顔を背けた。

「食べたくないのか？」

南野が訊ねると、パステルが前足に鼻面を埋めた。

無理やり食べさせて吐いてしまえば、余計にパステルの体力を奪ってしまう。南野は流動食を諦めて、『エネルギーサポート』のチューブを手に取った。琥珀色のペーストを人差し指の腹に載せた南野は、素早くパステルの歯茎に塗った。

パステルが俯せのままクチャクチャと音を立て、唇を動かした。

「いい子だ。もうちょっと頑張ろうな」

南野は反対側の歯茎にもペーストを塗り付けようとしたが、パステルが顔を背けた。

「つらくても食べような」

南野はパステルの顔を押さえ、ペーストを載せた人差し指を反対側の歯茎に塗った。

よろよろと立ち上がり、南野から逃げるようにリビングルームの端に移動していたパステルが、途中で腰砕けのようにへたり込んだ。

「パステル！」

南野はパステルに駆け寄った。

ペーストで口の周りをベトベトにしたパステルが、南野を見上げた。

「そんなに嫌だったのか？　でも、食べなきゃ身体が……」

泣き出しそうな顔のパステルを見て、南野は言葉の続きを呑み込んだ。

「わかったよ。いまは食べなくていいから」

南野は目ヤニを拭いた濡れタオルで、パステルの口の周りに付着したペーストを拭き取った。

「よし、きれいになった。じゃあ、パトロールに行こうか？」

南野が言うと、パステルが弾かれたように頭を上げた。

泣き出しそうだった顔が、生き生きとしていた。この瞬間だけ、元気な頃のパステルに戻ったような気がした。だが、いまの衰弱ぶりではさすがにパトロールは無理かもしれない。そのときは奏を呼んで車で行くことになる。

南野は念のためリードとハーネスを取りに行き、パステルに掲げて見せた。四肢を震わせ、パステルが立ち上がった。

「無理するなよ。なにも食べてないんだから、今日は車で行こう」

南野を無視するように、パステルがリビングルームを出た。

「ちょっと待てよ」

南野はパステルを追いかけ、玄関に続く廊下で捕まえるとハーネスを装着した。

「そんな身体で無茶なやつだな」

言葉とは裏腹に、南野は嬉しかった。

パステルが生きようとしていることが……。

☆

「病院までパトロール出発！」

南野は潑溂とした声で言うと、ドアを開けた。

背負ったリュックサックには、タオル、ウエットティッシュ、トイレシート、紙おむつ、給水ボトルが入っていた。

玄関を出たパステルは右に曲がり、一歩一歩、地面を踏み締めるように歩いた。

相変わらず尻尾は垂れ、顔は下を向いたままだった。

元気な頃のパステルなら、もう既に物凄い勢いで駆け出していた。

歩いているときでも弾むような足取りで、高く上がった尻尾は誇らしげに左右に揺れていた。

「ストップ」

南野は交差点の前でリードを引き、パステルに命じた。

パステルは立ち止まらずに前進した。

「病院はこっちだよ」

南野の制止など耳に入らないとでもいうように、パステルは前進を続けた。

パトロールの際に南野の言うことをきかないのは初めてのことだった。

「おい、どうしたんだ？　そっちはいつもの並木道のコースだぞ」

南野に抗うようにパステルはリードを引っ張ったが、体力が落ちているので力は弱かった。

「点滴を打たなきゃならないから、こっちにおいで」

南野が少しだけ力を入れてリードを引くと、パステルが後方によろけて尻餅をついた。

「大丈夫か⁉」

南野は慌てて駆け寄り、パステルの身体をチェックした。免疫力が落ちているので、少しの怪我が命取りになる。腰、臀部、後ろ足をチェックしたが、幸い擦傷は見当たらなかった。

「ごめんな、僕が力を入れ過ぎたから」

南野はパステルの首筋を撫でながら言った。

「でも、病院には行かなきゃ。なにも食べてないんだから、身体に栄養を……」

南野は言葉の続きを呑み込んだ。

パステルを撫でた手に、ごっそりと抜けた被毛の束が付着していた。

パステルが緩慢な動きで立ち上がり、ふらつく足取りで並木道のコースに向かって歩き始めた。

「パステル……」

南野は引き止めようとしたが思い直した。

家ではぐったりと寝てばかりのパステルが、南野の言うことに反してまで自己主張しているのだ。病は気から——いまのパステルには点滴や抗癌剤よりも、好きなことをやらせるのが一番の特効薬だ。

南野はパステルの後に続きながら、黒崎に予約時間の変更を告げるためにスマートフォンを取り出した。

8

見慣れた早朝の並木道を、一歩一歩、肉球で感触をたしかめるようにパステルは歩いていた。

植え込みに咲く黄色、紫、白のパンジーの花、落ちたパン屑《くず》を啄《ついば》むスズメ、アスファルトの亀裂から逞《たくま》しく芽吹く雑草……いままではパステルと走っているので、気づかないことが多かった。

パステルが足を止め、ゆっくりと首を巡らせた。まるで、南野との思い出が詰まった景色を瞳に焼きつけるとでもいうように。

南野も同じように街路樹を見渡した。

四年間、毎日のようにパトロールした風景をあと何回パステルと見ることが……。

南野はネガティヴな思考を慌てて打ち消した。パステルは抗癌剤でボロボロになりながら懸命に頑張っているというのに、健康な自分が弱気になっている場合ではなかった。

「できるなら、お前と代わってあげたいよ」

南野は屈み、パステルに言った。

朝陽を浴びると、パステルの被毛が抜け落ちまばらになっていることと浮き出した肋骨がよりいっそう目立った。

通り過ぎる人々が、パステルを振り返った。

初めて見る人はやつれ果てガリガリに痩せた犬に、顔見知りの人はパステルの変わり果てた姿に驚きを隠せないようだった。

人々の瞳に同情の色が浮かんでいるのが、南野には腹立たしかった。

彼らに悪意がないことはわかっている。もし、南野が逆の立場なら同じような反応をしたかもしれない。それでも、憐みの眼でパステルを見てほしくなかった。

「気にするな。病気が治れば抗癌剤投与もやめられるから食欲も出るさ。そしたら体重も増えて毛も生えてくる。すぐに昔みたいにムチムチのお前に戻れるから」

南野は明るい声で言いながら、パステルの首筋にそっと手を置いた。置いただけ……強く撫でると被毛が抜けてしまうからだ。

パステルがお座りをして眼を細めた。心地よい風に少なくなった被毛を靡《なび》かせ、パステルは思い出に浸っているようだった。

南野もパステルに寄り添い、眼を閉じた。

いま、「二人」は同じ風を感じている。
いま、「二人」は同じ囀りを耳にしている。
いま、「二人」は同じ記憶を共有している。

パピーの頃のパステルは……。

南野が部屋を移動するたびに、親ガモに続く子ガモのようについて回った。

ソファでうたた寝している南野の上に乗り、顔中舐め回し、それでも起きなければ飛び跳ねた。

パステルはフローリング床をスピードスケートの選手さながらに、四肢を滑らせ走り回った。クッション、リモコン、雑誌、書類……視界に入るすべてをくわえて逃げ回った。家具は齧られ、床は掘られて傷だらけになった。

南野が帰宅してケージの扉を開けると弾丸のように飛んできて、嬉ションを漏らしながらはしゃぎ回った。帰りが遅くなると嫌がらせのようにケージの中をふんだらけにして、被毛が茶色に染まっていた。

毎日、家の中に小さな台風が吹き荒れていた。一日の大半は、パステルの世話に追われていた。最初の頃は、迷惑で仕方がなかった。

だが、南野はあるときにふと気づいた。パステルと過ごす慌ただしい日々が、藤城にたいしての復讐心を忘れさせてくれたことに……誤解であったことに。

パステルがきてからの南野の生活は以前にも増して自分の時間がなくなったが、不思議と心に余裕ができた。

「港南制作」のときのようにピリピリもイライラもせず、人にたいして思いやる気持ちが芽生えた。

南野の心は旱魃地《かんばつち》のように干涸《ひから》びていた。草木一本生えず、虫一匹生息できない荒涼とした大地に陽光と水を与えてくれたのはパステルだった。パステルは砂漠に笑顔と愛情という花を咲かせてくれた。日が経つごとに花が増え、水が湧き、大地が潤った。荒れ果てた旱魃地が、あっという間にオアシスになった。パステルには振り回されてばかりだったが、南野には笑顔が絶えなかった。

南野は背後からパステルを包み込むように抱き締めた。パステルの鼓動に、南野は自らの鼓動を重ねた。

不意に、南野の頬を涙が伝った。

生きている。

パステルの心臓は、懸命に動いている。

パステルの鼓動は宝物――パステルの鼓動をこの先も聞けるなら、南野はどんな犠牲を払ってもよかった。

パステルの寿命が一日延びるごとに、南野の身に災いが起きても構わなかった。パステルと過ごせる日々が一日延びるごとに、南野はなにかを失っても構わなかった。

南野は眼を開けた。パステルが南野をみつめていた。

冬の湖水のように澄んだ瞳で……春の陽射しのように温かな瞳で。

「来年の夏に旅行しような。軽井沢がいいな。軽井沢は高原がたくさんあるから、好きなだけ走り回ることができるぞ。スタミナ自慢のお前でも、走り切れないくらいだ」

パステルの尻尾が地面で左右に動いた。

「行きたくなったか？　東京の夏は蒸し暑くてお前も大変だけど、軽井沢は涼しくて過ごしやすいから」

南野はパステルに語り続けた。

パステルの尻尾の動きが大きくなった。

「軽井沢まで車で三時間近くかかるから、病気を退治して体力を回復しないとな」

南野は言いながら、お座りをするパステルの震える前足に視線をやった。

パステルは息苦しそうに舌を出して激しい呼吸を繰り返す、いわゆるパンティングをしていた。

座っているだけでも、相当な体力を消耗しているのだろう。

「疲れただろう？　そろそろタクシーを拾って病院に行こうか？」

南野が言うとパステルが立ち上がった。

「さあ、戻ろう」

通りに向かおうとする南野と反対方向にパステルは歩き始めた。

「無理はしないほうがいいって。また、明日くればいいさ」

南野は言い聞かせたが、パステルは並木道を奥へと進もうとした。

無理に引っ張るとパステルが転倒してしまうので、南野はもうしばらくパトロールに付き合うことにした。

パステルはゆっくりとした足取りで並木道を歩いた。

トイプードルとミニチュアシュナウザーに追い抜かれた。

パステルが段差によろけた。

「大丈夫か⁉」

パステルが南野を振り返り、束《つか》の間《ま》みつめた。

僕達、たくさんこの道を歩いたね。毎日、僕は楽しかったよ。

パステルの声が聞こえたような気がした。

いや、気のせいではない。

パステルの笑顔がそう物語っていた。

「僕のほうこそ、ありがとうな。お前のおかげで、僕は人間でいられることができたよ。でも、まだまだだめな男だ。これからも、ずっとずっと僕を教育してくれよな」

南野は想いを込めた瞳で、パステルをみつめながら言った。

そう、南野にはパステルが必要だ。

パステルがいない生活など考えられなかった。

パステルが正面を向き、足を踏み出した。不意にパステルの歩調が速くなった。

南野は眼を疑った。

パステルがよろめきながら駆け出した。元気な頃のようなスピードはなかったが、南野には信じられなかった。

「おい、パステル、危ないから走っちゃだめだ」

南野は心配する反面、歓喜していた。

パステルが走る姿を見られるとは……パステルと一緒に並木道を走ることができるとは思ってもいなかった。

小走り程度の速さだが、耳を後ろに倒し、少なくなった被毛を風に靡かせ、パステルは走っていた。

パステルは走りながら、笑顔で南野を見上げた。とても嬉しそうな顔をしていた。南野も嬉しかった。心が震え、涙腺が熱を持った。

「神様、ありがとうござ……」

南野は感謝の言葉を呑み込んだ。

パステルがスローモーションのように前のめりに転倒した。

「パステル！」

腰を屈める南野の前で横たわったパステルは、薄目を開き荒い息を吐いていた。

「大丈夫か⁉　パステル！　パステル！」

南野の呼びかけにパステルは反応することもできず、苦しげに開いた口から涎を垂らしていた。

南野はパステルを慎重に抱きかかえ立ち上がると、通りに向かって早歩きした。想像を超えたパステルの軽さが、南野の胸を掻き毟《むし》った。

駆け出しそうになる足……堪えた。急がなければならないことはわかっていたが、振動でパステルに負担をかけるわけにはいかない。

「いま病院に連れて行くからな。もう少しの辛抱だ。大丈夫だから……」

南野はパステルと自らに言い聞かせた。

通りに出た南野は、空車のタクシーを探した。

出勤時間帯なのでタクシー自体は数多く走っていたが、乗車中ばかりだった。南野は動物病院のある初台方面に歩きながら空車を探した。

ようやく空車の赤いランプを灯《とも》したタクシーが走ってきた。南野は通りに飛び出しタクシーの前に立ちはだかった。けたたましいクラクションとともに、タクシーが急停車した。

「なにをやってるんだ！　死ぬ気か！」

ドライバーズシートから顔を出した初老の運転手が、南野に怒声を浴びせてきた。

「パステルを病院に連れて行きたいんです！　お願いします！　乗せてください！　お願いします！　お願いします！　お願いします！」

恥も外聞もなく、南野はタクシーの前で何度も頭を下げた。

南野はタクシーの後続車から矢のようなクラクションの嵐を浴びても、大声で懇願を続けた。

「とにかく乗りなさい！」

後部シートのドアが開いた。

「ありがとうございます！」

南野は礼を言いながら車内に乗り込んだ。

「危うく轢《ひ》き殺すところだったじゃないか……おや、ワンコが病気かい？」

振り返った初老の運転手が、南野の膝の上で横たわるパステルに気づいた。

「はい、パステルは抗癌剤の治療中ですがパトロールの途中で倒れてしまって……急いで病院に行かなきゃならないんです！」

「そりゃ急がないとな。お兄さん、病院はどこだい？」

「初台の水道道路沿いです！」

南野が言い終わらないうちに、運転手はタクシーを発進させた。

「もうすぐ着くからな。大丈夫か？　どこが苦しいんだ？」

南野はパステルの脇腹を擦りながら声をかけた。

パステルは南野の膝の上で苦しげな呼吸を繰り返していた。

南野の呼びかけにも、パステルの尻尾はピクリともしなかった。

「運転手さん、もっと急いでください！」

堪らず、南野は運転手を急かした。

「焦りは禁物だ。スピード違反で捕まったら、もっと遅れるんだぞ？　お兄さん、急がば回れって諺《ことわざ》があるだろう？　心配しないでも、あと五分前後で到着するよ」

運転手が南野に諭し聞かせるように言った。

「すみません。気が急いてしまって……」

南野は剝製のように動かないパステルを、祈りの思いを込めた眼でみつめた。パステルの鼻孔から漏れるスースーという息が、南野の消失寸前の理性を保たせた。

南野は給水ボトルの水で濡らした掌を、パステルの口につけた。パステルが微かに舌を出し、眼を閉じたまま掌の水を舐めた。

「よしよし、いいぞ。その調子だ」

南野は言いながら、給水ボトルの水を掌に垂らした。舌の動きは弱々しかったが、パステルは掌の水をすべて舐めた。

生きようとしている……パステルは懸命に命の灯を消さないようにしている。南野を哀しませないために……。

南野の顎先を伝って落ちた滴が、パステルの脇腹に落ちて弾けた。

☆

「大丈夫だよ。ママがついてるからね」

待合フロアのベンチチェアに座っていた南野は、首を巡らせた。

後列のベンチチェア――ぐったりとしたミニチュアダックスフンドを抱いた老婆が、優しい声で語りかけていた。

ミニチュアダックスをみつめる表情は穏やかで、口もとには笑みを湛えていた。

「ハナは、もう十七歳のおばあちゃんなんですよ」

南野の視線に気づいた老婆が笑顔を向けた。

「長生きですね」

南野も笑顔で言った。

「人間で言えば百歳くらいだから、私より三十は年上ね。白内障で両目も見えなくて、耳も遠くなって、歯も抜けちゃってね。内臓の機能も低下して、明日お迎えがきてもおかしくない状態なんですよ」

話の内容とは裏腹に、老婆の表情から哀しみや不安は窺えなかった。

「その日が、怖くないですか?」

思わず、南野は訊ねていた。

「怖くはないですね。そりゃあ、寂しさはあります。十七年、苦楽を共にしてきたんですもの。でもね、それ以上にこの子は素敵な宝物を残してくれたんですよ」

老婆がミニチュアダックスの白い瞳を愛《いと》おしそうにみつめた。

「素敵な宝物?」

南野は老婆の言葉を鸚鵡返しにした。

「ええ。この子が悪戯したとき、この子がご飯を催促するとき、この子がお風呂を嫌がるとき、この子が布団に潜り込んできたとき、この子が布団にお漏らししたとき、この子が公園で走り回っているとき、この子が雷を怖がり私の胸に飛び込んできたとき、この子がドラマを観て泣いている私に心配そうに寄り添ってくれたとき、この子と散歩を通して四季を感じたとき、この子がヘルニアで入院する私を哀しそうに見送ったとき、退院のときに嬉し過ぎてお漏らしをしたとき……この子と過ごしたすべての出来事が私にとって宝物なんですよ」

老婆のミニチュアダックスに注がれる眼差しは、我が子に無償の愛を与える母親のようだった。

パステルと出会う前の南野なら、老婆を冷めた眼で見たかもしれない。だが、いまなら理解できる。老婆の言う宝物の意味が……。

「お兄さんのワンちゃんはどこか具合が悪いのかしら？」

老婆が訊ねてきた。

「パステル……ウチの犬の名前ですが、悪性リンパ腫のステージ4で抗癌剤治療を受けています。今朝、散歩の途中で倒れてしまって……」

「南野さん、第二診療室へお越しください」

受付の女性が、南野に告げた。

「呼ばれたようです。ワンちゃん、お大事に」

南野は老婆に言うと腰を上げた。

「ありがとうございます。パステルちゃん心細かったでしょうから、パパの匂いを一杯嗅がせてあげてくださいね」

「はい。では、失礼します」

南野は頭を下げ、診療室に向かった。

「パステルはどうでしたか⁉」

南野は診療室に入るなり、デスクチェアに座る黒崎獣医師に訊ねた。

「いま、パステルちゃんは入院フロアで点滴を打っています。とりあえず、お座りください」

黒崎が南野に椅子を勧めた。

「検査の結果、パステルちゃんのリンパ腫に浸潤は見られません。ただ、各臓器がほとんど機能しておらず、血圧がどんどん下がり続けています。非常に危険な状態です」

黒崎がいつものように淡々と切り出した。

「腫瘍が増えてないのに、どうしてですか⁉　どうして、パステルが危険な状態になるんですか⁉」

南野は語気を強めて訊ねた。

「以前もお話ししたと思いますが、抗癌剤は癌細胞を叩くと同時にパステルちゃんの正常な細胞も叩きました。心臓、腎臓、肝臓、膵臓はかなりのダメージを受けています」

「一番の原因はなんなんですか⁉　パステルの命を奪おうとしている病魔がわからなければ、救う方法もわからないじゃないですか⁉」

「特定はできません。というより、パステルちゃんのいまの状態は複合的な要因が重なったもの……つまり、多臓器不全の症状だと思われます」

「じゃあ、多臓器不全を治す方法はなんですか⁉　手術ですか⁉　薬ですか⁉　放射線ですか⁉」

南野は矢継ぎ早に質問した。

「残念ながら、いまは点滴を打ちながら経過を見守るしかありません。このまま血圧が下がり続けるようでしたら輸血の必要があります」

「それでパステルは元気になるんですか？」

「繰り返しになりますが、経過を見守るしかありません。血圧が上昇すれば、ひとまず峠は越えたと言えるでしょう」

「上昇しなければ……どうなるんですか？　パステルは……死んでしまうんですか？」

薄く掠れた声——南野は恐る恐る質問を重ねた。

「いま、パステルちゃんの収縮期の血圧は八十五です。心拍数も体温も下がっています」

「もっと、わかりやすく説明してくれませんか⁉」

南野は身を乗り出した。

「人間も犬も、全身に血液が循環することで生きています。心臓はポンプの役割を果たし、秒ごとに血液を送り続けます。血圧が低下するとポンプの機能も低下し、身体は十分な体液や酸素を受け取れなくなります。酸素と栄養が減少し続けると生命活動を維持できなくなります。つまり危篤状態に陥るということです。危篤状態になると脳に酸素が回らなくなるので意識が朦朧《もうろう》とし、自発呼吸もできなくなります」

「要するに……パステルは危篤状態ということですか⁉」

南野の声はうわずり、震えていた。

「ギリギリの状態だと思います。これ以上血圧が下がり続けると、いつ心肺停止になってもおかしくありません」

心肺停止……。

黒崎の声がフェードアウトした。

「もちろん、そうならないように最善を尽くします。南野さん。今日のお仕事の予定はどうなっていますか？　申し上げづらいことですが、容態が急変したときにすぐに連絡が取れるかどうかの確認です」

厳しい現実を突きつけられ、南野はすぐに言葉を返せなかった。

両膝が震えた、唇が震えた……心が震えた。

「……パステルに会わせてください」

南野は黒崎にうわずる声音で言った。

「もちろん構いませんが、パステルちゃんは血圧が低下しているので意識がない状態です」

「そばにいてあげたいんです」

南野は黒崎の眼をみつめた。

「そうしてあげてください。パステルちゃん、喜ぶと思います。じゃあ、行きましょう」

黒崎は立ち上がり、南野を促した。

に続いた。

☆

三階の入院フロアでエレベーターは停止した。扉が開き、黒崎が下りた。南野は黒崎

壁に嵌め込まれたケージには、チワワ、トイプードル、柴犬がいて点滴を受けていた。ほかにも、五頭の小型犬が身を丸めて寝ていた。ペットショップと違うのは、ケージの中の犬達に覇気がないということだった。

「パステルちゃんは奥の酸素室にいます」

黒崎が足を止めて振り返った。

「酸素室に？」

「ええ。パステルちゃんは血中酸素が減少しており、自発的呼吸が弱くなっています」

黒崎の言葉が鋭い矢じりのように、南野の胸を貫いた。

「さあ、こちらへ」

黒崎が足を踏み出し、奥のフロアへ南野を促した。

「パステルちゃんは、あそこです」

黒崎の指差す先――壁際の酸素室に、複数の管とコードに繋がれたパステルが俯せに寝そべっていた。

「運び込まれてからずっと、あの状態です」

「僕は、こんな状態のパステルを散歩で走らせてしまったのか……」

罪悪感の波に、南野は呑み込まれてしまいそうだった。

南野は歩み寄り、酸素室の前に屈んだ。

「パステル……ごめんな……僕を許してくれ……」

南野はガラス越しに詫びた。

「パステルちゃんは、わかっていますよ。南野さんの気持ちが」

南野の背後から黒崎が言った。

「いえ、僕が無理をさせたからパステルは……」

「パステルちゃんが、そうしたかったんですよ」

南野の自責の声を、女性の声が遮った。

「大好きな人と毎日パトロールした大好きな並木道を、もう一度歩きたかったんだと思います」

奏が南野の隣に腰を下ろしながら言った。待合室から、南野は奏に電話を入れていたのだ。

「そうだろうか……」

身体中に管を繋がれぐったりしているパステルをみつめ、南野は放心状態で呟いた。

理由はどうであれ、パステルに無理をさせずに病院に連れて行っていればこんなことにはならなかったはずだ。

「もし、パステルちゃんの旅立ちが近いのなら……余計にそうしたかったはずです」

弾かれたように、南野は奏を見た。赤く潤んだ涙目の奏が、南野に微笑みかけた。

「あ、パステルちゃんが……」

看護師が驚きの声を上げた。南野は酸素室に顔を戻した。

パステルが前足を震わせながら後ろ足を引き摺り、酸素室の出口に這いずり寄ってきた。

「立ち上がるなんて、驚きです！」

黒崎が珍しく興奮気味に言った。

パステルは上半身をブルブルと震わせ、目ヤニだらけの瞳で南野をみつめながらアシカのように後ろ足を引き摺り、一歩、また一歩、前足を踏み出した。

「扉を開けてもいいですか⁉」

南野は黒崎に訊ねた。

「もちろんです」

「パステル、僕だよ！」

南野が酸素室の扉を開けると、パステルの耳がピクリと動いた。

管とコードが絡まった痩せこけた身体で、必死になって南野のほうに這いずってこようとしている。出口まで僅か四、五十センチほどだが、衰弱したパステルにとっては四、五百メートルほどあるように感じるのかもしれない。

パステルが止まり、鼻を蠢かしながら首を巡らせた。

「恐らくパステルちゃんは、眼が見えていないのでしょう。匂いと声を頼りに、南野さんのほうに向かおうとしています。意識も混濁している状態で、南野さんの匂いと声がパステルちゃんを衝き動かしている原動力なのです」

「パステルの眼が……」

あの黒く円らな瞳には、もう自分の姿が映っていないのか？

相変わらず鼻を蠢かし首を巡らせるパステルの姿に、南野の胸は押し潰されそうだった。

「パステル！　僕はここだよ！」

南野の呼びかけに、パステルの耳が動いた。

震える前足で下半身を引き摺りながら、パステルがふたたび南野のほうへ這いずり始めた。

溢れそうになる涙を、南野は堪えた。

泣くときは、パステルが死んだときだ。

パステルは死なない。

パステルは必ず持ち直す。

だから南野が、涙を流す理由はない。

根拠のない願望ではなかった。こんなに純粋で心のきれいなパステルが、僅か四歳で天に召されるはずがない。

パステルは南野を地獄から救ってくれた。南野はまだ、パステルになにも恩返しをしていない。これから、五年、十年……パステルが老犬になるまで時間をかけて恩を返すつもりだ。

パステルが南野のもとに辿り着き、胸に身体を預けた。鼻をヒクヒクと動かし、南野の匂いを嗅いでいた。

「頑張ったね。よく動けたな。ありがとう……」

南野は嗚咽交じりに言いながら、パステルの頭を撫でた。

パステルが腕に顎を乗せ、南野を見上げた。

眼が見えていないというのが信じられないくらいに、パステルの瞳は澄んでいた。

「きっと、よくなるから。また、並木道を一緒に走ろうな。でも、少しは手加減してくれないと僕も四十過ぎのおっさんだから、翌日筋肉痛でパトロールに行けなくなっちゃうよ」

南野はパステルに微笑みかけた。

「パパが筋肉痛で走れなくなったら、私が一緒に走ってあげるからね」

眼を真っ赤にした奏が、鼻声で言った。

パステルが身体を震わせながら身体を起こそうとした。よろけ、ふらつきつつもパステルは立ち上がり、南野の唇をペロペロと舐めた。

「もう意識がないはずなのに……信じられません」

黒崎が呟いた。

パステルが舐めるのをやめ、南野をじっとみつめた。

僕をそばにおいてくれて、ありがとうね。あなたと出会えて、幸せだったよ。

「なにを言ってるんだ？　もう会えないみたいじゃないか？」

黒崎と奏が、訝しげに南野を見た。

僕は肉体を脱ぎ捨てるけど、哀しまないでね。

「そんなこと言わないでくれ。まだ、これからもずっとお前と一緒にいたいんだ」

大丈夫。眼には見えなくなるけど、これからもあなたのそばにいるから。

パステルが眼をカッと見開き、全身を大きく震わせると真横に倒れた。

瞳が反転し、ピンと突っ張った四肢が痙攣していた。

「パステル……パステル！」

南野の叫びが、入院フロアの空気を切り裂いた。

パステルの痙攣がおさまり、ぐったりと動かなくなった。

「すみません！」

黒崎が南野を押し退け、パステルの腹部から股関節のあたりに指先を当てた。

「微かですが脈拍はあります。意識確認をします。パステルちゃん！　パステルちゃん！　パステルちゃん！」

黒崎がパステルの名前を大声で連呼しながら背中を叩いた。

「花井《はない》君、ピンセット」

花井と呼ばれた看護師が黒崎にピンセットを渡した。

「呼びかけに反応しないので、痛覚を刺激します」

黒崎は南野に説明し、ピンセットでパステルの右後ろ足の指の間を強く挟んだ。

パステルの右後ろ足が微かに動いた。

「ＣＰＲ（心肺蘇生処置）の準備！　南野さん、空けてください！」

黒崎が酸素室に上半身を突っ込みパステルを抱き上げると診察台に運んだ。

右半身を下に横たわらせると、口をこじ開け指先で摘まんだ舌を引っ張り出した。

「日野《ひの》君、ハンドタオルを頼む！」

黒崎に命じられた若い看護師が、筒状に巻いたハンドタオルをパステルの口にくわえさせた。

ひきつけを起こし、舌を噛み切らないようにするためだろう。

「これから心臓マッサージと人工呼吸を始めます。一分間に百二十回の圧をかけてゆきます。場合によっては肋骨に罅が入りますが、蘇生優先なのでご理解頂けますか？」

黒崎が早口で南野に説明し、許諾を求めた。

「はい！　お願いします！　パステルを助けてください！」

南野は黒崎に頭を下げた。

「では、CPRを始めます」

黒崎は三人の看護師に言うと、重ねた両手をパステルの左前足の付け根あたりに当て、真上から勢いよく圧迫し始めた。

二回、三回、四回、五回、六回……黒崎はリズミカルにパステルの胸部を押し続けた。

日野という看護師がパステルの口からハンドタオルを外し、マズルを摑むと鼻に口を当て鼻孔に息を吹き込んだ。

花井と呼ばれた看護師はパステルの身体が動かないように黒崎と向かい合う格好で立ち、頭部と腰を押さえていた。黒崎は心電図モニターをちらちら見ながら心臓マッサージを繰り返した。日野はふたたびパステルの鼻孔に口をつけ、人工呼吸を行っていた。

南野は目の前で繰り広げられている光景が信じられず、呆然と立ち尽くしていた。

「パステルちゃん、頑張れ！　パステルちゃん、頑張れ！」

黒崎は言いながら、パステルの胸部を圧迫し続けた。

額には玉の汗がびっしりと浮かんでいた。

「二分経過しました」

モニターの横にいる看護師が黒崎に言った。

「南野さん、パステルちゃんの耳元で名前を呼んであげてください」

汗塗れでパステルの左胸部を圧迫しながら、黒崎が南野に言った。

南野はパステルの顔の前に移動し、腰を屈めた。

半開きの瞼から覗く生気のないガラス玉のような瞳に、南野は泣き出しそうになった。


泣かない。パステルは死なないのだから。

泣かない。自分を残して逝くはずはないのだから。


「パステル！　頑張れ！　パステル！　逝かないでくれ！　パステル！　パステル！　パステル！」

南野はパステルの前足を握り、大声で呼びかけた。

「パステルちゃん！　パステルちゃん！」

南野の声に奏の声も重なった。

パステルの身体が黒崎の心臓マッサージで激しく揺れた。

だが、パステルの瞳はガラス玉のままだった。

「パステル！　まだ四歳じゃないか！　これからまだまだ一緒にいるんだろ!?　パステ

ル！　パステル！」

声をかぎりに叫んだ——思いのかぎりに叫んだ。

「四分経過しました」

誰かの声が聞こえた。

「パステルちゃん！　頑張って！」

誰かの声が聞こえた。

パステルの身体が激しく上下に揺れていた。

パステルの意識はないのに、南野には顔が苦しげに見えた。

ガラス玉の瞳が上下に揺れる、揺れる、揺れる……。

「先生、もう……やめてください」

誰かの声が聞こえた。

「本当にいいんですか？」

誰かの声が聞こえた。

「はい。これ以上、苦しめたくありません……」

誰かの声が聞こえた。

パステルの揺れが止まった。

パステルのガラス玉の瞳に生気が宿った。

黒く円らな瞳……出会った頃のパステルの瞳が、南野をみつめた。

ありがとう。見えなくなるけど、ずっとそばにいるからね。


たしかに聞こえた。空耳ではなく、パステルの声が。

パステルの瞳から生気が消えた。

立ち上がろうとした南野は、バランスを崩しよろめいた。

「大丈夫ですか？」

奏が南野を支え、涙声で訊ねてきた。

南野は返事する気力もなかった。思考力が消失し、頭が真っ白に染まった。

色を失った視界──黒崎がペンライトでパステルの瞳孔をチェックしていた。

「十一時三分、パステルちゃん、ご臨終です」

振り返った黒崎の唇が動いていた。

パステルは死んだのか？

南野は虚ろな瞳で、診察台に横たわるパステルをみつめた。

眼を閉じた。

悪戯が好きなパステルのことだ。

天に旅立つのをやめて、ひょっこりと起き上がるかもしれない。ちぎれそうに尻尾を振りながら南野に飛びつき、顔中舐め回す気なのだろう。あるいは診察台から飛び下り、奏の働いていたペットショップでそうしたようにそこら中の物を倒しながら逃げ回るつもりかもしれない。

「南野さん、パステルちゃんを抱いてあげてください」

南野は眼を開けた。

目の前に、パステルを抱いた黒崎が立っていた。南野は、恐る恐る両腕を差し出した。

黒崎がパステルを南野の腕の中に渡した。

パステルは、まだ温かかった。いまにも眼を開け、そこら中を駆け回りそうだった。

南野はパステルを抱き締め、頬ずりした。

嘘だろう?

南野は心で問いかけ、パステルを抱き締める腕に力を込めた。

僕を驚かせようとしているのなら、もう十分だ。眼を開けてくれ……顔を舐めてくれ。

いつものように、僕に迷惑をかけてくれ……。

パステルの薄くなった被毛が、南野の涙で濡れた。

9

南野は空になったロックグラスにバーボンを注ぐなり、すぐに飲み干した。間を置かずに六杯目を注いだ。

南野は足元に落ちていた空のペットボトルを拾って投げた。フローリング床を転がるペットボトルを、虚ろな瞳で見送った。いつもなら、とっくにパステルが追いかけてくわえていた。誰に邪魔されることなくペットボトルは、リビングルームの端まで転がり壁にぶつかった。

南野は視線をボロボロになったベージュのクッションに移した。脚本を読むときのために買ったものだが、一度しか使わないうちにパステルに横取りされてしまった。我がもの顔で占領していたクッションにパステルの姿は……。

南野は蘇りそうになる記憶を打ち消すように、六杯目のグラスを空けた。

カップ麺の器と空のボトルが散乱するテーブルの上で、スマートフォンが震えていた。

南野は気だるげに身を乗り出した。ディスプレイに表示される奏の名前。十秒ほどで振動はおさまった。

会社を休んでいる三日間で、奏から十数件の着信が入っていた。

スタッフには仕事の連絡はメールで伝えるように言ってあるので、誰からの電話も取らなかった。

パステルの葬儀を終えた翌日から、南野は出社していた。抜け殻のようになった南野に、パステルが旅立ったことを知るスタッフは慰めの言葉をかけてきてくれた。職業柄、みな、動物好きな者ばかりなので南野の気持ちを察してくれた。

それが余計につらかった。どれだけ気遣われても、南野の心に空いた穴が塞がることはない。いっそのこと無関心でいてくれたほうが楽だった。

気遣うスタッフを気遣える余裕もなく、南野は体調不良を理由に二日前から休みを取っていた。

この一ヵ月、ろくに食事を摂っていなかった。一日の食事がカップ麺一食という日も珍しくなかった。食欲もないが、料理を作ったり外食したりする気力もなかった。

なにをする気にもなれず、南野の口の周りは無精髭に覆われ髪の毛も乱れ放題だった。パステルとパトロールする以外は、家に籠りきりだった。パステルの動画や写真を観ることもできずに、一日中ソファの上で過ごす日々が続いた。

いままで着ていたスーツのウエストに拳が入るほど、南野は短期間に痩せた。食事を摂らない代わりに、控えていた酒量が増えた。パステルと暮らした四年間……まともになった南野の生活は、ふたたび元の荒んだ状態に戻りつつあった。

七杯目のバーボンを注ごうとして、南野はボトルが空なのに気づいた。ソファから立ち上がった南野は、ふらつく足取りでキッチンに向かった。ボトルを一本空けても、南野は酔えなかった。全身は鎧《よろい》を着ているように重くだるかったが、頭の芯は冴えていた。なにもかも忘れたいのに、呑めば呑むほどにパステルとの思い出が鮮明に蘇った。

冷蔵庫から取り出した缶ビールを呑みながらリビングルームに戻ると、南野はケージの前に胡坐をかいた。トイレマット、毛布、ハミガキボーン、熊のぬいぐるみ……ケージは一ヵ月前、パステルが生きているときの状態のままになっていた。

パステルの死を受け入れてしまいそうで、ケージを片づけることができなかった。

「僕に恩返しの時間をくれないなんて……」

南野は震える語尾を呑み込み、缶ビールを呷った。

ＬＩＮＥの着信を伝える振動音が聞こえた。南野は立ち上がりスマートフォンを手に取った。送信者は奏だった。

ソファに座ろうとした南野はバランスを崩し、スマートフォンを持ったまま仰向けに倒れた。背中と腰をしたたかに打ちつけた。情けなくて、笑いが込み上げてきた。

南野は奏のアイコンをタップした。


すみません。ＬＩＮＥを送ってしまいましたが、仕事のことではありません。

この三日間、連絡が取れずに心配しています。ご飯は食べていますか？

会社のほうは気にしなくていいので、ゆっくり心を休めてください。

スタッフのみんなも、私と同じ気持ちです。

でも、食事だけはしてくださいね。身体は資本ですから。

身体が弱れば心も弱ってしまいます。

では、ふたたび笑顔で会えることを祈って。


南野はＬＩＮＥの文面をみつめながらため息を吐いた。愛犬の死で部屋に引き籠り自堕落な生活を送るなど、だらしない社長だ。

結局、なにも変わっていなかった。パステルが導いてくれていただけで、南野自身は少しも成長していなかった。パステルに会いたくて、スマートフォンの画像フォルダを開こうとした指を宙で止めた。

数秒間逡巡したのちに、スマートフォンを胸に置いて眼を閉じた。目尻からこめかみに、生温い滴が伝った。

☆

枝葉の隙間から射し込む優しい木漏れ日が、パステルの被毛を黄金色に染めた。

風に乗って聞こえてくる「エリーゼのために」のピアノの調べと雀の囀りが、南野とパステルを歓迎していた。

四年間、毎朝、パステルとともに歩いた並木道……二人の思い出が詰まった並木道。

パステルと出会うまでの夢は、「港南制作」を日本一の映像制作会社にすることだった。

夢を叶えるために人生を犠牲にした。

夢を叶えるために多くの人を傷つけた。

パステルと出会ってから夢は捨てた。人生を犠牲にし、人を傷つけてまで手に入れる夢などほしくはなかった。いや、それは夢ではない。パステルが教えてくれた。

手に入れたときに幸せな気持ちになる……それが本当の夢だ。

南野は高視聴率を取るドラマを作る代わりに思いやりを学んだ。

栄光の代わりに、平穏な日々を手に入れた。

称賛の代わりに、笑顔を手に入れた。

名誉の代わりに、信じる心を手に入れた。


「お前のおかげだよ」

南野はパステルに語りかけた。

弾む足取りのパステルが笑顔で南野を見上げた。

十数メートル先からスポーツウェアに身を包んだ顔見知りの女性が走ってきた。挨拶を交わす程度の仲だが、いつもパステルに微笑み手を振ってくれる。

南野の持つリードの先を見た女性が、上げかけた手を宙で止めた。女性から微笑みが消え、怪訝そうな顔で通り過ぎた。

「今日は彼女、どうしたんだろうな?」

南野はふたたびパステルに語りかけた。

本当はわかっていた。

「おはようございます。今日も早いですね」

犬友のトイプードル……モカを連れた中年女性が声をかけてきた。

「おはようございます！」

南野は溌溂とした声で挨拶を返した。

モカが南野の足にジャレついてきた。

「よしよし、今日も元気だね」

南野は腰を屈め、モカの頭を撫でた。

「あら？　今日、パステルちゃんは？」

中年女性の質問に、南野は現実に引き戻された。

「あ、ああ……今日は家にいます」

南野は咄嗟に口走っていた。

「そうなんですか……」

中年女性が腑《ふ》に落ちないといった顔で、南野の手に握られたリードとハーネスに視線を移した。

「では、失礼します」

中年女性から次の質問をされないうちに、南野は駆け出した。

口にしたくなかった。受け入れたくなかった。パステルがいなくなったことを……。

視界の端で速く流れる景色は、南野にパステルが元気だった頃を思い出させた。だが、聞こえる息遣いも足音も南野のものだけだった。

南野は足を止め、荒い息を吐きながら虚ろな瞳で並木道をみつめた。

風に舞う落ち葉を追いかけるパステル、一斉に飛び立つ鳩《はと》の群れに驚き逃げ出すパステル、全力疾走して息を切らす南野を気遣うように見上げるパステル、茶太郎と嬉しそうにじゃれ合うパステル、ベンチに座る南野の足元で心地よさそうに寝そべるパステル……四年間の思い出が、ダイジェスト映像のように脳裏を駆け巡った。

南野は左手に握り締めたスカイブルーのリードの束に視線を落とした。

パステルがいなくなって一ヵ月。

南野はパステルとパトロールしていたときと同じ時間に家を出て、リードとハーネスを手に並木道を歩いた。

ケージもそのままにし、給水ボトルの水を毎日替えていた。

パステルは死んだ。もう戻ってはこない。

頭では理解できても、心が受け付けなかった。

パステルがいなくなってから、南野の心のスイッチは切れていた。

美しい花を見ても、美味しい料理を食べても、素晴らしい演奏を聴いても、なにも感じなかった。

感じるのは、いるはずの場所にパステルがいないときの胸の痛みだ。

南野は首に下げたロケットペンダント……パステルの遺骨を握り締め眼を閉じた。

いまさらながら、パステルを預けられたときに冷たく接したことを後悔した。一日も早く追い出したくて、受け入れ先を探し回ったことを後悔した。

たった四年で別れがくるとわかっていたら……。

「やっぱり、ここにいましたね」

不意に声をかけられた。

南野は眼を開け、振り返ると、茶太郎を連れた奏が立っていた。

「LINEしても返信がないし電話をしても繋がらないし。もしかして、同じ時間帯にパトロールしてるのかな……と思って。ビンゴでしょ？」

奏が屈託のない顔で笑った。

「こんなものを持って、馬鹿みたいだろう？」

南野はリードを持つ手を掲げ、自嘲的に笑った。

「全然。私も茶太郎がいなくなったら、同じことをすると思います」

「迷惑をかけて悪いね。明日から出社するよ」

南野は奏から眼を逸らして言った。

不甲斐《ふがい》ない社長に代わって会社を切り盛りする専務の瞳を、恥ずかしくて直視できなかった。

茶太郎が後ろ足立ちになり、南野の膝を前足で引っかく仕草をした。

「パステルがいなくて寂しいのか？」

南野は言いながら腰を屈めると、茶太郎の首筋を撫でた。

茶太郎が南野の頬をペロペロと舐めた。

毎日のように遊んでいた茶太郎を見ていると、パステルの記憶が蘇りつらかった。

「ほら、茶太郎、こっちにきなさい」

奏がハミガキボーンを掲げ、茶太郎を呼び寄せた。

茶太郎は地面に伏せ、前足でハミガキボーンを挟み夢中で齧り始めた。

「座りませんか？」

奏が南野をベンチに促した。

「ここの景色は変わらないな」

南野が隣に腰を下ろすと、奏が独り言のように呟いた。

ボサボサの髪、無精髭に覆われた頬、酒に浮腫《むく》む顔……奏は気づいているだろう。だが、南野の変化に奏が触れてくることはなかった。

「ああ。ここにくると、パステルを思い出してつらいよ」

南野は本音を漏らした。奏には胸襟を開くことができた。

「じゃあ、なぜパトロールをするんですか？」

「パステルを忘れたくないし……その前に、死を受け入れたくないんだ」

南野は絞り出すような声で心情を吐露した。

「パステルちゃんが怒りますよ」

不意に奏が言った。

「え？」

南野は奏に顔を向けた。

「僕との四年間を忘れたの、って」

奏が南野の眼をみつめた。さっきまでと違い奏の表情は厳しいものだった。

「忘れるはずがない」

南野はきっぱりと言った。

一日……いや、一分たりともパステルが頭から離れたことはなかった。

「パステルちゃんのことじゃなくて自分のことです」

「どういうこと？」

南野は怪訝な顔で訊ねた。

「パステルちゃんのことを覚えていても、パステルちゃんと暮らしていたときの社長のことを忘れかけています。私は昔の社長のことは知りません。でも、社長はよく言ってましたよね？　パステルのおかげで、踏み外した道に戻ってこられたって。自分がいなくなってまた社長が道を踏み外したら、パステルちゃんはどう思いますか？　自棄《やけ》になった社長を見たら、きっとパステルちゃんは哀しみますよ」

奏の言葉が、南野の胸を貫いた。

こんな自分でもパステルが見てくれたら……嫌われてもいいからパステルが姿を見せてくれたら、どんなに嬉しいだろう。

幽霊でも幻覚でも構わない。もう一度パステルに会いたかった。

おとなしくハミガキボーンを齧っていた茶太郎が、南野の足元に駆け寄ってきた。

ピンと伸ばした前足、お辞儀をするように下げた頭、高々と上げたお尻、勢いよく左右に動く尻尾……茶太郎はキラキラした瞳で、南野の膝のあたりをみつめていた。

「あら、プレイバウなんかしちゃって。どうしたの?」

奏が微笑みながら、茶太郎に声をかけた。

茶太郎が前足で踏み込んでは戻ることを繰り返し、嬉しそうに吠え始めた。

不思議なのは茶太郎の視線が、南野の足元に向いていることだった。

「パステルちゃんが、視《み》えてるのね」

不意に奏が呟いた。

「え?」

南野はふたたび奏に顔を向けた。

「私が幼い頃、母が保護犬施設でボランティアをやっていたんです。施設にいるのは、ほとんどが飼い主の都合で捨てられた犬や虐待されていた犬でした。ときには引き取って数時間後に息を引き取る子もいたそうです」

南野の胸が痛んだ。

「人間にイジメられて、捨てられて、ワンちゃん達がかわいそう。そう言って泣きじゃくる私に、母は優しく微笑みながらこう言いました。この子達はね、どんな飼い主であっても恨んだりしないのよ。ひどい目にあって飼い主を怖がることはあっても、憎んだりはしない。保護した子達の傷口を手当てして、身体を綺麗にして、ご飯をあげて……その直後に息を引き取った子達は、たった数時間でも愛情を受けたことを忘れないの」

奏は幼い頃を思い出しているのだろう、眼を閉じ微笑んだ。

「なんだか、せつない話だね」

南野は沈んだ声で言った。

「そうでもないんですよ。母の話を続けますね」

奏がおもむろに眼を開けた。

「死んだらすべてが終わりと思っている人が多いけど、古くなった肉体を脱ぎ捨てるだけで魂は生きてるのよ。奏もお洋服が汚れたり破れたりすれば、脱いで新しいものに着替えるでしょう？　それと同じよ。人間の愛情を知らない野生動物は肉体を脱いだら動物の天国に行くけど、愛情をたっぷりかけて貰ったペットは虹の橋という場所に行くの。天国に続く光の橋を虹の橋と言うんだけど、虹の橋の前には暖かい光が降り注ぎ空気が澄んだ広い草原があって、おいしいご飯やお水がたっぷり用意されてるのよ。ペット達は怪我や病気も治り、一番元気な頃の姿で先にきたお友達と楽しく遊んでいるの」

奏が優しい眼差しでプレイバウを繰り返す茶太郎をみつめながら、母の言葉を語った。

「愛情をくれた飼い主が旅立つまで、ペットは草原で待ってるの。飼い主にその日がきたらペットは出迎えて、一緒に虹の橋を渡って天国に案内するのよ。――母は私を寝かしつけるときに、絵本代わりに虹の橋の話をしてくれました」

奏が茶太郎から南野に視線を移した。

「つまり空に旅立ったペットが、飼い主が死ぬのを待っているっていうこと？」

南野は質問した端から自嘲した。

奏が言っていた通りに、虹の橋の話は母親が幼子に聞かせるようなお伽話《とぎばなし》だ。だが、南野は心とは裏腹に奏の話に引き込まれていた。

「もちろん早く天界にきてほしいという意味ではなく、飼い主が迷わないように待っているんですって。一緒に天国に続く虹の橋を渡るために。でも、私が言いたかったのはいまから話すことです。また、母が言ったことをそのまま伝えますね。――虹の橋の前の草原で待っているペット達は天国に行ってないから、会いたいと思えば飼い主のもとに一瞬で行けるのよ。ペットが死ぬのは消えることではなくて見えなくなるだけで、いつまでも飼い主のそばにいるの。と、まあ、こんな感じの母のオリジナル童話をよく聞かされていました。信じるかどうかはあなた次第です」

奏がどこかで聞いたようなフレーズで締めくくり破顔した。

「素敵な話だね」

南野は真顔で言うと天を見上げた。

「社長は虹の橋の話を信じますか？」

奏が訊ねてきた。

青い絵具で塗ったような鮮やかな碧空《へきくう》……この空の向こう側から、パステルは南野を見ているのだろうか？

「わからない。でも、信じたいよ」

　空を見上げたまま、南野は呟いた。

　パステルは古くなった肉体を脱いだだけで、南野を見守ってくれている。会いたいと思ったときに、すぐにそばにきてくれる。

　奏の母の話が本当だったら……。

「私は信じています。ほら、茶太郎を見てください」

　奏の言葉に、南野は空から茶太郎に視線を移した。

　相変わらず茶太郎はプレイバウの体勢で、南野の足元をみつめ誘うように吠えていた。

「茶太郎には視えているんですよ。パステルちゃんの姿が」

　奏が眼を細め、南野の足元をみつめた。

「パステルが……」

　南野も足元に視線を落とした。

　もちろん、パステルの姿は視えなかった。だが、不思議と心が温かくなった。まるでパステルがそこにいるとでもいうように……。

　南野は眼を閉じた。

　瞼の裏——お座りして南野を見上げるパステルがいた。

エピローグ

「スタンバイ！」

南野の声がスタジオ内に響き渡った。

国村が構えるカメラの前に、1のテイクナンバーが書かれたカチンコを差し出した。

クロマキーの前には、ドッグフードの箱を持ち佇《たたず》んでいるピンクのエプロン姿の若い女性……女優の宮沢茉奈《みやざわまな》がいた。

デビューしたての十七歳の新人女優が大の愛犬家ということで、大手ペットフードの会社のＣＭに白羽の矢が立った。

南野はスタジオの隅でロビンに寄り添う棚橋に眼をやった。

ロビンは雄の五歳のゴールデンレトリーバーで、犬猫専門のプロダクションのタレント犬だ。

パステルはロビンより一歳若くこの世を去った。生きていれば七歳になっていた。

三年前までの南野なら、散歩中の犬とすれ違うのもつらかった。同じ犬種のゴールデンレトリーバーならなおさらだ。

死は消滅することではなく、新たなステージに進んだだけ——古く傷んだ肉体を脱ぎ捨て、本来の元気な姿に戻っただけ。

パステルはどこも痛まず、苦しみもせず、健康な肉体を纏い南野のそばにいる。

奏の母の言葉を聞いてから、南野の中で少しずつなにかが変わった。

パステルがいなくなった哀しみが消えることはなかった。そして、無理に哀しみから眼を逸らす必要はないという気持ちにもなれた。

南野の命を半分わけてでも助けたいほど愛したパートナーがこの世を去ったのだから、哀しいのはあたりまえだ。

それに、パステルは見守ってくれている。

南野の瞳に映らないが、心の瞳には映っていた。笑いながら南野を見上げているパステルの姿が。

哀しみが消えることはなかったが、時の流れとともに少しずつ克服した。

南野はパステルが肉体を脱ぎ捨てたことを前向きに捉えた。

これからのパステルは、病気も怪我もせずに永遠に生きるのだ。

死というものを終わりではなく新たなステージの始まりと受け止めれば、少なくとも悲嘆にくれることはない。

——社長が寂しくならないように、パステルちゃんは満身創痍《まんしんそうい》で頑張っていたんだと思います。だからいまは元気な身体で社長のそばにいることができて、パステルちゃんも幸せなはずです。


脳裏に三年前の奏の言葉が蘇った。あのときの言葉がなければ、南野は哀しみの海に溺れいまも立ち直れなかったことだろう。

「五秒前！　四、三、二……」

カチンコの音が鳴り響くと、茉奈が腰を屈めた。

棚橋はロビンの背中に手を置き、茉奈のセリフを待っていた。

「バロン、おいで！」

茉奈がステンレスボウルをドッグフードで満たし、セリフを口にした。

南野は動かないロビンを見て苦笑いした。

「カーット！」

南野の声に、茉奈がきょとんとした顔で首を傾げた。

「茉奈ちゃん、バロンじゃなくてロビンだよ」

南野が言うと、茉奈の顔がみるみる赤らんだ。

「ごめんなさい！　ごめんなさい！」

茉奈が強張った顔で何度も頭を下げた。

「大丈夫大丈夫、気にすることないって」

カメラを担いだ国村が豪快に笑い飛ばした。

「そうそう、リラックス、リラックス。NGくらいベテラン女優でもやるからさ」

照明の須崎が笑顔で慰めた。

「バロンもロビンも同じようなもんだから！」

二人に負けじと、棚橋が慰めの言葉をかけた。

「それは違うでしょ！」

すかさず奏がツッコミを入れると、スタジオが爆笑に包まれた。

僕は素晴らしい仲間に恵まれたよ。お前のおかげだよ。

南野は足元に視線を落とし、そこにいるはずのパステルに心で語りかけた。

「さあ、気を取り直してテイク2に行きましょう！　スタンバイ！」

南野の溌溂とした声がスタジオに響き渡った。

☆

「お疲れ様でした！　今日はありがとうございました！」

撮影が無事に終わり編集前の映像をパソコンでチェックしていた南野のもとに、私服に着替えた茉奈がマネージャーとともに挨拶に訪れた。

「こちらこそ、ありがとうございました。おかげで、いいＣＭが撮れました」

南野は椅子から立ち上がり、笑顔で言った。

「また、なにかありましたらウチの宮沢をよろしくお願い致します」

女性マネージャーが南野に頭を下げた。

「カンパケができたらご連絡します。お疲れ様でした」

南野は頭を下げ、茉奈とマネージャーを見送った。

「あんなかわいい子が彼女だったら最高だろうな～。今日の私、かわいかった？　みんなに私との関係バレてない？　なーんてね」

小道具を片づけながら、棚橋が口元を弛緩させた。

「俺も彼女みたいな娘がいたらエネルギーが倍増するんだけどな。パパの照明は日本一よ、ってな」

「だったら、俺の場合はあの子が孫ってことか？　私のおじいちゃんはトム・クルーズみたいにイカしてる、ってか」

撤収作業をしていた須崎と国村も、棚橋の妄想に悪乗りした。

「まったく、なにを言ってるんですか？　男性陣はすぐに若い子にデレデレするんだから」

南野の隣のパイプ椅子に座りながら、奏が呆れたように言った。

「せ、専務も十分に若くて魅力的ですよ！」

棚橋が慌てて奏を持ち上げた。

「無理しなくていいわよ。三十路《みそじ》の足音が聞こえるおばさんなんだから」

奏が棚橋を軽く睨みつけた。

「なに言ってるの！　二十八なんて、まだまだ若いって！」

「そうだよ。俺から見りゃ二十八なんてまだまだ小娘……」

「二十七です！」

須崎に続いてフォローしようとする国村を奏が遮った。須崎と国村が、バツが悪そうに顔を見合わせた。

「でもぉ、専務は社長みたいな素敵な彼氏に愛されて幸せじゃないですか～」

棚橋がからかうように言った。

「もう……いきなり、なにを言ってるのよ」

動揺した奏の頬がほんのり赤らんだ。

「照れるなんて、やっぱり専務も乙女だね～」

須崎がニヤニヤしながら冷やかした。

「……須崎さんまで、やめてください」

奏の頬の赤らみが耳朶まで広がった。

「そういや社長さんよ、入籍まだだろう？　急いであげないと、専務の二十代も終わっちまうよ」

国村が真顔で南野に訊ねた。

「吉川《よしかわ》さん遅いな。ロビン、もうちょっと待ってな」

南野は席を立ち、ロビンが待機するケージに向かった。

「あ、逃げちまったよ」

国村が苦笑いした。

吉川は「ワンニャンプロ」という犬猫専門の芸能プロダクションの社長だ。吉川には十四時終わりと伝えていたが、既に十五分が過ぎていた。過去に「ワンニャンプロ」とは何度か仕事をしていたが、吉川が遅れたのは初めてだった。

「僕は吉川さんがくるまでここに残るから、みんなは次の現場に向かってくれ」

南野はスタッフに指示した。

十六時から三鷹《みたか》にある保護犬施設の特集番組のロケハンの予定が入っていた。

「いまボスに電話をかけてあげるからな」

南野はケージ越しにロビンに語りかけながら、スマートフォンのリダイヤルボタンをタップして耳に当てた。

『すみません！　いま、私もお電話をしようと思っていたところです！』

コール音が一回も鳴らないうちに途切れると、上部スピーカーから吉川の慌てふためいた声が流れてきた。

「なにかトラブルでもあったんですか？」

『トラブルと言えばトラブルですが、もうスタジオの近くにいますので遅れた理由はお会いしてからお話しします！　では、後ほど！』

一方的に言い残し、吉川が電話を切った。

「行ってきます！」

棚橋に続き、国村と須崎がスタジオをあとにした。

「なにかあったの？」

三人がスタジオから出ると、奏が南野に歩み寄りながら訊ねてきた。

「トラブルがあったとか言ってたけど、もうすぐ着くらしいよ」

「なにかしら。気になるわ」

奏が不安げに言った。

「さっき、国さんが言ってたことだけどさ」

南野は奏に顔を向けた。

「ああ、気にしないで。私、形式には拘《こだわ》ってないから。あなたとペットショップで出会ってから、犬友としてビジネスパートナーとして七年間苦楽をともにしてきた。一番近くで、あなたの人となりを見てきたわ。不器用で誤解されがちだけど、あなたは情に厚くてまっすぐな人。結婚してもしなくても、南野さんへの信頼も想いも変わらないから」

奏が屈託なく笑った。
犬友仲間であり盟友の奏と恋仲になったのは一年前……パステルが見えなくなって二年が過ぎた頃だった。

——僕でよかったら、この先、一緒に歩んでくれないか？

打ち合わせを兼ねた食事の席で、切り出したのは南野のほうだった。

——改まって、どうしたんですか？　これまでも、そうしてきたじゃないですか。
——仕事だけじゃなくて、人生も僕と一緒に歩んでほしい。
——もしかして……それってプロポーズですか？
——迷惑なら、いまの言葉を忘れてくれ。

父が病床の母を死に追い込んだ悲痛な記憶と聖との離婚の過去が、いままで南野を躊躇させていた。奏にたいしての想いを……。

——忘れるもんですか。

奏が怒ったような顔で言った。

――え？

――迷惑だなんて、とんでもないです。いつかこういう日がくるのを、心のどこかで待っていました。

一転して、奏の眼にみるみる涙が浮かんだ。

――じゃあ……。

――喜んで！　南野さんと同じ道を歩ませてください！

奏が泣き笑いの表情で言った。

――ありがとう。

「ありがとう」

南野は記憶の中と同じ言葉を口にした。

「一緒に人生を歩んでほしいと言いながら、待たせてしまったね」

南野は奏に微笑んだ。奏が驚いたように眼を見開き、少しの間を置き微笑みを返してきた。

二人は結婚を前提に交際していると言っても、まだ同棲《どうせい》はしていなかった。

「奏」

南野は奏に向き直った。

「僕の家で一緒に……」

「すみませーん！　遅れました！」

南野の言葉を、スタジオに駆け込んできた吉川が遮った。

「続きはあとでね」

南野は苦笑しながら奏に言った。

「お待たせして申し訳ございませんでした！」

南野のもとに駆け寄ってきた吉川が、深々と頭を下げた。

吉川の右手にはケージが提げられていた。

「なんのトラブルだったんですか？」

「事務所を出ようとしたら、ドアの前にこのケージが置いてありましてね。中にいたのは……」

吉川が言葉を切り、南野と奏の前にケージの扉を近づけた。ケージの中には、茶色の被毛のコロコロと太った雑種の子犬が入っていた。

「かわいい！」

奏が黄色い声を上げた。

「捨てられていたんですか？」

すかさず南野は訊ねた。

子犬はケージの扉越しに南野をみつめていた。

「はい……ウチが犬猫専門のプロダクションだからなんとかしてくれるだろうと思って、年に数回は捨て犬が置かれているんですよね」

吉川がため息を吐いた。

「この子、どうするんですか？」

奏がケージを覗き込みつつ訊いた。

「人手がたりなくてタレント犬の世話だけでも大変なので、これから保護犬施設に連れて行こうと思っています」

吉川が一度目より大きなため息を吐いた。

ケージの中から南野をみつめる子犬の哀しげな瞳……見覚えのある瞳に吸い込まれそうになった。

高鳴る鼓動、熱を持つ涙腺。

「開けて貰ってもいいですか？」

南野は無意識に掠れた声で訊ねていた。

っていた。

吉川がケージを床に置き扉を開けた瞬間、飛び出した子犬が一直線に南野のもとに走ってきた。

南野は屈み、体当たりするように突っ込んできた子犬を抱き留めた。子犬が南野の身体をよじ登り、物凄い勢いで頬、鼻、唇を舐め始めた。

「おいおい、やめてくれ。顔中べとべとになっちゃうよ」

言葉とは裏腹に、南野の声は久しぶりに弾んでいた。

「驚いたな。ここにくるまでずっと怯えていたのに……」

ちぎれんばかりに尻尾を振りながら南野の顔を舐める子犬を見て、吉川が呟いた。

南野は子犬を抱いたまま立ち上がり、奏に向き直った。束の間、南野と奏はみつめ合った。

南野の心に芽生えた思いが奏に伝わったことがわかった。

「僕の家で、一緒に暮らしてくれるかい？」

吉川が現れる前に言いかけた言葉の続きを南野は口にした。

「この子と茶太郎と四人で」

南野はさっきは予定になかった言葉をつけ足した。

「喜んで」

弾ける笑顔で奏が言った。

南野と奏の縁は、パステルが繋いでくれた。

「また、お前が僕達を繋いでくれたのか？」

南野は子犬に語りかけた。

「おかえり」

奏が満面の笑みで子犬に声をかけた。

子犬が南野と奏の顔を交互に舐めた。

あとがき

本書『虹の橋からきた犬』は、著者である私が九年間犬生を共にした、盟友でありソウルメイトだったスコティッシュテリアのブレットとの思い出を基にした物語だ。

本書のタイトルにもなっている「虹の橋」とは、作者不詳の散文詩で、亡くなったペットが愛情を受けた飼い主を待っている場所とされている。インターネットで探せば、日本語訳が出てくるので、ぜひ読んでいただきたい。

本書の主人公のソウルメイトとして登場するゴールデンレトリーバーのパステルのモデルのブレットとは、彼が生きていた九年間、雨の日も、雪の日も、台風の日も、猛暑の日も、高熱を出した日も、怪我《けが》をした日も……朝と夕方のパトロールを欠かしたことがない。

ここでいうパトロールとは散歩のことだ。

ブレットと出会うまでの私は、日に煙草《たばこ》を二箱以上吸い、五十メートルの距離も車で移動し、暴飲暴食の不摂生な生活を送っていた。

ブレットを新堂家に迎え入れてからの生活は一変した。

朝と夕のパトロールを三キロずつこなし、ブレットの身体《からだ》に悪いので煙草をやめ、糖質制限で体質改善を図った。それまでは年に一度は引いていた風邪も十年以上引かなくなり、一切の病気とは無縁の健康体を手に入れた。

　変わったのは肉体面だけではない。

　目的を果たすためなら、人の忠告も聞かずにブルドーザーのように障害物を薙《な》ぎ倒して前進を続けていた私だが、ブレットから無償の愛を学んだ。人の話に耳を傾け、和を大切にすることを学んだ。

　ブレットはやんちゃで、頑固で、誇り高く、決して飼いやすい性格ではなかった。物は壊す、部屋は荒らす、気に入らないとうんちを撒《ま》き散らす……ブレットと暮らす日々は、私に忍耐、献身、思いやりを教えてくれた。

　病気知らずのブレットが八歳の年末に体調を崩し、動物病院で検査を受けた。年が明けて二月になり、獣医師に宣告された。

「ブレットちゃんは恐らく悪性リンパ腫が疑われます。体内は腫瘍だらけで、ステージ4強に相当する末期の状態だと思われます。なにもしなければ、二週間から一ヵ月で命を落としても不思議ではありません」

　その瞬間、小説的な表現でたとえれば、「思考が止まり目の前が真っ暗になった」という状態になった。

　しかし私は、ブレットの前で哀《かな》しい素振りを見せなかった。

　犬は、飼い主の心情を敏感に察知する。私が嘆き哀しんでいれば、そのネガティヴな波動がブレットに伝わり病を悪化させると思ったのだ。

逆に病を撃退できると強く信じていれば、思いが実現するという考えだった。

だから私は、ブレットには常に明るく語りかけた。

「余命二週間なんて絶対に許さないぞ。最低でもあと五年は生きてもらうからな」

私は事あるごとに、ブレットにそうハッパをかけていた。

十代の頃から「マーフィーの法則」の『いいことを考えればいいことが起き、悪いことを考えれば悪いことが起きる』『天国も地獄もすべては己の心が創り出している』という信念で数々の夢を実現してきた私は、ブレットの不治の病も心の在り方で退治できると信じて疑わなかった。

「お気持ちはわかりますが、時間がないので治療方針を定める必要があります。積極的治療とQOLの維持のどちらを選びますか？」

獣医師は私に、二者択一を迫った。

積極的治療とは、ブレットの身体に負担をかけてでも抗癌剤《こうがんざい》投与を行い延命するのが目的であり、QOLの維持とは、延命よりも生きている間は苦痛を少なくさせ、健康なときに近い生活を送らせることが目的だ。

当時のブレットが患っていた悪性リンパ腫には外科的手術も放射線治療も使えず、抗癌剤治療しか選択肢はなかった。

抗癌剤は癌細胞を攻撃するだけでなく健康な細胞も攻撃するので、身体にかなりの負担がかかる。

悪性リンパ腫は、不治の病なので完治はしない。

完治ではなく、あくまでも寛解だ。

ＣＴスキャンで癌細胞が見えなくなっても、癌が永久に消滅したのではなく一時的に消えただけだ。なので、悪性リンパ腫は、寛解してもいつかは再発する。それは一週間後かもしれないし、一年後かもしれない。

悪性リンパ腫が再発すれば、ほとんどは二年以内に命を失う。

私は迷わず、積極的治療を選択した。

先にも述べた通り、心で信じ続ければ不可能も可能にできると考えたからだ。

「つらい闘いになるかもしれません」

獣医師の言葉通り、ブレットの症状はじょじょに悪化した。

ブレットはまず食欲がなくなり、まったくご飯を食べなくなった。

一週間近く水と点滴の生活が続き、このままでは死んでしまうので全身麻酔の手術をして、食道にチューブを装着することになった。

衰弱しているブレットに全身麻酔をかけるのは心配だったが、無事に手術は成功した。

それからブレットの、シリンジを使ってチューブから流動食を流し込む生活が始まった。

免疫力が低下しているので、チューブを挿れる傷口から感染症にかからないように細心の注意を払った。

流動食の生活になっても、口からご飯を食べるように様々な食材を用意した。牛肉、豚肉、鹿肉、鳥の胸肉、モモ肉、ササミ、サツマイモ、チーズ、ジャーキー、果物……朝と夜に、毎回、バイキング形式で十五種類前後のご飯を入れた紙皿を出した。三週間なにも食べず、用意したご飯は毎回ゴミ箱行きだった。一生、ブレットは流動食の生活になるかもしれないと覚悟した。体重もベストの九キロ台から七キロ台にまで落ち込んでいた。二キロの減少は、人間に換算すると二十キロの減少に相当する。

そんな中、ブレットの第一回目の抗癌剤の投与が行われた。

家に帰って床にブレットを下ろした瞬間、奇跡が起こった。

出しっ放しにしていた朝ご飯の紙皿の中に入っていたササミ巻きガムを、ブレットが猛烈な勢いで食べ始めた。

私は我が目を疑った。

夢にまで見た、ブレットが口からご飯を食べる瞬間に狂喜乱舞した。大袈裟《おおげさ》ではなく、それまでの人生で五本指に入るほどの嬉《うれ》しい出来事だった。

獣医師は、一回目の抗癌剤投与で半分近くの腫瘍が消えたことがブレットの食欲が戻った理由だと言った。

それからのブレットは旺盛な食欲で、流動食は必要なくなりチューブを外すことができた。

体重も九キロ台に戻った。

ブレットは薬剤が効く体質らしく、抗癌剤投与を重ねるたびにどんどん腫瘍が消えた。

三回目が終わった頃には八割近くの腫瘍が消え、恐れていた副作用もなかった。

余命宣告の期限を過ぎた三ヵ月が経《た》った頃のブレットの元気な姿と体重増に、普通ならありえません、こんな子は初めてです、と獣医師も驚きを隠さなかった。

この調子なら、完全寛解も夢じゃない。

ブレットは不治の病を克服できる！

私の中の希望は確信に変わりつつあった。

だが、抗癌剤投与が四回目を過ぎた頃からブレットに副作用の症状が出始めた。大量に被毛が抜けて地肌が透けて見え、ふたたび食欲がなくなり、下痢や嘔吐《おうと》を繰り返した。目ヤニで毎朝眼《め》が塞がり、鼻水と咳《せき》が出るようになった。

そんなブレットには、不可解な行動があった。

当時の私はベッドに寝ずに、書斎で過ごしていたブレットのそばでソファに寝ていた。

夜中に気配を感じ眼を開けると、暗闇の中でお座りしたブレットがソファで寝ている私の顔を覗《のぞ》き込んでいる、ということが頻繁にあった。

私が起き上がると、決まってブレットは入れ替わるように寝た。

ずっと不思議に思っていたが、ブレットが肉体を脱ぎ捨てた後に、とある霊視の先生に言われた言葉がいまでも忘れられない。

ここからは少しスピリチュアルな話になるので、興味のない方は読み飛ばしてほしい。

『ブレットちゃんは、新堂さんの寝顔をいつも見てましたよね』

唐突に霊視の先生が言った。

因《ちな》みにこのことはSNSの記事にも書いたことがないので、誰も知るはずがなかった。

『どうしてわかったんですか？』

『ブレットちゃんは、新堂さんが自分より先に死んでしまわないかが心配でそうしているのです。人間から愛情を受けた動物は古くなった肉体を脱いだら、飼い主が死んだときに迷わずに天界に行けるように元気な頃の姿で待っているんですよ』

『どこで待っているんですか？』

『天界に続く橋の前で、先に逝った仲間たちと遊びながら飼い主さんを待っているんです。だから、新堂さんが会いたいと思えば一瞬で会いにきてくれるんです』

『私と一緒に、ブレットがいるんですか？』

『新堂さんが肉体を脱ぐまではずっと待っているので、会いたいと願えばいつでも』


本書の主人公の南野は、利益優先の映像制作会社の社長……社員のペットの具合が悪くても早退することを許さないような非情な男だった。

会社を軌道に乗せ利益を生み出すことこそが、家族や社員を守る最善の方法と信じて疑わなかった。

そんな南野に、妻も社員も背を向けた。

幼馴染《おさななじ》みでともに会社を立ち上げた親友の藤城は唯一手を差し伸べてくれたが、南野は彼が社員を扇動して自分を追い出そうとしていると疑い潰しにかかった。

ある日、南野はひょんなことから隣家の老人が飼っていたゴールデンレトリーバーの子犬、パステルを預かることになった。

隣家の老人が検査入院することになり、半日だけということで渋々と引き受けたのだ。

老人は体調が急変して亡くなってしまい、南野は途方に暮れた。

その頃会社でクーデターを起こされ（と思い込んでいた）、南野は社長の座を追われそうになっており子犬を飼う余裕などなかった。

南野は厄介な子犬を追い払おうと躍起になった。

だが、対照的にパステルは南野に懐き離れようとしなかった。

南野にとってパステルは邪魔な存在でしかなく、里親を募り引き渡した。

せいせいしたはずの南野の中に、喪失感が広がった。

そんなとき、パステルが里親の車から飛び下り南野のもとに戻ろうとした事件が起きて……。

妻に出て行かれ会社を追い出され、四面楚歌《しめんそか》になった南野を唯一信じて愛情を注ぎ続けるパステル。

南野の頑《かたく》なに閉ざした氷の心を、パステルの無償の愛が次第に溶かしていった。

しかし、そのときパステルの身体は病魔に蝕《むしば》まれていた。

冒頭に触れたように『虹の橋からきた犬』は、ブレットが私に注いでくれた無償の愛が起こした数々の奇跡を基にした物語だ。

作家生活二十四年、百作近い著書を生み出してきた私が完成した原稿を読み返して初めて涙した。

本書は、私からブレットに贈るラブレターである。

二〇二二年二月

新堂冬樹

本書は、「ｗｅｂ集英社文庫」二〇二一年五月〜二〇二二年二月に配信された『永遠の犬』を改題のうえ、加筆・修正したオリジナル文庫です。

本文デザイン／西村弘美
本文イラスト／５２６

集英社文庫

虹《にじ》の橋《はし》からきた犬《いぬ》

2022年4月30日　第1刷　　定価はカバーに表示してあります。
2022年11月6日　第5刷

著　者　新堂冬樹《しんどうふゆき》

発行者　樋口尚也

発行所　株式会社　集英社
東京都千代田区一ツ橋2-5-10　〒101-8050
電話　【編集部】03-3230-6095
【読者係】03-3230-6080
【販売部】03-3230-6393(書店専用)

印　刷　中央精版印刷株式会社　株式会社美松堂

製　本　中央精版印刷株式会社

フォーマットデザイン　アリヤマデザインストア　　マークデザイン　居山浩二

ISBN978-4-08-744379-0 C0193